泱泱

YangYang

王玉珏 著

山东城市出版传媒集团·济南出版社

图书在版编目(CIP)数据

泱泱/王玉珏著. —济南:济南出版社,2022.4
ISBN 978-7-5488-5014-4

Ⅰ.①泱… Ⅱ.①王… Ⅲ.①长篇小说—中国—当代
Ⅳ.①I247.5

中国版本图书馆CIP数据核字(2022)第064832号

出 版 人 崔 刚
图书策划 李 岩 李建议
责任编辑 姜 山 陈文婕
封面设计 胡大伟
出版发行 济南出版社
地 址 济南市二环南路1号(250002)
编辑热线 0531-87906698
印 刷 济南万方盛景印刷有限公司
版 次 2022年4月第1版
印 次 2022年4月第1次印刷
成品尺寸 165mm×230mm 16开
印 张 12.75
字 数 183千
印 数 1-5000册
定 价 59.00元

目　录

第一章

2011 年

窦明翰

从消息出来到上会宣布，风一共才吹了小半个月。令到，风止。这是微风，也是和煦的风。风吹草不动。

老人家本人高兴得很，高兴得直来直去，高兴得满城皆知，把这高兴洒得到处都是。回北京喽。老人家之前就是从北京下来的，身家都在北京。一个“回”字，很确切地给人一种提前退休的感觉。确实，大家也都有这种感觉：从副省到副部，还是一个没什么实质意义的副部，明眼人一看就知道是个安慰，而且这安慰又发生在这个时候，在人生已经没了太多悬念的尾声。船到码头车到站。既是安慰也是打发。提前打发了。但毕竟也是往上走了，进京嘛。回也是高就。毕竟是好事。好事得有个好事的样子，老人家不光高兴，还要让所有人看得到他的高兴，到处张罗着要庆祝。别人送行，他来者不拒，还反过来邀请，邀请大家去北京，去家里，他在家里请大家吃正宗的东来顺。这样的张扬其实反而是一种低调，就像那风一样，因为明目张胆，所以才吹面不寒，是杨柳风。

周三下午常委会上宣布的，罗书记故意把这项议程放到了最后。严肃的时刻早就过去了，多少有些即兴的意味。即兴而喜庆。会上当场就定下来，后天，周五，小范围内祝贺一下。不叫送行，是祝贺。罗书记拿笔帽一二三四五指了一圈下来，不许请假。这是最小的范围，同时也是最高的规格。

当然也是必需的规格。剩下的就随意了，就看个人情况了。通知上给的报到时间是一个星期，老人家特意请了假，把赴任的时间又往后拖了一个星期。“没办法呀，排队都排到下个月了。”这倒是实话，光窦明翰这里接到的电话每天就不下十个，老人家一天吃六顿饭都忙不过来。有些他作为秘书能做主的，就大胆推掉了，剩下的报到老人家那里去，对方稍一为难然后尽可能地都应了下来。这刻意的低调里，其实也藏了一丝隐蔽的狷傲，尽可能把该了结的了结一下。有种一去不复返的意思。连窦明翰都感觉得出来。

这低调也包含了窦明翰。或者说，窦明翰也是这低调的一部分。千里迢迢回京赴任，带的是自己在省里的老秘书，本身就是一个姿态，就像请大家到自己家里吃东来顺一样，是给省里看的，更是给即将共事的部里某些人看的。念旧，所以厌新，意思很明白了，等于是告诉大家，人老了，不想折腾，安于现状，于上于下都不会造成什么。还是那句话，提前退了。

老人家是私底下的叫法，一种特殊场合下的称呼而已，不含任何调侃和贬义。这倒也名副其实，常委里面他的年龄最大，比罗书记还大了五个月。年龄是个硬杠杠，也是一道无法逾越的天堑。没法朝前走，那就只能多往后想。命令宣布前，老人家就很委婉地跟窦明翰透露过意思，问他愿不愿意跟自己到北京去。人先过去，继续跟他当秘书，下一步慢慢再说。窦明翰心口里激烈而汹涌地一热。留给他的时间只有几秒，他听见自己嗓子眼那儿很猛烈地晃荡了一下，他及时地将它止住，然后掷地有声。对方可以委婉，他不行，一点迟疑都不能有。心里再迟疑，嘴上和脸上一点也不能有。

说实话，也不是一点没朝那方面想过。因为是给老人家当秘书，不可避免地要朝那方面想一想。去北京。对于窦明翰他们这些人来说，北京的意义永远大于这两个字本身，它不是通常意义上的地理位置和首都，它不代表大，它甚至都不代表一座城市，它是链条的终端，是杆子的顶点，是尽头也是边界。它的诱惑是终极的诱惑。在这一点上，它独一无二，无可替代，其他城市都无法与之相比。也就是因为老人家，窦明翰觉得自己离北京一直没那么远，很近。虽然在省里，但老人家身上随时随地都散发着北京的气味和讯号。那么地道的京味普通话，一口一个“您”，在常委会上显得格外洋气。北京话里那连蹦带跳的儿化音就有这个本事，多重大多严肃的事都能举重若轻。这些年里，私事也好公事也好，他北京省里两头跑，一年几十趟总有。对北京他可以放言，省里不会有第二个秘书比他更熟。他想过，但是没想到对方主动提了出来，第一反应，居然是感动。

窦明翰心口里滑过一丝酸楚，回过味来之后，很认真地怜悯了一下自己。跟了对方三四年了，老人家还从没这么待过自己。一直都是往外推，永远都是往外推，能推就推。他越主动往上贴，对方越是往外推。永远保持着一个距离。不知道是不是自己的问题，第一次当秘书，没有比较和经验，他也不是很确定那个界限和分寸在哪里。他不喜欢，没人喜欢被往外推的感觉。不喜欢但也没办法。努力过几次之后，只能作罢，作罢之后，不得已慢慢释然了，或许可以把问题归结于“北京”身上。老人家大半辈子可都是在北京活着的呀，无法想象那一嘴腾云驾雾的京味儿能对他说出那种没轻没重的体己话。这也许就不是秘书和省长之间的问题了，而是北京和下面人的问题，换了别的秘书也是一样的，老人家也是要推的。

几秒钟的时间里，他掷地有声，确凿、干脆、滴水不漏，他说：“部长，我听您的。”这是他第一次改口，叫他部长。第一时间。

一年几十趟，绝不夸张。高速上每一个服务区，他闭着眼都能叫得出名字来。原来跑一趟北京觉得山高路远，跑多了，越跑越近，越跑越随意，去北京就像串门，随身的公文包里带着充电器和刮胡刀，说走就走。北京是一张标签，从一开始就贴在了老人家脸上，现在慢慢地也贴到了他窦明翰的脸上。一提小窦、窦秘书，第一反应就是北京他熟。路熟，其他的也熟，有些玩笑渐渐就开起来了，人往高处走，该跑就跑，这么好的资源，不能浪费了啊。客观上讲老人家本人其实没多少需求，说是家在北京，但阿姨大部分时间也都住在这边。主要是为庞哥跑。老人家的公子。老人家就这么一个公子。

庞哥是生意人。生意做得不算大，但是涉猎的领域很广，有固定的生意，也有一些不固定的生意。不固定的这部分可大可小，就像放风筝，要看风力和风向。老爷子到了省里之后，业务也自然而然地会延伸过来一些。需要人两头跑跑。最佳人选就是窦明翰，似乎唯一的人选也是窦明翰。外人还是不放心。当然庞哥自己也跑，往省里跑。一开始跑得还比较矜持，慢慢地就放开了，越跑越勤。一年下来，一点不比窦明翰跑北京的趟数少。

庞哥不跑高速，每次来去都是飞机。高速再快，也得四个半小时。在一个密不透风的铁壳子里连续闷上四个半钟头，对于庞哥那样的人来说，是不可想象的事情。火车就更不用说了。火车和高速都跟不上庞哥的心血来潮，也支付不起庞哥的耐心。没办法，只有坐飞机。老人家说话："我们庞博坐飞机就像坐公交。"

不同的人对速度有不同的要求，这也是人和人之间的区别之一。老人家的玩笑，不是很严谨，他相信，庞哥这样的人从生下来其实是没坐过几回公交的。还就有这样的人，生来就不坐公交。除了庞哥，再比如姜枢眉，他窦明翰的老婆。他记得第一次约姜枢眉吃饭，从饭店出来，几步远就是公交车站，结完账送姜枢眉回家，他下意识地出门就往站台赶，一辆 41 路公交车正在缓缓到站，对方在他身后愣了一下，停住了步子。他觉得不对，回过头来，对方已经伸手拦下了一辆出租车，他这才反应过来。姜枢眉长这么大基本上没坐过公交，从小学到中学、大学，抬抬脚就到的地方能打车就打车，再远一点就找父亲的车接送。现在父亲退休了，她早早地就买了车，宁可在路上堵一堵也坚决不去公交车挤上挤下。

对速度的要求和需要是一方面，更多的时候也许不过是不耐烦，对某些东西天生缺乏耐受力。比如拥挤，比如人群，比如无聊。求快，并不是因为缺少时间，恰恰相反，庞哥那样的人其实有大把的时间，打游戏可以一天不出门，一个电话能解决的事情非得花上一顿饭。对于庞哥那样的人来说，时间不是不可以浪费，关键是要浪费在自己愿意浪费的地方。这才是问题的重点。

和这些人最大的不同，恰恰不是快，而是人家的慢。

不紧不慢的慢。慢条斯理的慢。吃饭、喝酒、走路、说话，都是不急不忙，一口是一口，一句是一句，一步是一步。每次上飞机，都是卡着点才进航站楼。倒是送站的窦明翰回回捏着把汗。其实不是慢，那叫从容。骨子里的慢就是从容。当然这从容是需要条件的，需要资本和基础，需要有老人家这样的人当老爷子才行。在庞哥那里好像从来就没有什么十万火急的事情。飞机误了又怎样呢，大不了明天再走。公司是自己的，天塌不下来。万事不急，过日子不着急，结婚生孩子也不着急，三十五了，八字还没一撇。不像他窦明翰，一毕业就着急忙慌找单位，单位一搞定就赶紧忙着相亲找老婆结婚，好像这婚不结就被别人抢去了一样。

庞博比窦明翰大了四岁，窦明翰叫他庞哥。这是从第一天就固定下来了的。庞哥叫他的称呼不固定，大部分时候随老人家叫，叫窦秘书，或者小窦。偶尔喝酒兴奋起来也叫一声明翰。翰字拖得很长，慢吞吞的，等你竖起耳朵来了，才有下文。这一点爷俩很像，儿子特别随他老子。

老人家当时是在车上提的，一问一答，司机小黄都在场。第二天早上到了办公室，窦明翰提前进去洗茶，老人家坐在办公桌前翻昨天下午的呈阅件。冒着热气的茶杯轻轻落在右手前方，老人家头没抬："小姜没什么意见吧？"这次没外人，就他们俩。

窦明翰和姜枢眉的关系，他多少也了解一些。老人家在某些方面向来严谨。

窦明翰愣了愣才反应过来，跨度有点大，隔了一夜。这次他倒是很明显地迟疑了一下，含糊了一句应付过去："没意见。她能有什么意见。"

还没来得及跟她说。昨天晚上回到家已经九点多了，也没打电话。这种事情，还是当面说比较好。

姜枢眉出差了，学校组织了个教学骨干培训，其实就是一个小福利。去杭州。前天一早走的，明天下午才能到家。第二天的晚饭窦明翰照旧还是在外面吃，两个人见面已经是晚上。事情已经过去了两天。两天时间生米在窦明翰那里早已经煮成了熟饭。那就不叫商量了，等于宣布一个结果，窦明翰尽可能地在口气上做了一些处理，但还是被姜枢眉敏锐地分辨出来了。

“行呀，我没意见。”她没有表情，没有表情就是她一贯的表情。她躺在地上，屁股下面垫着一块立起来的瑜伽砖，两条腿笔直地伸向天花板，这个动作已经保持了起码三分钟。杭州的培训搞得很扎实，南方的厨师做菜精致，连续四天的放纵让人心慌，她两只手反复丈量着那在想象中胖了一圈的腰。晚饭就喝了一口稀饭。

窦明翰正在想下面该怎么继续，她冷不丁又来了一句，这句就有表情了，嗵地一下放倒瑜伽砖，她整个人往下掉了两寸。腿收回，人也坐了起来：“动作够快的。可以呀窦秘书！”

窦明翰有底了。

确实，是有些突然。之前他不止一次想到过这件事，有预感，但是从来没跟姜枢眉说过，提都没提。八字没一撇的事，他从来不会跟姜枢眉提。不管是好事还是坏事。两个人的关系就是这样。有的两口子就是这样。

窦明翰理亏。但是除了理亏，也有一点说不出的舒爽，或者叫得意。看见对方那故作淡定的脸色，心里小小快意了一把。既得意又理亏。并且正是因为理亏才又更加得意，很奇妙的。

平常都是分床睡的。她在主卧。他去他的小卧室兼书房。好习惯。刚结婚没多久就培养起了这么一个好习惯。科学杂志上说过，无论从健康角度还是夫妻感情角度，分床都利大于弊。分床不代表不上床。有需要了，窦明翰该表达的还是会表达，表达的方式就是去洗一个澡。浴室在姜枢眉的主卧里，哗啦哗啦的淋浴声隔着门和墙直撞耳朵。窦明翰今天洗得比平常多花了些时间，从浴室出来，对方只留下了床头灯，灯光负责照亮胸口以上部分。姜枢眉天天洗澡，每隔两三天洗一次头。今天洗了头，头上箍着干毛巾躺在床上看书。他走过去，绕床半周，从床沿另一侧上了床。

前戏照例很仓促，仓促但是完整，点点面面都照顾到了。必要的，但也适可而止。窦明翰伸直胳膊拉开抽屉去拿那个东西，忽然身后的姜枢眉开了口："要不今天不用了吧？咱要一个，趁你去北京之前。"

那么长时间没开口，一张嘴那股挑衅的意味居然还在。受了伤之后的挑衅格外有攻击性。这姜枢眉还是第一次主动跟他谈论起这件事。以前都是不谈论的，没必要谈论，没商量的。她的理由很简单，一向既简单又粗鲁，还不到时候，还不到三十岁。过了三十之后她换了句话，才刚三十。照她的意思怎么也得三十五，青春正式收尾。为什么非必须是三十五呢，这个界限不知道根据在哪里。尤其是这两年，春节前那次旷日持久的热仗加冷战之后，在要不要孩子的问题上，对方就更谨慎了。这里面不光是事关青春在哪结尾的问题，还涉及了她对于两个人关系的预期，事实如此，一旦有了孩子两个人就没了退路，或者说多了障碍。离她三十五岁，还有四年，四年的时间本来足够了，但现在突然出现了新的状况，北京的问题"杀"了进来，下周就要去北京了，大概率他以后也是要留在北京的。

虽然一时摸不清对方的来路，但是窦明翰这次没示弱："你敢吗？你敢要我就敢要！"见对方没反应，窦明翰犹豫了一下，然后挺身就上。没有阻隔和遮挡的感觉是不一样。第一次，居然有点眩晕。他定了定神，刚要继续，一直没反应的姜枢眉突然伸出胳膊一把将他推了出去，"你还来真的呀?!"力气很大，上半身几乎都跃了起来。他没掌握好平衡，身子一歪倒在枕头上，肩膀压着了对方的头发，刚抹过护发素的头发还没完全干透，肩膀下面一片黏腻的冰凉，“滚!”她被烫着似的尖叫了一声，“你还来真的呀窦明翰？你以为自己算什么？你以为你去了北京就能怎么样?!”

窦明翰急遽地萎缩下来，自己都能感觉到，身体像一张破帆一点点萎的。一股深长的气馁。她最擅长做的一件事，就是在关键时刻把他一把推开。还没结婚的时候常常就是。每次他刚要有进一步的动作，她的身体马上就吹响了哨子，全体神经一级战备，然后一把推开，不由分说，斩钉截铁，毫无余地。那时候他安慰自己，也是自己给自己台阶，结了婚就好了。但即便是结了婚，也还是会推。她有各种理由，心情不好、加班、累了、班上某个学生和自己顶嘴、嗓子不舒服、晚饭多吃了一个包子。一把把他推开，不一定用手，有时候仅仅就是翻个身就够了。这次事态最严重，也最坚决，两只手都用上了，抠住他的两根锁骨，她把最大的力气用在具体的部位上，一下就将他整个人掀翻。

从第一天开始，他就有这种感觉，每到一些时候她就要把他推开。推，是一种拒绝的姿态，也是一种不将就，不耐烦。不由分说，也不由自主。推不一定用手，当然也不光是在床上，结婚四年多了，她似乎一次将就和主动过的时候也没有。比如她从来没为他专门下过一次厨房，她也从来没主动给他买过一件衣服、一双袜子。每次冷战，无论多久，都是他主动先找她开口。

他一直习惯到现在，以为自己习惯了，还是不行。两根锁骨隐隐作疼。

习惯是因为能“忍”，能将就。对方不主动只有他主动，对方不将就那只能他将就。总得有一方将就，两口子之间毕竟不像秘书和老人家这种三五年的交情，而是一辈子的事，不然就过不了一辈子。忍，这也是窦明翰最大的法宝，不然当初还真不一定能拿下姜枢眉。在姜枢眉之前首先是姜枢眉爸妈。姜爸是省属一家职业技术学院的副院长，正儿八经副厅级。姜母也不拖后腿，妇幼保健院护理部的主任。当时女儿把窦明翰摆到眼前时，二老的意见惊人的一致，各方面都好，就一点，家是农村的。作为长辈、过来人，他们吃过的盐比姜枢眉吃过的饭都多，他们劝女儿要考虑清楚。这个事情很复杂的，很考验人的，当然也有能处理好的，但十之八九的两口子处理不好。看上去问题不大，但其实是一个病灶，会辐射到婚姻的各个部位。姜母自己身边就有例子，她们科室的一个同事，找的老公就是农村的，江西那边的小山村，现在公路还没修进去。生了孩子之后婆婆过来带，天天跟她各种硌硬各种摩擦，还不能说，说多了还不行，老公属于那种凤凰男，这也敏感那也敏感，刨个萝卜带出一堆泥。

姜枢眉自己倒是无所谓，但父母的态度不可避免地影响到了她。跟窦明翰摊牌，要不就算了，反正也是刚开始。窦明翰试探性地坚持了一把，本来没抱多大希望，没想到对方很轻易地就松动了。看出来了，姜枢眉其实在这个事情上没什么主见，也不是那么非此即彼。很淡。有些女人就是这样，在这种事情上很淡，恋爱结婚这种事情在她那心里占的比例比较小，一个人生阶段而已，一个角色而已，她们的生活自给自足惯了。并不专门针对谁，并不针对他。问题还是在老两口那里。窦明翰主动上了一次门，介绍到自己的情况时很有选择性地强调了一些细节，看似无意实则有心：父亲早就不种地了，过去在厂子里上班，现在专门加工铝合金门窗，收入还不错，这年头种地挣不了几个钱，都不指望种地。不光他们，现在很多地方的农村条件都很好的，政策好，再加上能吃苦，日子越过越好。他其实也在提醒对方，农村并不一定都是城市的对立面，边界正在模糊，这确实也是实情。吃完饭他还扬长避短地陪姜院长聊了一会儿农村问题，"三农问题高峰论坛"刚召开，首届，就上个月，在北京大红门国际会议中心。连续七年，中央一号文件都剑指"三农"。政策确实是好。前几天理论学习材料上看到的，顺便就用在这里了。姜院长接二连三地给小伙子添茶，每添一次对方就欠一下屁股。机警、谦虚，这些都是好品质，跟自己年轻时一模一样，但暂时不能有什么多余的表态，他还不能完全拿定主意，除了那些跟老伴大致的忧虑，更多的还是有些不甘心。自己千辛万苦，花了大半辈子才离开了穷山沟，好不容易终于在城市里挺直了腰，姜枢眉倒好，倒行逆施啊，一头又扎了回去。

好在不甘心这种东西没办法理直气壮地拿到桌面上。姜枢眉不反对，这事也就定下来了。其实话又说回来，这个问题也到不了那种你死我活的地步，也并不是绝对不行，如果有更好的，当然最好。没有的话也能凑合。慢慢地才觉出来，这个女婿，除了家在农村，确实“各方面都好”。关键是能受委屈，不然也不会明知被人嫌弃还主动登门。能受委屈是一种罕见的美德，这一点就打败了百分之八十城市的孩子，缺点反而成了优点。当然不是所有的农村孩子都能受委屈，也不是所有能受委屈的农村孩子都会有出息，关键这个人是窦明翰。老两口吃了那么多的盐，什么成色一眼看不出来？没让姜枢眉费劲，老两口自己想通了。

没让老两口失望，这个窦明翰确实很能受委屈的。婚是在男方家结的，照惯例，一个月之后女方家还得再办一个回门宴。窦明翰有思想准备，知道这回门宴不会是一般的排场，但临到现场还是冒了一脑门的汗，跟窦家比区别大了，那是乒乓球和篮球的区别，是乒乓球桌跟篮球场的区别，根本不是一个级别。一个月前窦家是在县里办的，滨河路南头的隆泰大酒店，已经超规格了。一般都是在镇上，去县里结这个婚肯定要吃亏，一个红包拖儿带女全家来吃，还得包车接送。但即便是县里也就那么回事。人家的回门宴，办出了东道主的气势和排场，嫁女儿是姜院长家里一件惊天动地的大事，必须讲究的，要有规格的。菜的规格、酒的规格、人的规格，一点都不含糊。仪式不是必须要省的就坚决不省，巨幅海报、充气拱门、花架礼炮，应有都有，光拱门就连用了三道，红门金字：恭贺新娘新郎新婚大喜。新娘姜枢眉，新郎窦明翰。新娘在上，新郎在下。

这件事起先窦明翰不知道，没人跟他商量，也没人跟他提过。看到的时候拱门已经赫然立在那儿了，木已成舟，新娘在上面，新郎在下面。就像城门楼上的告示，昭告天下。他不确定，不知道是不是这里的一种风俗，回门宴嘛，女方才是主角。但是他从来没听说过，起码自己没见过，工作后大大小小也参加了不少婚礼，没在意是不是回门宴，但从来没见过把新娘的名字放在上面的。他没问，也不知道该问谁。或许可以上网去查一下，但也只能等到结束以后回家了。十一点过十分，已经有人陆陆续续来了，他现在的主要任务是扮演好自己的角色，和姜枢眉一起迎宾接客。“新娘姜枢眉”五个字像山一样压在他头顶，把太阳都挡住了。还得端着一副笑脸，心里晃荡得再厉害，笑得端住了。一拨一拨客人陆续进来，相信他们进来之前都抬头看到了拱门上的“告示”，连续三道门，不可能看不到。姜院长家的回门宴，风景果然不一般。他感到每个人的目光都在他的笑脸上停留了两秒钟，那意味深长的停顿，像用脚在他的笑脸上踩了又踩。

开了眼了。知道她家里在这个城市枝繁叶茂，还是没想到会来这么多人，感觉半个城市的人都来了，还有些专门从外地赶来的亲戚朋友，有些亲戚连姜枢眉都是第一次见，也许是一辈子就见这么一面的亲戚。光包间就二十几桌，大厅更多。每张桌子都得过去敬酒，一桌桌敬下来，绝对是个体力活。基本上全是女方家的亲戚朋友，窦明翰叫了单位三两个同事加几个大学同学，勉强凑了一桌。他故意磨蹭到最后才端着杯子过来，一桌子人已经自行磨合得很好了，该喝的也都喝得差不多了。大学一个宿舍的老三坐得最近，站起来，脸红脖子粗地摁住他的酒杯，叫新娘把手里的饮料换成红酒，不然就不喝。眼看要起哄，窦明翰赶紧拦住他，重新端起自己的杯子，别的桌子上都是意思一下，这桌不，很豪气地一饮而尽。干了以后自己主动满上，替姜枢眉再来一个。又是一个一口闷。很爷们，是个一家之主的气势。刚才城门上的风景，估计也都看见了，他已经准备好了那个玩笑，但是没用上。“人家不是眉毛嘛！眉毛当然是长在上面的，长在下面那就不是眉毛了。”玩笑很粗俗，越粗俗越好，这种事，怕的就是细品。

这口气就这么咽了下去。咽下去也就咽下去了，回头想想其实也没什么大不了的。两口子不是打擂台，不能总提着两个拳头过日子。再说了他是男人。大丈夫能屈能伸。有什么大不了的呢，她不主动，那他就主动一点。她推，他就厚着脸皮往上凑。两口子就是这样，不可能永远都是齐头并进，一个慢一点，另一个就得快一点；一个冷一点，另一个就得热一点。姜枢眉是一根撇，他就得是那一根捺。磨合，然后融合。并且还有一个，他深信，一切都是暂时，一切还只是因为自己不够强大，这个没问题，他有信心的，会翻身的，早晚的事。现在在下面，早晚要爬到她上面去。

一直以来还有一个问题困扰着他，他的对手不光是姜枢眉，还有姜枢眉她爸她妈，一比三。现在这个问题也基本解决了，很明显，局面在朝着有利于他的方向发展。结婚之后没多久姜院长就不是院长了，先是退二线，一年以后正式退休，她妈退得更早，更彻底。对方是在走下坡路，但是他在走上坡路。小伙子脑袋灵光，有才，又能吃苦，放到哪个部门都稀罕，等机会就行了。机会时时有，那一年省直机关公开遴选一批三十五岁以下的年轻干部，他报了名，分数很争气，从区里直接一步到位进了省委办公厅。那一年正好庞副省长的秘书老谢下去任处长，临走时推荐了他。其实他跟谢秘书之间也没什么私交。自己刚到省里时下去挂了半年职，挂职的地方在邻市，周末回来一次，隔三岔五会带一点当地的特产回来，有时是几袋虾皮，有时是几盒有机小米，花不了几个钱，一次带十份八份，除了自己处室，也有选择性地给其他人一份，有可能用得着的人，顺手的人情。这其中就有谢秘书。窦明翰虚虚实实地，每个人都以为只送了自己。其他各方面都问题不大，就一点美中不足，稍微年轻了一些，还不到三十，比老人家儿子还年轻。“年轻有什么不好，”庞副省长字正腔圆的北京话开起玩笑来底气很足，相当有感染力，“我就喜欢年轻人，有朝气。

朝气蓬勃!”

这一步是最有决定性意义的一步，可谓一步登天。也就是从这之后，态势发生了根本性的逆转，彻底把老两口解决了。周末再回家翁婿两个闲聊，大部分话题都是围绕着窦明翰的，他给老丈人添茶的次数明显少了，一少就显出了分量，对方有时下意识地也要欠欠屁股扶一下茶杯。一比三，他放倒了两个，就剩下了一个姜枢眉。可姜枢眉还是那个姜枢眉，一锅永远都烧不开的水，永远一副波澜不惊、不冷不热的样子，该推的时候还是要推，不想说话的时候仍然一句不多说。在别人眼里窦明翰很风光了，很迎风招展了，但是姜枢眉无感，也无视，一点都不配合这风光。这让窦明翰感到沮丧，沮丧的同时不免也悄悄地痛楚，他都已经这样了，都已经这样风光无限枝繁叶茂了，还要他怎样呢。

也许问题不在这里，不是枝叶的问题，是根子上的问题。这是人家姜枢眉的地盘，一出生就在这里，土生土长，这里的每条街道每个地缝每个犄角旮旯都姓姜，姜枢眉的姜，不姓窦。比如家门口的这家医院，他一直都改不过来口，省二院。她不，跟所有老本地人一样，张口直接就是二院；再比如他每天上班的地方，省委，在他眼里那叫省委，在她的概念里，省委就是家门口一个公交站站牌。其实根本不是一比三或者一比一的问题，他要对抗的其实是一家三口加上他们背后的一整座城市。这个城市是人家的，自己是农村人，是外来户，是倒插门。在外面是窦秘书，回到家里永远还是窦明翰，别说窦秘书了，即便有一天他成了窦厅长、窦省长，又能怎样呢？扳不回来的。水涨船也高，他再涨也没用，再高的水面，永远也别想高过船舷去。

要想真正扳回来，那就只有一条，只能连根拔起。从这个城市连根拔起，自己连根拔起，把对方也连根拔起，换个地方重新来过。比如，去北京。没有比北京更合适的了，北京首先是他的北京，然后才是他们俩共同的北京。他加上北京，总可以跟她 PK 了吧。

他以为这把他赢了，结婚这么多年，总算扳回了一局，但是事实证明，还是不行。“你以为你算什么，你以为你去了北京就能怎么样？”她把他一把推开，她让他“滚”，就差一脚把他从床上踹下去了。她从来就没输给过他，她从来就不肯让自己输，一次都不行。她凭什么？

几乎一夜没睡，天快亮才迷糊过去，一睁眼已经八点多了。屋子里很安静，空空荡荡的安静，姜枢眉上班去了。已经过了一夜，胸口里堵着的那些石头还继续岿然不动地堵在那里。他也不想动，下了床也不想动。电脑没关，喝了水回来直接一屁股坐在了它前头，手放在键盘上，不知道怎么就在搜索引擎里输进去了“离婚协议书”五个字。原来以为很复杂，其实很简单的，尤其是他俩，更简单，一没孩子，二没房子。基本都不用填什么内容，他顺手就把它打印了出来。打印出来之后，顺手就在男方那一栏后面签上了字，等女方下班回来，直接拍到她的面前去。签了字以后他感觉整个人心情好了很多，一种前所未有的舒畅。应该庆祝一下，可以喝一点酒。平常窦明翰酒场不算少，但是从来没在早上喝过，不过什么事都有第一次，为什么不可以试一试呢？餐桌旁边柜子上有一瓶现成的国窖1573，记不得哪次没喝完剩下的。过去拿在手上，摇一摇，还有大半瓶。干喝有点不像话，打开冰箱，有什么算什么。半包榨菜，还有头天晚上从酒店打包带回来的饺子，冰凉。菜凉一点不要紧，酒是烫的。第一口一下去就是半杯，一路烫到心里，火辣辣的。酒一下去人就开始往上升，脚底下像踩着云，他听见自己站在云彩里对全世界宣布，声音还挺大：“北京，老子去定了，去了就不再回来！”

1 号，又是个星期一，没有比这更好的日子了。一帆风顺，一马当先。宜迁居，宜出行，诸事皆宜。一大早还锦上添花地下了一场急雨。雨过马上天晴，本来就很蓝的天更蓝，又蓝又干净，一朵多余的云彩都没有。院子里湿漉漉的，一草一木都楚楚动人。庞副省长赴京上任，大事情，办公厅特意找搬家公司租了一辆货车，早饭前就开过来了。行李头一天都打好了包，装车很快。两个师傅估计也是头一次接这么“大”的活，闷着头干一声不吭，连窦明翰递过去的烟都没敢接。窦明翰比搬家公司来得还早，必须赶在八点前装完车。机关食堂早饭最晚到八点半，估计八点以后送行的人就该过来了。大包小包再加上一些必要的家当，看着不多，一装车就显出规模了，满满一货箱。哪像是赴任，的确是回家。计划好了，他和司机小黄在前面带路，货车跟在后面，八点四十出发。老两口晚会儿走，坐高铁。其实可以坐飞机的，老人家非要尝个鲜，高铁刚开通一个月。之前也坐过动车，但不可同日而语，速度又提了一大截，一小时三百公里，等于是贴地飞行了。

来送的人不少，少了不好看，一些不是很有把握的，窦明翰都提前打了招呼。一开始都在客厅里坐着。坐着坐着就坐不下了，干脆到院子里来。很快就站了一院子。很有排场的，很热闹的，这么早，很少有这么一院子的热闹。常委里的赵省长全权代表，也是所有人当中分量最重的。赵省长开玩笑，你也不挑个星期六星期天，搞得我们大家上班集体迟到。老人家说，我特意没敢选星期六星期天，大家都忙着睡懒觉，没人来送。这话接得有水平，一圈人都笑。赵省长是最后一个来的，一会儿还有一个会。赵省长一来时间也就差不多了，出发。

在第一个服务区下车吃的早餐，他是这里的常客。过去早饭都是在这吃，自助，饭菜一般，但是有现冲的咖啡，正好可以提提神。搬家公司的师傅已经吃过了，窦明翰从超市给他们一人买了一包玉溪。烟不错，不比一顿早饭便宜，两位师傅接过烟时精神顿时提上来一截，比喝咖啡管用。填饱肚子，蓄一蓄神，然后一路向北。先是京沪高速，再换京台。路况不错，车速盘上的数字基本没下一百二。十点刚过就上了绕城。从玉泉营桥下来，南三环，再拐西三环，上万泉河路。这条路不知跑了多少趟，熟悉得就像从自己家去办公室一样。刚过安河桥，地铁站旁边一个十字路口等红灯的时候，手机响了。老人家电话打过来，到家了，刚到。声音里一股按捺不住的兴奋，高铁就是高铁，没有最快，只有更快。十二点过三分。

午饭在街对面的饺子馆简单对付了一下，抓紧卸车，师傅下午还得赶回去。卸完车也没歇，窦明翰带着从工勤队临时借来的两个小伙子继续。该搬的搬，该挪的挪，争取一步到位。好长时间没干过这么大强度的体力活了，光那几块泰山石上二楼就花了一个多钟头。阿姨亲自指挥。这种事情主要就是阿姨，既是指挥又是监工。他和两个小伙子一起动手，出的那些汗相信阿姨都看在眼里。一直忙到太阳下山。回到宿舍天都快黑了，进了门把 T 恤一脱，身体散了架一样直接倒在床垫上，躺下来半天才舍得动弹一下去拿空调的遥控器。垫子是刚买的，塑料封还没拆，起身时唦唦啦啦像揭下一层皮。

宿舍刚装修好，老人家让部里给他申请的。上个月专门过来了一趟，花了足足一整天时间才安顿好，接水通电，置办家当。电视机、冰箱、洗衣机、沙发、热水器、微波炉、餐桌餐椅，一应俱全。特别是床，一米八的双人床，一下占了卧室一半。其他的可以凑合，必须是双人床。一张双人床往房间里一摆看上去就不像宿舍了，有点意思了，介于家和宿舍之间。整体感觉还不错，除了有点小，才两室。他和司机小杜一人一间。临时的，管理局的同志专门解释过，先过渡着，等有合适的再调，委屈窦秘书了。说是这么说，估计也就这样了，这一过渡就不知道过渡到猴年马月去了。幸好小杜基本不来，小杜是部里给老人家新配的司机，最近刚谈了个当护士的女朋友，在医院旁边租了一间房子，大部分时间都睡在那边。其实等于他自己单住。

空调打开后他没再重新躺回去，就着剩下的最后那点力气坚持起来洗了个澡。洗完澡出来，浑身轻快了不少，这才听到肚子里咕咕响，饿了。一饿精神头就回来了大半。他换上短裤，打算出去转一转。天已经黑透了，他记得出门不远，往东坐两站公交，民族大学西路那附近有一条美食街，过去路过好多次，解馋，还养眼，几乎每一张油烟缭绕的桌子前面都坐着一位美女，胳膊大腿争先恐后地往外露。还从来没在晚上去过，估计这个点正是热闹的时候。吃什么无所谓，转一圈就是享受。这是他来北京的第一个晚上。以前的都不算，这是第一天。出门前他拔掉正在充电的手机，装进口袋之前顺便打开看了一眼，有两条未读的短信。一条是姜枢眉的，他中午下车时给对方报平安，这才回复：知道了。另一条是陈东城的。陈东城是老家一个村的，好久没联系了。群发的。

喜报：2011 年 8 月 1 日晚上七点四十五分，喜得贵子。七斤六两，母子平安，亲友勿挂。感谢爱妻范红月，感谢大家的帮助与关心。感谢，感恩。

陈东城

两小时零六分，准点到站。从广播里播放到站提醒时陈东城就开始盯着手腕上的电子表。整个车厢里他们是第一拨起身的，没办法，行李多，大大小小加起来六七件。范红月挺着大肚子帮不上忙，他一个人鹤立鸡群地从行李架上往下拿，接二连三，拿完一件还有一件，感觉全车厢的人都在看着他。

站到车门跟前时才踏实下来。火车进站，然后飞快地减速，他端住手腕坚持没放下，亲眼看见电子表的分钟跳到了下一个数字，火车终于戛然停住。他感觉自己连同全身上下的行李都跟着摇晃了一下，很轻微，不会超过 5 度，像一个不到三岁的孩子轻轻推了他一把。准点，一分钟都没差。高铁就是高铁。多亏了它，不然他还真不知道该怎么把那八个多月大肚子的范红月弄回来。

下车第一件事就是使出全身力气狠狠咳嗽了两声，惊天动地的两口痰，一远一近飞出去。憋了一路，他得把喉咙气管里里外外彻底打扫一遍。还没出站，但是已经踩在了自己家的地盘上。四年多没回来了，高铁都修到了家门口，四年前这地方还是城边的玉米地。四年多没回来了，玉米地全变了硬邦邦的水泥站台。本以为不会，临了还是没忍住有点小小的激动，腿有点软。妈的，还以为这辈子都不会回来了。

然后把行李放下，原地继续站着，掏出烟和打火机来，要抽就扎扎实实地抽。路上停车时间太短，他的烟瘾也没大到让他甘于去冒那个险，但是现在需要抽一根。小站，本来下车的人就不多，一支烟还没抽到一半，站台上基本上就没多少人了，火车开走之后，站台上空空荡荡，就剩下了他和范红月，以及一地的大包小包。范红月也不着急，站在一旁边休息边耐心地等着他。对于她那八个多月的大肚子来说，坐着是休息站着也是休息。

离老远就看见了出站口的窦明亮，窦明亮也看见了他，一只手很醒目地举起来，一直没放下，直到陈东城艰难地也抬了一下手和手里的旅行包，算是回应。即便不举手也相当醒目，接站的就剩下了他一个。窦明亮有点急了，所有人都出来了，一直没见他俩的人影，左等不来，右等不来，还以为他们下错了车。打手机也不接。手机就在裤兜里震动，陈东城听见了，但是懒得腾出手来往外掏，猜就是窦明亮。着什么急呢，这个窦明亮，就是沉不住气，接站又不是送站。

四五年没见了，还是没变样。陈东城那四十二码的八字脚，仿佛跟每一块地板都有仇似的，啪嗒啪嗒地连甩带砸，一公里之外都能听见。“走，先吃饭。”窦明亮从陈东城手里接过一部分行李在前面带路，两口子跟在后面，感觉走了好多路，才找到那辆昌河车。村里现在没几家买车的，即便买了车也大都不在家，只有窦明亮那辆小昌河随叫随到。高铁站刚建好，跟大多数高铁站一样，离市区有很大一段距离，出了站，窦明亮一直沿着一条新修的马路往县城方向开了好长时间，才找到一家像样的饭馆。

“还回北京?”

一落座，窦明亮就很坚决地把菜单推到陈东城面前。有言在先，这顿他请，算是接风。在车里就声明了。

一个“回”字用得好，陈东城很满意。“回！当然回，生完孩子就回。”陈东城摁住一个菜名，把菜单送回到对方眼皮子底下。然后摸烟，点上，踏上家乡土地之后的第二根。在北京一待就是四年多，他觉得自己可以有资格用这个字了。窦明亮忙着在单子上记菜，闻到烟味皱了一下眉头：“注意点嫂子。”陈东城很大度地笑了笑，没事，到家了哪还有那么多讲究。

窦明亮最后专门加了一道，辣子鸡丁，指指范红月：“酸儿辣女。”

陈东城每一口烟都吸得很深，吸进去半天才吐出来，看上去似乎也没吐出来多少。他用食指在烟灰缸上方频繁敲打着那并不需要敲打的烟灰，问窦明亮：“你呢，糖厂生意怎么样?”

不怎么样。这年头活得都讲究，稍微上了一点年纪的都忌糖，降糖都还降不及，谁还花钱买糖。不提也罢。他重新打量了一眼范红月：“查了没有，男孩女孩?”

范红月迟疑了一下，陈东城赶紧替她回答，查它干吗？管它是啥，爱是啥是个啥！他招手叫服务员，上啤酒。一瓶。要冰的。他自己喝，知道窦明亮不喝酒。不是因为开车不喝酒，是从来不喝酒，滴酒不沾。村里人都知道。

窦明亮给自己杯子里倒上茶，以茶代酒，朝对方的杯子上碰了一下：“都这个时候了，干脆在北京生了算了。多余折腾这一趟。”

范红月瞅了一眼陈东城，这次还是不打算吭声。还是陈东城回答。回来之前两个人就商量好了，肯定会遇到这个问题，只要遇到这个问题由陈东城来。答案也是陈东城拟定好的。

“贵啊！在北京生个孩子多贵你知道吧，你在北京生一个抵得上在咱县城生五六个。再说了，就算是在北京生还是得回来上户口，”综上所述，然后他下了结论，“早晚得折腾这一趟。”

确实贵，这倒是实情，钱还没来得及花出去，但是陈东城打听过，包括一些私立医院也打听过，大致上有数。所以这个回答没什么问题，于情于理都说得过去。窦明亮顺水推舟：“也是，北京它也不是美国，美国有法律，孩子只要生在美国土地上就是美国人。如果北京也跟美国一样，只要生在北京地界上就是北京户口，那倾家荡产也得在北京生。有力的出力，有钱的出钱，也算我一份。”

几年没见，窦明亮开起玩笑来水平见长。这次连范红月都笑了，笑得像她的肚子一样小心而又艰辛。除非确实好笑，或者非笑不可的事情，她现在很少动用这个剧烈的表情，肚子太沉，连脸也跟着懒得动。菜陆续上来了，每一道菜对她来说都像是一道珠穆朗玛峰，需要鼓足勇气去征服。从来没见过她这样的，反应那么大，都八个多月了，还是不行，吃什么吐什么，吃多少吐多少，一顿饭在胃里待不到半个小时。但必须得吃，半个小时也好哇。

是实情不假，但只是实情之一。

钱的问题还不是最主要的，最主要的问题是坐月子。没有地方坐月子。其实是被撵回来的，房东不答应。钱的事情说得出口，这种事情就不太好说出口了，比没钱还不光彩。

租的房子离陈东城上班的那家小区不远，是一所大学的家属院。大学年纪够老的了，家属院看上去比大学更老。二十世纪五六十年代的那种老小区，其实就是职工宿舍，红砖裸在外面，连保温层都没涂。如果不是亲眼所见，陈东城都想象不到北京五环之内还有这样的房子，厕所的水箱在头顶上，每次都需要用手拽一下绳子。范红月来之前他一直没租房子，物业办公室隔壁有一个小储藏室，以前放工具用的，他在里面加了一张单人床。就是个睡觉的地方，一个人怎么都好说。但是范红月来了以后不行了，不只是睡觉，还得过日子。从同城网上找的租房信息。房东很谨慎，在电话里让陈东城报上自己的单位并且换座机打过来，才答应让他看房子。物业公司虽然不是什么正经单位，但有单位总比没单位强。第一眼就相中了。房子破是破了点，但是在大学里面，当然不是清华北大那种大学，但毕竟也是大学。初中都没上完，陈东城没想到居然能把日子过在大学里，而且还是北京的大学。为了方便教职工出入，学校每天早晚高峰临时开了个后门。门很窄，人流多的时候需要排队，陈东城上下班时挤在那些拎着煎饼果子或者一捆青菜的大学老师们中间，脸上故意不动声色，很享受自己置身其中的感觉。

即便是这样的房子也还是嫌贵，跟人合租的。六十平方米不到的地方分了三间。两室一厅。他们住大间，小房间租给了一个刚毕业的大学生。客厅、厨房、卫生间共用。说是共用，但除了卫生间基本上都归他们两口子用，大学生基本上没进过厨房，一天三顿都是在外面吃，偶尔打包带回来也是躲进自己的小房间里。还是很划算的。房东三个月才过来露一面，收房租，也顺便看一看房子。本来其实可以混过去的，一个月子不被发现应该没多大问题，不知道怎么走漏了消息，那天不是收房租的日子，房东突然招呼不打直接上了门，天气已经热了，范红月那么大的肚子，藏都没处藏。人赃俱获。房东还算礼貌，留了很大的面子，话没说破，但是态度很坚决，绝对不行。月子不能在这里坐。房子以后收回去装修装修还要给小儿子结婚用呢。她把陈东城单独叫到客厅，问了预产期。

人家忌讳。

陈东城连忙解释，声称绝对没那个意思，绝对不会在这生孩子，这点事理他还是懂的，这两天就准备回老家去。到底是底气不足，自己都觉得假。他在房东告辞之前完全是凭着毅力才坚持没让脸烧起来。心里狠狠骂了两声，估计是大学生告的密。听他说过下半年要考研，复习需要一个安静的环境。一墙之隔，这边生了小孩估计他那边也别指望安生了。小伙子人其实不错，每次去阳台上晾衣服都要经过他的房间，每次打招呼他都要笑一笑，人躺在床上看书还礼节性地把脚往上收一下。没想到笑里藏刀。不过想想，也能理解，人家也是没办法。同在一个屋檐下，属于两家人固定的空间就那么大，你多占一点，人家就要少一点。换了他也一样。笑容可以免费给，但空间该捍卫要坚决捍卫，没什么好含糊的。

范红月的大肚子随时呼之欲出。她自己其实无所谓，关键是陈东城，不愿意看到陈东城在这件事情上走投无路。也是想为自己开脱，仿佛问题都出在自己身上，当初可是她坚持要来的，坚持来的目的就是为了怀上个孩子。“不行就换，咱们再去租一间。我还就不信了，这么大个北京生不了一个孩子。”

陈东城刚才脸上没红的地方现在全红遍了，他手一摆，一锤定音：算了，回去。

跟户口不户口的其实没关系，他的想法很简单，既简单又叫人费解，就是想让范红月在北京生。把他的儿子生在北京。似乎只有这样，才对得起儿子，也才对得起北京。一举两得，两个心意一起都表达到了。哪怕是最普通的、最不起眼的医院，哪怕是连间像样的厕所都没有的出租房，不重要，只要是在北京就够了，儿子生下来呼吸的第一口空气是北京的空气，第一泡屎是拉在北京的医院里。有什么意义吗？似乎也没什么实质意义，他做这些的全部意义似乎就是为了等有一天亲口告诉儿子这个事实。知道了这个事实又能怎么样呢，似乎也不能怎么样，唯一的意义就是知道自己跟周围的另外一些人有了一点区别，比如像自己这样的一些人。

酒足饭饱，窦明亮结账，回来三个人又继续坐了一会儿，陈东城说不急，等一等，等范红月吐完再走。果然不虚，陈东城的第三根烟刚点上，范红月的反应就来了，一帮暴徒在胃里起兵似的，她捂着嘴巴起身就跑，之前已经考察好了路线，直奔卫生间。半天范红月才出来，瞳孔都放大了一圈。“不知道养了个什么东西，”她一脸要跟这个世界同归于尽的表情，

“回去就剖，掏出来算了。”

桥桥在肚子里就懂事，知道大人受罪，迫不及待地要早点出来，自己解脱，让他妈也解脱。回来还不到一个星期，开始有动静了。那天一大早范红月就觉得情况不太对劲，小肚子一阵阵发硬，每几分钟就发作一下。时紧时松地疼，似乎还没疼到那种地步，范红月自己也不敢确定，离预产期还有半个多月。怕万一不是，村里离县医院不算近，别白折腾一趟。为了保险起见，陈东城还是给窦明亮打了个电话，今天车就别出去了，随时待命。事实证明，电话打得很及时，窦明亮本来上午打算去县城药房进薄荷的，刚要出门被拦下了。吃过中午饭范红月小肚子开始发动了，疼得又狠又急，很快见了红。应该是了。“给明亮打电话吧，”范红月踏实下来，打开床头柜把那只旅行包拿了出来，提前好几天就已经准备好了，万事俱备，只欠东风，“去医院。”

挂的急诊。人刚送进去，范红月她娘就赶到了。范红月她弟送她过来的。中午他打电话给窦明亮的时候，范红月打电话通知了她妈。她妈在镇上帮着她弟弟家带孙子，比他们离县城还近一点，叫车也方便。回来一个多星期了，这还是第一次见面，陈东城硬着头皮叫了一声妈。范红月她妈掉开目光，嗯了一声，算是答应。跟她闺女一样，厚道了一辈子的女人，换了别的丈母娘真不一定搭理他。小舅子走过来，拍拍他的肩，伸出食指和中指比画了一个抽烟的动作，示意他出来。

“这就是你不对了，回来起码也打声招呼。”

小舅子没问题，年龄差不多，再说都是男人。刚才两个人已经通过电话了，进大楼时找不到病房，范红月的电话打不通，打了陈东城的。北京的号。小舅子手机里有，上次去北京的时候存的。

陈东城赶紧把烟接过来。病房斜对面是开水房，拐进去有一个隐蔽的凹角，上面还开着窗户，天然抽烟的地方。有根烟夹在手里，觉得呼吸都顺畅了：“住不了几天。北京事忙，说走就得走。”

“那就更得招呼一声了，我得抓紧时间请姐夫喝个酒。”

小舅子这是想还人情。去年结婚带着新媳妇去北京，他车接车送，管吃管住，花了好几千大洋，连回来的车票都是他买的。

钱不白花。所有人都可以不待见他但小舅子不能。几千大洋加上北京，够意思了。陈东城抬手在对方肩膀上加了点力气又拍了回去，算是领了情。一根烟眼看就要抽完了，心里还是镇定不下来，乱糟糟的，长满了草。下午要生的很多，排着队推进去，不知道哪个先有结果。扔掉烟头刚要出来，一个哥们嘴上叼着烟冲过来，一只手举着电话，满脸激动地问他借火机。这哥们是跟他们一间病房的，等范红月她妈过来的时候两个人还聊了几句，已经住三天了，过预产期两天了羊水还没破，没办法，打的催产针。晚生的一般都是闺女，他很淡定的，闺女多好，贴心小棉袄。生出来以后不淡定了，是儿子。正挨个儿打电话报喜，说话都不利索了，手里攥着他的火机，千谢万谢的。陈东城心里突然抖了一下，事到临头居然紧张起来了，刚才从村里往医院赶的路上还没这么紧张，刚才范红月被推进产房的时候也没这么紧张。心里开始起风，那些乱糟糟的草满胸口里随风起舞。不行，得淡定。这不是他的风格。

手机响了，是范红月。电话接通的时候陈东城觉得嗓子都硬了，很吃力地喂了一声，声音差点没送出去。

范红月她妈和小舅子都转脸看他。第一个打给他的。第一时间。

电话那头的声音像从另一个世界发出来的，是死过一回的声音。几个字裹在呼哧呼哧长短不一的喘气声里：“出来了，七斤六两。”

好，七斤六两，好。很好。居然有七斤六两。喝口水都吐，真不知道这七斤六两是怎么长出来的。

陈东城一只手拿着电话另一只手去口袋里摸烟，没意识到手在抖。烟摸出来之后才想到现在是在病房，抬脚就往门口走，对面是开水房，墙角那儿可以抽烟。五分钟之前他刚在那里抽完一根。

对方这才宣布结果，范红月用这辈子最虚弱的声音宣布了此生最骄傲的一件事情："是儿子。"

陈东城脑袋里嘭的一声，一只火箭直上云霄。嘴巴还没来得及跟上，跌跌撞撞地，说出来的都是废话："真的假的？别开玩笑。"

当然是真的。在这个问题上，在这个时候，范红月不敢跟他开玩笑，借她十个胆子都不敢。

他使劲提醒自己，一定要淡定，起码在脸上要淡定。但还是不行，脸上的每一块肌肉都在哆嗦，操，儿子！烟叼在嘴里半天了，才发现口袋里没有火机，转身看见旁边站着一个正一脸沉重看着他的男人，嗓门把自己都吓了一跳，哥们，丫儿还愣着干吗，火！

立竿见影，人就是这么奇妙的一种东西，范红月肚子里的肉一掉下来马上就能吃能喝了，仿佛之前的七斤六两不是长在肚子里，而是长在了胃里，现在把地方腾出来了。想吃肉。红烧肉。过去最怕的就是它，今天要报仇。指名叫陈东城去买。有护士和范红月她妈在，陈东城在病床前也插不上手，巴不得出来透口气。从医院出来往东拐个弯就是县城最有名的步行街，早就听说了热闹，确实热闹，还有几天就是七夕了，步行街上的节日氛围很浓厚，各路商家都在想办法让男人们花钱。热闹主要是因为年轻人多，感觉半个县城的男男女女都过来了。虽然没法跟北京的那种热闹比，但也够了，起码搞定一碗像样的红烧肉应该不成问题。他在北京每天上班的路上有一家"毛老师"，专门做红烧肉的，吃过几回，确实棒，每天排队能排到大门外头去，不知道县城的红烧肉能不能做出那个水平来。他喜欢排队，喜欢排队的那种感觉，心里装满了想头和期待，世界很美好，而且人人有份。

顺产。范红月皮实，当天晚上就可以自己下床了。不比不知道，临床是剖的，五六个人伺候不过来，隔着帘子听见一大家子加产妇一起哼哼。一碗红烧肉下去，大半条命基本就回来了，范红月提到起名字的事。本来这不是个问题的，名字早就起好了，香山。陈香山。因为租的那所大学家属院后门出来就是香山路，本来打算在那里坐月子的。香山，全世界只有北京才有香山，一目了然。每次向别人解释名字的来历，就可以名正言顺地告诉人家，在北京出生的。但现在不行了，得换。不叫香山那就随便了，就近找灵感，脑袋里就浮现出刚才步行街上的情景。他想起来街中央一家商场门口用无数灯管灯带搭起来的鹊桥，流光溢彩的，比真的银河还漂亮，很有意境。七夕。牛郎织女，鹊桥相会。就叫桥吧。陈桥。小名桥桥。

出院那天正好是七夕。没叫窦明亮，一家人从医院打出租车回来的。直接回了娘家。没婆婆，范红月的月子只能在娘家坐。老丈人老大不愿意，范红月她妈回来伺候月子，儿子那头缺了人，把他又换了过去。陈东城让出租车在路口等着，到院子门口站了站，犹豫了一下，明知道老丈人不在家，还是算了，不进去了。说好了，过几天再来接。那头还有个爷爷呢，爷爷再不是个爷爷，也得让人家看一眼孙子。

本来请了两个月的假，计划是要喝过满月酒才回北京的。出院还不到一个星期电话就来了。陈东城那天回医院开出生证明，正排着队，手机响了。是短信，他老板，田总。田姐。那短信口气挺吓人的，连续好几条。冉冉生病了，布鲁氏杆菌感染，又拉又吐，刚住上院。前两天他们幼儿园有个小朋友就是因为这个拉脱了水，差点没抢救过来。陈东城花了不到十秒钟时间快刀斩乱麻，果断地回了一条，马上到。证明开得不是很顺利，七七八八填一堆，电脑也不配合，还死了一回机。口袋里的手机掏出来好几次。对方没回。没回就等于默许了。医院旁边就有一家车票代售点，陈东城出来后直接订了下午的高铁。晚上就能到。他骑着摩托车往村里走，想了一路，到家才打电话给范红月。这么急回去，确实需要一个很像样的理由。理由倒是有现成的，小区里有个业主跳楼，六十多了，不知道为什么跳，儿女事业有成，都孝顺，老头退休前还是一个副局长，不知道因为什么就想不开了，非要死。人住在二楼，怕高度不够，死不透，自己搬了一把椅子，专门跑到四楼从窗户上跳的。儿子报了案。派出所估计会找他问一些事情，即便不找他，他也得回去，出了这么大的事，他这个物业经理不能不在场。这事真有，百分之百真的，不过是两个多月之前的事情。本来当时就想跟范红月说的，因为什么打了一下岔忘了，幸亏没说，正好派上了用场。晚上到的，北京南站，六点十八。其实不叫晚上，天长，六点多了还大亮，一点没有要黑下来的意思。持续了一整天的热浪在北京等着他，一下车就像条狼狗一样朝他身上扑，很有分量，人差点没站住。

他没坐地铁，打车，直接去医院。

窦明亮

刚过完年，仲芹就开始折腾房子的事。她要买房。无论如何要买。先预热，枕头边上拉风箱，然后各种熬、揉、抻、拽，最后成型、压块，搞定。跟做一锅糖工序差不多。做一锅糖四十分钟，她这事儿没出正月。

还不都是因为过年。一个年过下来，村里好多人的脑袋都不是过年之前的脑袋了，让年洗了，是焕然一新的脑袋，也是如梦初醒的脑袋。

一到过年，整个村子能年轻二十岁。这不是夸张的说法，是事实。年轻人都回来了，再加上孩子，一下就把村子的平均年龄拉下来。年轻了二十岁的村子立刻热闹了不少，连狗都比以前叫得欢。人多才有年味。过年过年，过的其实是人。仲芹看手机和新闻上不少人都抱怨现在过年不如以前有年味了，对此她保留意见，其实不是没有年味了，而是年味不同了。以前的年味是吃和穿，平常舍不得，过年了豁出去一把。现在的年味是人。过去人都不出去，都在村里，抬头不见低头见。现在不一样了。年轻人一年到头都在外面，只有年，才能把人叫回来。

这年头脑袋里稍微有点想法的年轻人，都在往外跑。没什么好说的，应该出去。也基本上都出去了。有远有近。本分一点的，就在家门口，县里工业园好多厂子都招人，厂子里有宿舍有食堂，一周休息一天。三四十里路，如果不嫌麻烦，当天也可以回来，离土但是不离乡。野心大点的，就离乡背井了，到省里，或者上海、北京、深圳。挣得多，见的世面也大。比如他们本家六哥，人家去了深圳，好多年前就去了，先是给工厂送盒饭，攒足了本，后来开始倒腾些给西服钉扣子缝商标之类的活，在罗湖开了一家小工厂，老婆也是在当地找的，四川妹子，比他小十一岁。比如那个陈东城，去北京了，也是早就出去了，在北五环一家小区里干物业经理，之前在村子里不是个什么体面的人，七八岁还穿开裆裤呢，现在出息了，都是经理了。树挪死，人挪活。不出去就是死路一条。有想法的、有出息的年轻人都出去。不然守在村里做什么呢，地用不了那么多人了，你不种有的是人帮你种，不光种粮食，还种大棚，种果木，种树苗。想赖在地上，没门。地不会给你好脸子，还有爹妈媳妇，都不会给你好脸子。最重要的，年不会给你好脸子。平常不明显，一到年上就见了高低了，是骡子是马，在年上拉出来遛遛。

又有三四家在县城买了房，县郊，县郊也是县城。最气人的是窦支书，其实也不是窦支书，是窦支书的儿子，居然买了第二套。给爹妈买的，两套房子挨着，一个单元，将来把爹妈接过去做邻居。窦支书的儿子在城里卖电动车，也修电动车。最早是修，后来修大了，换了一家店铺，做了代理商。窦支书在村里给儿子盖的房子，结婚时盖的，上下两层。村里有，但是县城里也有，就不一样了。家和房子是两码事，这个不矛盾。不仅不矛盾，还相得益彰，左拥右抱的，气死你。气人的其实也不是窦支书的儿子，是窦支书儿子的儿子，五岁多一点，马上就要在县城上小学了。育才小学。在县城当然不算是最好的学校，但是无论如何比镇上的任何一家强。老师和老师不一样，同学和同学也不一样。窦支书儿子平常就住在城里，一年到头基本上在村里见不到人，要见也只有过年才能见着。大年初二，仲芹抱着闺女到隔壁村老舅家拜年，路过窦支书家。快十点了，窦支书儿子才刚起床，穿着花棉睡衣蹲在墙根下刷牙，看见仲芹忙不迭地打招呼，白花花的牙膏沫子雪崩似的往下掉。仲芹看见院子里停着那辆去年才买的起亚，白色的，雪白，跟牙膏沫子一样白。这是村里第一家买轿车的，院门开到了一百八十度，路过的人一眼就能看见。窦支书的儿子是她初中同学，比她高一级，一辈子都跟车来电，当年他也是全村孩子里第一个骑上自行车的，放学的路上经常故意落在别人后头，要捎她。她一次都没坐过他的自行车。

女人的小气和要强是一对双胞胎，外人常常是分不清楚的。但是仲芹不承认，自己绝对不是小气，不是非要跟某人赌气，没那个兴趣，那是二十出头小姑娘才做的事，小瞧她仲芹了。买房主要是为了闺女。在镇上读小学跟县城读小学那绝对不是一个概念，搞不好就是一辈子的事，没办法，这就是现实。她自己不甘心，也怕将来孩子问罪。闺女还小，小归小，得未雨绸缪，等到火烧眉毛那就晚了。

买房子需要钱。手里钱不多，但是首付还能对付，剩下的贷款就是了。精打细算一向是仲芹的强项，嫌压力大就多还几年，心疼利息就少还几年，问题都不大，能扛得住。除了窦明亮卖糖，还有她呢。等闺女以后上了学，她就出来上班了。都不是问题。问题是窦明亮。

只要他点头。

钱是窦明亮挣的。两张卡，一个五年期，一个三年期，去年她刚存进去，利息了了的，随时可以取出来。但是这钱窦明亮暂时还不想动，他有用处。

卖糖挣的是薄利，钱来得慢。说是挣的，倒不如说是攒的。尤其这几年。这几年力气越来越值钱了，没办法，物以稀为贵，现在大多数像他们父亲这一辈的眼看都上了六十，干不动了，换上了他们这一茬。这一茬比上一辈金贵，从小都是在学校里长大的，脚上基本没沾过泥，都不愿意干力气活了。所以力气值钱了，只要肯舍得力气的，发不了大财，但吃香喝辣肯定没问题。一天到晚费心巴脑地卖那个糖，还真不如像大家那样，到县城里去随便找点什么工作干，送个快递、干个装修，上门搬家、物业水电，省心，也不比卖糖挣得少。自己还有一辆昌河，连力气其实都用不了多少，油门一踩随便跑跑，每个月几千块钱没问题。以前在县城批发市场认识的那个小庄，贩水果的，早就撺掇过他，想让他跟他一起倒腾水果。名声不好听，但是实惠。除了批发，还可以联系往市里水果店超市送。现在的人吃起肉来抠抠搜搜，水果倒不含糊，那叫一个狠，几十块钱一斤的车厘子成箱往家搬。一个月挣七八千没问题。挣钱都比卖糖来得快。卖糖不容易，做糖更不容易，他现在是手工作坊，得雇人，要花钱买力气，一进一出又是一笔成本。

关键问题其实也就在这里，他是手工作坊，手工现在越来越值钱了，但是糖不值钱。一斤糖的价格还是五六年前的价格，一分钱没涨，也不敢涨，涨了更没人买，但是其他东西在涨，衣服、肉、花生油、感冒颗粒、奶粉、话费、薄荷脑、房子，包括力气，都在涨，人家都涨糖不涨，就等于贱了。薄利，必须得多销。所以必须要提高产能，必须要节省人力，用机器代替手工。

他在网上找到一家南方的小工厂，连谈带磨，人家答应定做机器。304 不锈钢工作台、冷却池、电子控温系统、拉白机、压块机、包装机，一条流水线下来一气呵成，比起手工来，那是两条腿和四个轮子的区别。快了不知多少倍，还不用操心，手和腿时间长了会酸，会偶尔偷个奸耍个滑，机器永远都不会。

有了设备还得有装设备的场子，厂房就算了，但是起码得有个车间，原来的作坊要大翻修，屋顶加高，西墙打开再扩出来一间，其实就等于重盖。

都得花钱。但是这个钱得花，该花的钱必须得花，生意嘛，有投入才能有产出，需要豁出去的时候就得能豁得出去，哪怕就豁出去这么一次。不豁出去这么一次，一辈子不甘心。

三六九，往外走。十五不到，村子基本就空了，刚刚年轻的二十岁又老了回来。过年的时候看不出来，年一过完，水落石出，就显得他窦明亮扎眼了。

平时就他最扎眼。因为年轻，所以格格不入，所以扎眼。年纪轻轻的，一年到头一天到晚老是在村子里晃，是不太像话。都出去了，就他不。就待在村里，守着个破作坊。还挺来劲，还要进设备扩厂房的，要往里头大把大把地扔钱，万事俱备，随时可以动手，就等着这个年过完了。仲芹得抢在他前头。

买房，这是大事。女人这一辈子里没几件大事，要么不干，要干就把它干到底，干成。

下午窦明亮到镇上工商所去盖一个章，跟人多聊了几句，天黑才回来，一进门看见热气腾腾一桌子菜。年都过去大半个月了，饭桌上突然这么隆重，吓了一跳。还有酒。窦明亮平时滴酒不沾，肝不好，一杯酒下去脸就白，人家是红，他是白，仲芹不是不知道。不是给他喝的，那一定就是她自己喝的。窦明亮反应过来之后又吓了第二跳，认识这么长时间就见媳妇喝过两次酒，一是结婚之前两人去西安旅游那次，关系刚确定下来，她故意借点酒把自己放倒，给他机会。还有一次是窦明亮三十岁生日那天。

菜没动，第一杯先下了肚。白酒，四十三度。仲芹闭起眼睛，一口咽了下去，然后等它一路到底，这才慢慢把眼睁开。日子不能就这么过下去了，得出去。

仲芹用的是釜底抽薪的策略，开门见山，一剑封喉。窦明亮心里突然往下一沉，不好的预感证实了，“出去？去哪？”

随便去哪，去哪都行。去哪也比现在强。年纪轻轻地在村里守着有什么意思？干什么不行，上上班，做做小生意，非做糖？不做了，跟着他做了五六年的糖，腻了，也够了。想换个活法。仰头又是一杯。

窦明亮有点蒙，她说出来的这话比她刚才喝下去的白酒度数还高，上头，顶得他脑袋里嗡嗡作响。他得适应一下。

“想通了，也活明白了。不能在一棵树上吊死，识时务者为俊杰，鸟择良木而栖，”词都是现成的，在嘴里排着队，“趁现在还来得及。”

眼睁睁地看着窦明亮那张脸由红转白，白里又转出来点青。这话狠了，等于是耳光，直接打男人的脸了。

仲芹一鼓作气。酒一杯杯下去，话一套套出来。大人还好说，关键是孩子。对不起孩子，不能就这么在村里废了。做父母的辛辛苦苦图什么，起早贪黑图什么，还不都是为了孩子？凭什么人家在城里咱就得在村里？又不低人一等，又不比人家缺根胳膊少条腿。

“反正在村子里是待够了，难受，憋屈，不想过了，”仲芹越说越来劲，越说越投入，说着说着忘了战术策略那一码事了，入戏了，真刀实枪的眼泪下来了。窦明亮这下真慌了：

“你不过了我怎么办？你到底什么意思？”

仲芹擦擦眼泪，眼泪干了眼睛还是红的。她一眼都没再看窦明亮：

“过也行，但有个条件，先把房子买了。现在就买。”

底牌亮了出来仲芹就没了退路，等着对方要么就范，要么彻底撕破脸。她也不急，做好了准备打一场持久战。一连几天她那张脸都冷若冰霜，把整个家搞得一片肃杀，锅碗瓢盆都是冷的，这肃杀对窦明亮来说是史无前例的压力，搞得他坐没地方坐站没地方站。窦明亮本来还想用老办法的，拖，扛，磨，下次再说，等等再看。在与仲芹这些年打交道的经验中，这一招管用，但这次似乎不行。没有下次，不能再等。能过则过，不过拉倒。

仲芹提醒自己不能解冻，不然就前功尽弃了。窦明亮几次讪着脸往上凑，可怜兮兮的，她都命令自己忍住了。人也不闲着，隔三岔五跑一趟县城。过去跟她在商场里一起卖电视的对班黄姐也要买房，两个人信息共享，每次回来都抱着一堆广告单，刚过完年，又是一波小阳春。手机上也不断有售楼顾问和各种中介的电话打过来，买不买没关系，先来看看，体验一下我们的样板房。是要去看看的，货比三家，买斤猪肉还要挑挑肥瘦呢。仲芹不光自己去，还要叫上窦明亮一起看。让他开车拉她去。一个星期没开口了，冷不丁一张嘴，威慑力爆棚。

窦明亮还在犹豫，想就范又不甘心的样子。仲芹急了，替窦明亮急，也替自己急，腾地一下火冒三丈。她知道，最后决战的时刻来了，她把正在切西红柿的菜刀往案板上惊天动地地一拍："再问你最后一遍，到底去不去?!"

"去去去，去行了吧。"窦明亮被震得浑身一抖，连目光都跟着哆嗦了一下。语气与其说是投降，倒不如说像哀求。仲芹那口气终于松了下来。她赢了。很庆幸他在最后一刻低了头，如果他不低头，这把菜刀还真不知道怎么拿起来。

西红柿鸡蛋汤，他的最爱。

赢归赢了，但是赢得一点都不提气。其实她是真心不想再在村里待了，真心不想让窦明亮再做那个糖了。做来做去做个什么劲呢，一辈子都耽误在这个上头了。

这个人就是太轴。脑子里打了一个结，一辈子都解不开扣，稀里糊涂就把一只大包袱背到了身上，其实明明可以扔的，他不行，活该是他背。背着包袱哪也去不成，就这么不三不四地把自己剩在了村里。叫的好听着呢，什么窦氏糖王，什么窦氏薄荷糖第七代传人。呸!

窦氏薄荷糖，当年是很有名的，四里八乡家喻户晓。好多比窦明亮年纪大很多的人都还记得，小时候到亲戚家里去拜年，五家里头三家桌子上都摆有这个糖。老手艺，听说有年头了，清朝就有了，一直传到现在。窦家好几辈都靠这个过上了体面日子，挣过银子，挣过袁大头，挣过法币，挣过人民币，还挣过粮食，闹灾荒那几年，收成不好，到了过年，吃不起肉吃不起鱼，糖总得给孩子买两块，拿鸡蛋和粮食换。人家连饭都吃不上，他们家吃糖，多少人羡慕他们老窦家有一门做糖的手艺，做梦都想学。可是人家不带徒弟，只传本家。吃饭的手艺，安身立命的，随便不得。

那是当年，现在不行了，没人学做糖了。到了窦明亮这里成了单传。当年一起学做糖的堂兄弟五六个，坚持下来的就他一个人，都不干了。有的干到半路扔了，有的干脆连徒都没出。他也想扔的，但是扔不掉，没人接。传不下去了。谁还学这个啊，烟熏火燎的不说，还累死个人，体力活，又是抻又是揉，关键是换不了几个钱。过去挑三拣四门槛那么高，现在好了，白送都没人学。此一时彼一时啊。

别说白送了，倒贴钱都不好使。

那几年为了卖糖窦明亮生活中最主要的一内容就是赶集。从近到远，有集就赶。天天去。最常去的就是隔壁镇上的许寺集。许寺集是老集，很大的，附近七八个村子的人都来，那时候还没买昌河车，他骑一辆小三轮，早早赶到，随便找个地方一停，一车糖一上午基本就卖完了。许寺集逢三八，每个集他都不落。那天中午快收摊的时候，有一个半大小伙子磨磨蹭蹭走过来，看上去挺文静，天气很热了，还周周正正地套着个毛衣。说买糖。问他买几袋，没吭声，递过来十块钱。一袋六块五，快收摊了，给了他两袋。拿了糖也没走，挪挪脚走到路边一根电线杆旁边，靠在电线杆上剥糖，剥开了塞到嘴里去，很专注地咂，咂到一半还拿出来看，对着阳光看糖的螺纹，一脸搞科学研究的表情。再塞进嘴里就不咂了，直接开嚼，咯嘣咯嘣，几米外都能听到，牙不错。嚼完一块再剥，继续嚼，一口气连着四五块，还没有停下的意思。窦明亮从三轮车上跳下来，走过去，问多大了。

十五。

“不上学了?”

不是星期六也不是星期天，集上这个年龄的孩子见不着几个。

对方白了他一眼，没理他。也是，这属于个人隐私，不予回答。

“怎么样味道?”窦明亮指指他手里紧紧抓着的一袋半糖，“好不好吃?”

对方点点头，吐出来一个字。糖在腮帮子里鼓起来老高，腾出半张嘴来说话，像短了半截舌头。窦明亮怔了一下才意识到对方说的是“甜”。

甜就对了。糖不甜那还叫糖吗?除了甜，还脆，还凉，还润喉、通气、祛火，好处多了去了。窦明亮盯着对方，走火入魔似的，目光里短路一样突然电花一闪，问对方：“你想不想学?”

对方脸上一愣，糖在嘴里也跟着愣住了，不动了。

“学做糖，”窦明亮说，“我教你。”

他顺手从三轮车上撕下一角报纸，写了自己的电话号码给他。对方没手机，窦明亮交代他，让他回家跟爹妈商量一下，五天之后，下次逢初八集再来，带他去作坊，管吃管住，免费教。想什么时间回家就什么时间回家，当天回也行，他送。叮嘱了好几遍。一直没接到对方电话，初八再来的时候，专门去了老地方，左等右等，一直到中午，还不见人。电话没有，幸亏要了名字，跟身边的人打听。问了好几个都说不知道，街口炸油条的那家皱皱眉头，名字听说过，加上特征也确实显著，这么热的天了，还穿个美国星条旗的毛衣，一下就对上了。

“你找他干吗?”

窦明亮本想撒个谎的，可是临时没找到一个像样的理由。这理由也确实不太好编，干脆说了实话。

“做糖？你开国际玩笑呢，”卖油条的咧嘴一笑，一嘴板牙比筐子里的油条还黄，“吃糖都吃不利索呢，还做糖?！不用找了，弱智，”他拿一根指头敲了敲自己的太阳穴，“十字街西头冷鲜肉老李家年前刚找了一个，女方结婚带过来的。脑袋有问题，十五六的年纪，五六岁的脑袋。”

窦明亮脸红到了脖子根。很快就传开了，这窦明亮真是可以，对糖那是真亲，比亲爹还亲，为了不让自家的糖断后，算是豁出去了，倒插门都行，连傻子都不嫌弃。

刚生的是闺女，这玩笑不那么好听。

那些人才不管，还有更难听的：正好也没儿子，干脆让糖给你当儿子得了。

干吗一定非要有人接呢，扔就扔了吧，失传就失传了呗，窦明亮的压力在旁人看来简直莫名其妙，就是一门手艺而已，又不是什么武林绝学。眼看着连自己的窦字都不一定传得下去了，也没见他有那么大压力。

难听归难听，那些人倒也没说错，糖还真是他儿子，比儿子还亲，谁欺负糖，就等于欺负他儿子，等于欺负他一样。窦氏薄荷糖红火的那几年，除了窦家，还有一家做糖的，做姜糖，也做薄荷糖。都是薄荷糖，但是味道不一样，都不用往嘴里塞，一打眼就看出差别来了，糖不亮，没有螺纹，咬开后里头也没有空心，说明功夫不到，做糖一大半是功夫活，一分功夫一分成色。放到嘴里更不一样了，都是甜，但甜和甜是有区别的。原料不一样。窦明亮每次用的都是广西砂糖，这家肯定不是，连砂糖都不是，是面糖，面糖里头有水分。不是一种糖，但是用了他的招牌，也叫窦氏薄荷糖，连包装都一模一样，全照抄。他不干了，去找人家理论，人家也不干了，天底下又不是你一家姓窦，不服就打官司。窦明亮这个人脾气不太好，其实也不是脾气不太好，主要是没怎么跟人红过脸，经验不足，轻重把握不好。动了手。鼻青脸肿地回来，仲芹就骂他，嘴上骂完了，心里还没停，嘴上就事论事，心里举一反三跑出去了很远，不管他自己承认不承认，窦明亮这辈子其实就是让糖给坑了，让糖拖累了，不然早不是现在了，跟六哥和陈东城那样的不敢比，起码比村里大部分人都强。人啊，这一辈子看着枝枝杈杈弯弯绕绕的，其实关键的路口就那么几个，一不留神一辈子就被这么决定下来了。他是，她也是。自己这一辈子吃亏就吃亏在耳根子太软，当初听他的鬼话，什么跟他一起做一项甜蜜的事业。她的想法当时也简单，老话说得好，千金在手不如一技傍身。她赵仲芹是一个踏实的女人，踏实的女人有个最大的特点就是听老人言，听老话，但是此一时彼一时也。这个时代发展太快了，老话已经跟不上了。

仲芹从没想过自己这辈子会又回到村里来。出都出来了，居然又掉了头，而且居然一待就是这么多年，一直待到了现在，眼看闺女都能满地跑了。她还不到二十就出去了，高中刚毕业。书读得一般，高考时分数差了一小截。本来可以上大学的，那几年正好赶上扩招，佳木斯有个大学答应录取她，还有许多民办的高校，随便挑。她在地图上查了一下佳木斯，快到国境线了，民办高校要多交不少钱，干脆算了，不上大学了，直接上班。反正上了大学出来也是上班。不去太远的地方，县城就行。暑假快结束那两天 TCL 在县城最热闹的几家卖场招销售，她上午面的试，下午电话就来了，通知她一个星期后上班。上班的感觉很好，她喜欢。每天站在一堆花花绿绿的屏幕前头，有顾客的时候就卖电视，没顾客的时候就看电视，一个秋天断断续续把苏有朋版的《倚天屠龙记》看完了。二十几台电视放同一个画面，二十几个苏有朋齐刷刷一起在眼前晃，很震撼的。住的地方在城边上，说是城边，但县城统共就那么大，电动车二十分钟就到。和别人一起合租的，最小的一间卧室，六七平方米，进门只能上床。小归小，但是很温馨，像只鸟窝。一个柜台两个人，一个白班然后接着一个晚班，倒着上。好多人都不喜欢上晚班，她喜欢，八点半下班，其实一点都不晚，她也不急着往回赶，电动车骑到护城河边就下来推着走一段。沿河边摆了一溜夜市，顺路买两双袜子、一个小发卡，或者坐到马扎上吃一盘麻辣烫。吃麻辣烫的时候正好对着河水，黑黝黝的水面上晃动着细碎的幽光，天上人间的那点光亮都盛在了里面，每次看她都忍不住奇怪，不知道为什么，河里的水在晚上看上去永远比白天多。

白班她也喜欢。上午九点，商场准时开门营业，她已经提前站在她的展位里，立正挺拔，精神抖擞，藏青色的短裙下面小腿笔直，右手搭在左手手腕上，以永恒的微笑面对着即将到来的每一位上帝。上帝还没来，她的微笑是给自己看的，对面一台 34 寸超宽液晶屏就是面镜子，她在它里面一览无余，站姿和微笑都很职业，她喜欢这种职业的感觉，美好的一天正在开启。这个时候一般不会有顾客，大早上九点多跑来买电视，家里得是多需要一台电视啊，但偶尔也会有例外。那次就碰上一个，冒冒失失的，大门刚开他就一头闯进来，进来也不买东西，东瞅西看，脚底下还挺麻溜。不知道干什么来的，可能就是纯属无聊或者无处可去，正好路过。商场广播里正放着迎宾曲，舒缓悠扬的背景音乐，加上全场的女人和笑脸，都在夹道欢迎他一个人，总统出访也就这规格了，一辈子估计都没遇上过。有点慌，硬撑着走了几步，路过仲芹的 TCL，实在撑不下去了，顺腿拐了进来，装着来选电视，其实是打算在这里躲一躲。明知道不是冲着电视来的，仲芹也没有戳穿和歧视人家，很热情地微笑、问好、推荐、介绍，一丝不苟。对方煞有介事地问东问西，还要了一张她的销售名片，一直坚持到迎宾曲结束，所有人各归各位，他才得了大赦似的溜了出去。仲芹一直忍着没笑，好玩，像在演戏，两个人都在演，他演他的，她演她的。小伙子脸皮薄了一点，不过人倒是不错，身上一股清凉的薄荷味。还有，他牙很白。

如果没有遇到窦明亮，仲芹的生活应该是很容易预见的，继续在县城的卖场里上班，缘分到了再找一个身边情投意合的，下了班看看电影、谈谈恋爱，在县城买一套房子，买不起就先租着。对班的黄姐当年就打算把自己的表弟介绍给她的。表弟在县里的一家邮局上班，来过一次，来过之后才知道那是黄姐他表弟。她跟黄姐说自己年纪还小，等等再考虑，其实是没看上，表弟那张脸倒是一表人才，就是个子有点矮。她不急，才二十，没有这个表弟也会有那个表弟，没有黄姐也会有赵姐王姐李姐给她介绍。等着就行了，按部就班，水到渠成，没想到遇到了拐点，这拐点就是窦明亮，那天误打误撞一头闯进她展位的人。

当时她还没觉得多严重，没意识到自己已经稀里糊涂地走上了一条回头路。怪就怪窦明亮，那个时候的窦明亮一身的好，自己被他和他的糖迷住了心窍：能干、肯吃苦、有手艺，另外主要是干净，特别干净，这么干净的男人不多见，衣服领子和牙都雪白，每天烟熏火燎还一身清爽的薄荷味。这干净不全是骨子里的，大部分是后天逼出来的，做的是糖，入口的东西，第一条讲究的就是个干净。祖训就是这么传下来的，没得商量，没有侥幸，一丁点的脏，能砸了一辈子的饭碗。再一个，生活也没受什么影响，基本还在以前的轨道上。他在村里做他的糖，她在苏宁继续上她的班。村子离县城不远，电动车再多跑二十分钟的事。房子呢，可以暂时先不买，窦明亮家里盖的有房子，两层呢，敞开了住。现在想想大意了，房子应该坚持买的，房子在哪家在哪。主要是窦明亮不积极，结婚前她提过几回，他都没当回事，那时候窦氏薄荷糖卖得还不错，他根本没想过把家往县城安。就算了。这一算了，她就被应该属于她的生活渐渐甩出来了。生活像一辆火车隆隆向前，甩出来，就再也爬不上去了。后来仲芹怀孕。从肚子一点点鼓起来，到孩子能撒开手满地跑，两年多一晃就过去了。孩子刚断奶的时候，仲芹心也动过，这样下去怎么行呢，得回去上班，挣钱不挣钱是其次，关键是回到以前的轨道上去。回苏宁，苏宁不行，换国美也行，不卖电视，卖空调、洗衣机、冰箱什么的，都行。婆婆身体不太好，当然也没有不好到带不了孙女的程度。主要问题还是她，卖个电视而已，又不是什么要紧的工作，起早贪黑每天往县城跑，还不如在家帮帮明亮。明亮那才叫起早贪黑不容易。想想也是，就算了，等闺女上了幼儿园再说。左一个算了右一个算了，她赵仲芹就成了现在的样子，现在的样子其实就是她妈她婆婆年轻时的样子。不，还是不一样，她们种地，她不种，她卖糖。是，她也承认，过得不错，殷实，甜蜜，恩爱，和睦。应该知足，但就是有时心里会突然冷不丁地晃一下，一阵突如其来的惆怅，忍不住要去想一想，如果当年答应了邮局的黄表弟现在会是个什么样子。也许比现在好，也许比现在差。这样的惆怅和假设没什么意义，也拿不到明处说，但就是忍不住。

黄姐告诉她，看准了就果断出手，千万别等，专家们都说了，房子以后只会越来越贵，现在不买将来一定要后悔的。前两年奥运会开了之后，北京的房价忽地一下就跳了三跳。现在上海、南京的房子也是，一路噌噌噌涨。他们是小县城，不会那么离谱，但大趋势肯定跟着涨。其实不用专家说，普通人用脑子也会想，道理很简单，买的人多，东西自然就贵。为了孩子也好为了自己也好，现在那么多农村人都想往县城挤，买房子的会越来越多。

二手的也看，但主要还是考虑新楼盘。广告是广告，肯定是要到实地去看一看的。房子暂时看不见，但可以看看周边，看看样板间。仲芹最喜欢看的就是样板间，简直见一间爱一间，每次进去想象着以后住在里头的情景，腿就拔不动。春节前后是卖糖的旺季，走亲访友的多，需求量也大，这几年生意不比当初了，一年中就指望着这个时候拉拉量的。最需要人手的时候。仲芹不管，买房子才是当务之急，其他的都得让步。今天一趟，明天一趟，一趟趟往县城跑，一去就是大半天，自己去还不算，还得拉上窦明亮。买房子是两个人的事，当然不能少了他，再说了，天冷，骑车受罪，有免费的专车和司机干吗不用。以看房子为主，顺便也送几箱糖进点货。

货比三家，比来比去，终于比出了分晓。恒馨苑。各方面都算满意，小区里有湖有树，恒馨苑的绿植一向很拿得出手的。前后去了三趟。售楼小姐每次一见了她就把笑像面具一样往脸上一戴，从头到尾不摘。这是只煮熟的鸭子，吃定它了。

她带着两口子算了一笔账，手里的计算器啪啪啪，业务很熟练，一指禅满键盘飞。去掉首付，每个月只用还两千一，还不到。如果嫌高，还可以再往后推五年。看着多还了其实是赚了，现在的通胀率参考去年的百分之四点多，照这个平均数，三十年以后每个月两千一是什么概念，跟现在两三百块钱差不多，一顿饭的事。每个月少吃一顿饭，房子就有了。正好3.15搞活动，今天要是能定下来，还可以送个八八折的装修礼包。很划算的。哦，两千一。仲芹把这个数字放在心里嚼了嚼。她前几年在苏宁上班，一个月是一千四，觉得不少了，都花不完，不知道在窦明亮那里是什么概念，想征求一下他，转过头，没见着人，刚才还在旁边坐着的。转了一圈都没有。正在找，忽然听见大堂前台那边有人在吵架，一个男的扯着嗓子在跟穿西装扎领带的前台小伙子嚷嚷。不光她，好多人也都正扭过头来看他。声音有点高。

窦明亮这个人不会吵架，一激动声音就容易高。

一个经理模样的中年人已经在她前面走过去了，后面跟了一个从门口赶过来的保安。前台的小伙子一脸不耐烦地解释："都跟他说了，我们这不要，要推销到别的地方推销去。非死缠烂打不走，说他两句还不乐意了。"

吧台上散落着不少糖，花花绿绿的，农村集市上很喜庆很受欢迎的那种包装。地上也有一堆，从吧台上掉下来的。

窦明亮脸已经白了，比喝了一杯白酒之后还要白，脸一白显得眼珠子就更红，通红。

"你把糖给我捡起来。"

因为嘴里占着一块糖，本来很有气势的一句话，效果一下打了折扣。

腮帮子鼓那么高，含着一块糖跟人发飙，看上去确实有些怪异，甚至喜感。没冤枉他，刚才一定是跟人推销他的糖来，仲芹知道的，这是他的一贯套路，不管对方乐不乐意，先把糖拆了再说，请别人尝，还要先塞一块在自己嘴里，窦氏薄荷糖，百年老字号，纯手工，无添加，香甜酥脆，清咽润喉。没法展示它的香甜，但是能展示它的酥脆，牙一咬嘎嘣嘎嘣响，只有纯手工的才可能这么嘎嘣脆。还没来得及嚼，对方就翻了脸。

“凭什么捡？”小伙子也不是善茬，眼珠子一瞪一鼓，“要捡自己捡，几块破糖！”

“你捡不捡？”

这房子今天肯定是定不成了，仲芹赶紧过去，生怕晚一步一场大战就要爆发。这个窦明亮，老毛病又犯了。第一趟来的时候他就动了心思。售楼处样板间所有吧台和茶几上都摆着薄荷糖，看不清商标产地的那种，小塑料盘装着，免费的，随便吃。窦明亮特意也吃了一颗，皱着眉头冷笑，那也叫糖？最多就是个含片。这人还真是不挑，走到哪卖到哪，任何机会都不放过。可对方不知道他是来买房的，不然肯定笑脸相迎，有些人就是这个德性，你买他的东西他就是孙子，你要想卖给他东西马上就成了爷。

经理见惯了场面的，废话不多说赶紧打圆场，主动蹲下把地上的糖一块一块捡起来，连同吧台上的一起，让人找了个很体面的手袋，装起来，双手递给窦明亮：“误会，都是误会。有机会一定合作。”

窦明亮停了一下，还是伸手接过了袋子，嘴里三下五除二，嘎嘣嘎嘣把刚才没来得及嚼的糖嚼完，咽下去，然后转身，头也不回地出了门。

回去的路上窦明亮一声不吭，两只手攥着方向盘，攥得死死的，眼珠子瞪着正前方纹丝不动。他不吭声，仲芹也不敢跟他说话。出了县城刚过桥上了县道，窦明亮突然开了口：“不买了！”吓了仲芹一跳。

仲芹扭头去看窦明亮。窦明亮腮帮子上咬出来一条横肉，很清晰地抽搐了一下，仿佛突然很疼的样子。那抽搐还没来得及结束，被仲芹看见了。“再等两年，”窦明亮咬牙切齿，“你再给我两年时间。咱买大的，到市里去买！”

窦明亮腮帮子上的那根肌肉一咬出来，仲芹就知道，没戏了。刚有了一点希望，这希望都没超过一天，转眼间灰飞烟灭。明知道他是在赌气，自己跟自己在赌一口气，但是没办法。两个人之间的较量，仲芹心里其实有数的，大部分时候看起来是她占上风，那是他没铁了心；一旦他铁了心，她就只有干瞪眼的份，碰到那块铁上，再大的不甘再大的委屈，也只能算了。窦明亮就是属于那种人，铁了心八头牛拉不回来，这叫轴，不轴也不会把一个破糖做到现在。一辈子毁就毁这个糖上了，当初就是因为他的糖才看上的他，现在好，糖把他毁了，也把她给毁了。狗日的糖！

“算了，”仲芹听见自己发出了这辈子最长的一声叹息，整个心口都被抽空了，空空如也的空。又是一个算了。左一个算了右一个算了，这次还是算了，一辈子就这么看到了底。上床之前去给闺女盖被子，看着闺女的那张小脸，看着看着鼻子就一酸，眼泪唰地一下掉下来。她摸着黑爬到窦明亮的身后，两只手像母狼爪子一样扒住了对方的后背，十个指甲全部嵌进肉里，她发了狠地咆哮：“窦明亮，两年，说好了两年。你说话算话！”

第二章

北京

窦明翰

没想到陈东城也在北京，他乡遇故知，也算一喜。

说故知有点勉强。一个村的不假，但是走得不近，窦村陈姓少，大都集中住在村南头，大人们来往相对有限，孩子们在一起玩得也少。窦明翰比陈东城大了三四岁，基本上就有代沟了。但都认识陈东城，这人有名，有名是因为可怜，妈死得早，那个酒鬼加赌鬼的爹等于没有，七八岁了还穿开裆裤。初中毕业以后窦明翰去县城读的高中，基本就再没见过这个人。大二那年放寒假一帮初中同学在县城聚会，陈东城不知道怎么也去了。一圈里头就这一张生脸，反倒一下把他认出来了。陈东城话不多，但是酒量很争气，杯子碰得当当响，喝了那么多酒还没忘了主动留下电话。留了电话这关系就算是在手机里确定下来了，时不时地就得复习复习，比如有了重大事情群发短信时手指头会在对方名字上停一下。

生儿子是件大事，人家专门发了短信，这边不能没有动静。等了两天，窦明翰主动回了个电话过去，面见不上了，还是得通过声音亲自恭喜一下。没想到陈东城人在地铁上。一听地铁俩字窦明翰心里跳了跳，当场就有了预感，“在北京？”那头从他的口气中也听出了异常，没忍住爆了一句粗口：“靠，你也在？”窦明翰笑出声来。

无论如何得见一面了。缘分这个东西就是这样，走得越远，含金量就越高。窦明翰专门找了一家母婴店买了几罐进口奶粉，红包也准备了，拿出陈东城发来的地址一看，没想到这么近，连公交都省了，走路二十分钟直接找上了门。进了屋又是一个意外，就陈东城一个人。喜得贵子，贵子呢？

“在村里，”电话里光忙着激动了，没交代明白，“回家生的，老婆儿子都还没过来呢。”从这句开始，陈东城铺平了舌头，换回了一口老家话。

“我还以为在北京。”窦明翰也赶忙换口音。好多年没说过家乡话了，上大学的时候好不容易才改过来，这么多年也只有回窦村的时候才说，记忆中这似乎还是第一次在窦村之外的地方说方言。他承认，多少有点羞于说，同样的舌头，铺平了和卷起来就是不一样，土，摊手摊脚的土，铺平了舌头说话感觉就像没穿衣服上街一样，浑身不自在。现在好了，两个人赤裸相见。

窦明翰算是有点酒量，不大，防御性的，应付一般性的局面够用，干他这个工作一点酒量没有也不行，但那天还是喝多了，不喝多似乎有点对不起这百年难遇的缘分。对方也是，本来就是海量，一当起真来更是喝得豪气干云，两瓶竹叶青加六瓶燕京，一个小时不到就干完了。酒下得有点快，主要是找不到那么多话说，嘴巴一空出来就只能端杯子。也确实，两个人最大的也是唯一的共同点，就是一个村的，然后在同一所小学一头一尾同过两年学，除此之外还真是找不到什么交集。但越是如此，陈东城那无的放矢的豪气才愈发令人感动。这个人大口喝酒大口吃肉，真不知道那精瘦的身材是怎么保持得住的。

那之后又见了两次，连窦明翰自己都已经意识到，有点刻意。但如果不维系一下，似乎又说不过去，离得太近了。见面的主要内容还是喝酒，使劲喝酒使劲说话，过去没什么好说的，那就说现在，说北京。一说到北京陈东城的万丈豪气就有方向了，看上去也恰当多了。北京好啊，从第一天来就觉得北京好，帝都就是帝都，连雾霾都比别处的醇厚绵柔有身价。来了四年多了，快五年了，越来越好。去年刚当上了经理，负责一个小区十几栋楼，手下不多，二十几号人。正摇号呢，下一步考虑买车。还要买房。买房这句明显是醉话了，北京的房价现在你就是坐着飞机也够不着了。不过那过来人的口气从头到尾丁点不虚，才四五年，在他面前已经是个老北京了，那口气仿佛自己才是哥：“哥，千万把咱庞部长这棵大树抱结实喽，留下。必须留下。”

慢慢地这就成了两个人每次见面的主要话题，也是唯一话题，或者绕来绕去最终还是要回到这个话题上。对方越是这么激烈和直白，窦明翰就越是不自觉地要矜持一下，在留不留北京这件事情上，只能言不由衷。因为不由衷，所以愈发显得暧昧和矫情。其实潜意识里给自己留了一条退路，万一留不下呢。现在人刚过来，各方面都不成熟，还没跟老人家张口，即便不张口也知道，这种事哪有那么容易的，部委机关里像他这种情况的多了去了。但是这些没法跟陈东城说，似乎也说不着。陈东城干着急，眼珠子都红了，红通通地瞪着他，一脸的不甘加恨铁不成钢。或许是因为酒精的作用，窦明翰时常会冷不丁地陷入一阵恍惚，如果不是在北京，他和陈东城两个人，论年龄，论身份，论脾气性格志趣，无论哪一条，都不可能走到一起来。完全不在一个轨道上的两个人，现在每隔十天半个月就要坐在这里称兄道弟推心置腹，看上去似乎有点荒唐，也有点滑稽。也就是在北京，换了下面县里，市里，省里，都不行，只有到了北京这个高度和级别上才有这么大的压强，把原本八竿子打不着的两个人硬是面对面地逼到了一张桌子前。

范红月来了之后情况好了一些，自然多了，再去感觉就像串门走亲戚一样，起码两个人不用每次再到外面找饭馆。那次陈东城主动叫的他，电话里轻描淡写，说范红月从老家带了一些年货来，叫他过去尝尝。原本以为来探亲，没想到来了就不走了，把桥桥也带来了，一家三口一起在北京。女人一来马上不一样，家立刻就有了个家的样子，正好上个月一起同租的大学生考研换了学校，退了房，陈东城咬咬牙，把另外一间小的也租了下来。

蒸酥肉和熏鲅鱼的滋味很地道，是小时候的感觉，窦明翰又过了一次年。他对陈东城两口子说，以后这就是自己家了，他得常来。这话说得倒是由衷。范红月笑得眼睛都圆了，就是，你一个人在北京，把这当家，没事就来。范红月比陈东城大两岁，人也厚道，明明是弟妹，好几次失口叫成了嫂子。范红月一来，陈东城又恢复了东道主的底气。北方冬天长，暖气什么时候停冬天才算完，趁着还不冷，陈东城又张罗了几次。窦明翰再去的时候，发现范围扩大了，多了几张脸。茶几坐不下，换了一张圆桌，客厅太小，桌子一直抵到了过道上，出去进来，坐在最外面的那个还得站起来让地方。他们熟门熟路，以前常来，跟陈东城早就认识。离得都不远，年纪最大的都叫鲍哥的那个，老家是隔壁另一个镇上的，跟陈东城差不多时间来的北京，现在在中关村跟人合伙倒腾手机电脑配件，媳妇也是在柜台上认识的，老家烟台，那次来抱了好几箱红富士，窦明翰下趟进门的时候一屋子苹果味还在。鲍哥一家三口，再加上一个他堂弟，要么就是表弟，刚到北京，投奔他哥来的。

下一趟再去又多了两个。这次稍微远了一点，人家在县城。女的姓鞠，鞠小棉，干导游的，男的是他男朋友，刚正了名，带来给“娘家人”把把关。认识也早就认识，但是第一次来。这一次还是颇有意义的，说明这个圈子的范围扩大到了县城，半径和成分都有了很大提升。圈子当然也不是越大越好，太大了容易松，太小了又乏味，这是个矛盾，需要陈东城很好地进行统一。窦明翰是最后参加进来的，慢慢才发现，自己其实是一个外人。

每次都是陈东城张罗，其实只是借他这个地方，大家轮流做东，轮到谁谁自带酒肉。鞠小棉两口子来那次，窦明翰觉得该轮到他了，家里坐不下，他提出来出去吃，鱼翅皇，房间都定好了。听名字就知道档次不低，酒也好，茅台，白板专供，前两年当秘书时存下的，一直没舍得拿出来。窦明翰的本意是想好好表达一个心意，说明自己重视，但没想到过了，景整得有点大，一顿饭大家吃得都很拘谨，陈东城一个人单打独斗努力了半天也没把气氛挑起来。窦明翰借着结账的机会出去躲了一会，回来时在包厢门口听见里面正闹哄哄打得一团火热，跟刚才简直两个世界。他站在走廊里连续抽了两支烟才进去。

下次陈东城再叫，窦明翰就找借口推了。怕别人不自在，也怕自己不自在。后来陈东城私下里给他提了个醒，上次你那么搞，别人没法往下进行了，差不多就得，下不为例。这话不像是陈东城的水平，背着自己他们一定交流过。看出来了，还是他们之间近，之前他还以为自己想多了，看来不是，一个村不一个村的，其实不重要，即便在陈东城那里，自己也是个外人，说到底还是因为他们原本就不属于一张桌子前头的人。“以后就是自己家了，常来。”这话有点早了。

陈东城这个人简单，但有时候越是简单越是容易极端，再加上还有些来路不明的自尊心，这边推了两次，他兴许琢磨出了点别的什么，渐渐人就冷了。窦明翰知道这里面有误会，也不想解释，也没法解释。好长时间没动静，几个月之后有一天半夜，窦明翰都睡着了，突然接到陈东城打来的一个电话，找他帮忙，鲍哥的小舅子在沧州那边一个 KTV 打架被派出所扣了，事其实不大，他就是临时被拉去凑了个数，自己胳膊上还被人砍了一刀。问他能不能找人疏通一下，帮忙捞出来。他在电话里当场就推了个一干二净，也确实无能为力。大半夜的，到几百里地外的派出所捞人，以为他是玉皇大帝呀。就算他努把力能够着，那也得掂量掂量，不能什么人都捞，到时候受牵连的是自己，人还没正式调过来，他不想惹麻烦。

那之后两个人就没再怎么联系过，确切地说，一次也没有。后来陈东城和范红月离婚，娘俩回了老家，临走都没通知他。莫名其妙就有了芥蒂，还挺深。想想一年前刚到北京的时候，两个人每隔半个月就要碰个头豪饮一场，都觉得有点不太真实。两个人这段虎头蛇尾的友情，来得急，去得也快，这友情就像他陈东城本人，成也北京，败也北京。

来北京一年多才换的号，本来不想换的，怕麻烦，出门随身带两个手机也嫌沉。但是认识的新朋友越来越多，总是往老号码里存似乎有点不像话，也影响对方对自己的定位。一拖再拖终于还是换了，短信群发出去，居然招来了一片成群结队的恭贺。恭贺窦秘书进京高就。恭贺明翰兄终于修得正果。都以为他调到北京了，还得再发短信一个个解释。鞠小棉的回复夹杂在一大群当中，显得格外与众不同。因为用的是英语。

一下就想起来了。见过一面，在鱼翅皇，他请客那次。当时第一次见，座位离得也远，没说几句话，但有印象，服务员忙着上菜时，她替他挨个给大家倒了一圈茶。手上一股很浓的茉莉花香。

论起来他们还是校友，她的高中也是在县一中念的。只不过不在一级，窦明翰比她高了三级，他毕业的时候她还没进校，完美地错过了。错过了也是校友，一声学妹瞬间拉近了两个人之间的距离，那也是那顿饭上窦明翰和她唯一的一次单独碰杯。对方不喝酒，以茶代酒，两手抱着茶杯喝了满满一大口，分了好几次才咽下去。陈东城介绍她时叫她棉姐。棉姐在旅行社，干导游的。导游兼翻译。导游其实没什么，但兼了一个翻译，一下就把她的层次提升起来了。棉姐英语六级。陈东城当物业经理的那家小区有一些租房子的留学生，白人黑人都有，那次五十周年大庆前社区安保升级，查暂住证和非法养犬，为了不闹误会好交流，陈东城到“在他乡”网站留言板上贴帖子征募翻译，一天一百。鞠小棉第一个报的名。鞠小棉那时候刚毕业，学校很普通，连二流都算不上，最多就是三流，不然也不会为了一百块钱每天坐公交两个多小时来回跑。

窦明翰也是用英语回的短信。对方隔了一天才发来第二条。没什么实质内容，堪称无聊。因为无聊，节奏就很慢，上一条和下一条之间拉的间距很大，拖泥带水一个星期才把一个玩笑开完。但开了个好头。

窦明翰自己也是英语六级，不过跟鞠小棉没法比。他那都是纸上谈兵，鞠小棉人家不一样，每天带国外旅行团到处跑，长期实战。实战得多了，不光是英语水平，整个人都在往更高的层次上走，举手投足，里里外外，气质不是一般地好，绝对大家闺秀的款，一点都不像个从小县城出来的女孩。要不是听陈东城说过她家是县城的，他还真吃不准。后来才知道，还真不是，确实不是县城，是城郊，其实就是城乡接合部，父母一辈子都是菜农。菜农也是农，居然是农村的。真是农村的，这回不是听说，是亲眼看到。鞠小棉本人当然无懈可击，他是从她父亲那里看出来的。鞠小棉父亲那次来北京治眼睛，医院离他不远，找他帮忙，挂一个姓孙的主任专家号。学妹，同乡，一起吃过一次饭，后来又在短信上有过些来往，基本的交情是有了，再说这个忙不像是叫他去沧州派出所捞人那种，窦明翰很痛快地答应了。好人当到家，那天他特意请了个假，亲自去了一趟，带他们直接去了孙主任的办公室。在医院门口看到父女俩站在一起时，他愣了一下，有些意外。反差有点大，没立即跟脑子里的那个鞠爸爸对上号，连握手都省了。一眼就看出来了，很地道的农村人，尤其是到了医院这种地方，农村人更像农村人，从头到脚都写着这仨字。来得有点早，还没吃早饭，窦明翰带父女俩到医院对面的一家早点铺吃卤煮。鞠小棉她爸很隆重地招呼他，死活坚持让他先坐，一口一个窦局长。他们老家的村里人都这样，搞不清大小的官一律都称呼局长。局长最大，往大了叫肯定没错。和孙主任接上头以后，窦明翰忙着赶回去，鞠小棉也忙着回应孙主任问诊，没顾得上送他，拧着脖子撵了一句过来，回头请你吃饭。

一个结结实实的人情，这饭赖不掉。过了一个星期鞠小棉发短信给他，问他有没有时间，这次没用英语。她刚带团去了一趟北戴河回来，休息两天，今天下午和明天都有空。窦明翰在开车，短信没回，直接摁了免提打过去，要不就今天吧，正好晚上没事，明天就不一定了。那头很意外似的，赶紧答应下来，就今天晚上，地方她都挑好了，徽家壹号院，一看就是提前做了功课，地段和消费档次都很有诚意。她爸的那个手术不是个小数目，窦明翰想替她省一点，问她你现在在哪？回答说在旅行社财务这里填发票，报了个地址，有点远。前面路口本来应该右转的，窦明翰没动方向，压着油门径直往前，他说，正好顺路，一会我去找你，也别折腾了，咱们就在附近随便找个地方。挂电话前他犹豫了一下，顺嘴多问了一句，叫上你男朋友一起吧？对方愣了一下，男朋友？马上反应了过来，早分了。

饭没请成。鞠小棉坚持不能随便，上了车之后指挥他往一个地点开，那儿的炭烤牛肋特别好，一定请他尝尝。赶上下班高峰，半天挪不动。在翠微路掉头出来的时候为了抢一个绿灯不小心追了一辆出租车，车其实没多大事，但是后排坐着一个女大学生，额头撞到了前排座的靠背上，说头晕，司机怕有后患，坚持报警，屁大点事折腾半天才处理完。赶到牛肋那里天都黑了，这一片饭店生意都出奇地好，转了好几圈找不到停车的地方，今天的运气确实差了些。沿马路往前找了好长时间，好不容易才在一家京客隆停车场里找到了车位。刚出来，看见超市入口熙来攘往灯火通明的样子，鞠小棉突然问，你有厨房吗？

窦明翰说，有，但是不怎么用。

要不，尝尝我的手艺？

起了风，夜色有点凉，一波一波的凉意水一样往脸上和脖子里涌。鞠小棉一只手紧紧攥着领口，下巴藏在风衣的领子里，幽亮的目光像两眼深井。“可以呀。”窦明翰听见自己咽了一下喉咙，黑暗里惊心动魄地一响。

一年多来窦明翰都是一个人住，另一间小卧室里有司机小杜的一张床，但基本形同虚设，小伙子正如狼似虎，恨不能一年三百六十五天都长在女朋友身上。但是那天晚上很不巧。窦明翰一到楼下就觉得不对，窗户里亮着灯，上楼梯时心里还在嘀咕，是不是中午出门的时候忘了关灯。一开门吓了一跳，确实，那天的运气简直差到了家。小杜正坐在客厅的沙发上，一碗康师傅刚泡上，上面压着一本他平时扔在茶几上的《南风窗》。小杜也被他吓了一跳，赶忙起身，手里的遥控器都没顾得上放下。他瞅了瞅窦明翰身后，没想到还跟着一个人：“哟，嫂子来啦？”

窦明翰瞬间反应了过来，小杜从来没见过姜枢眉。反应过来之后立刻就镇定下来了，他君子坦荡荡地拎着大包小包往厨房走，大大咧咧地把鞠小棉单独让了出来："来得早不如来得巧，小杜有口福哇。"

鞠小棉心领神会，腾不出手，举起一只购物袋代替巴掌摇了摇，大大方方地打了个招呼："小杜是吧？一会儿尝尝嫂子手艺。"

这个时候再往外躲反而不礼貌了。小杜懂事，趁两口子在厨房里忙活，下楼去超市抱了一筐燕京，外加一只酱兔和一罐带鱼下酒。小杜出门两人也不知道，还在厨房里你一句我一句继续演戏，第一次配合，没想到还挺默契。油烟机开着，两个人说话声音很大，唯恐外面的人听不到。这戏一会儿还要在饭桌上继续演下去，搞不好得演一晚上，两个人到现在还没机会对过词。

小杜确实懂事，差不多了就准备告辞。嫂子来一趟不容易。那天他的运气也不怎么样，跟女朋友干仗，赌气出来的，本打算在这里过个夜，千年不遇地爷们了一回，现在只能硬着头皮回去跟女朋友低头。

不知道这个晚上是应该感谢小杜还是怪小杜，半路上杀出来这么一出。窦明翰承认自己怕了，要是别人也就算了，偏偏是小杜，老人家的司机。俩人天天早晚待在一辆车里，没话也得找话，等于是撞在了枪口上。这种事情说小就小，说大也大，比天还大，要命的。尤其这个时候，他不能在任何问题上让部长授人以柄，或者说，不能让自己授部长以柄，不然前功尽弃，分分钟卷铺盖滚蛋。他拎得清。

小杜要走，窦明翰起身送，嫂子也跟着一起站了起来，隆重了，慌得小杜赶紧把衣服往身上套，出门时坚决堵住窦明翰不让他出来，自己在外面把门关上。楼道里是声控灯，小杜很大声咳嗽着给自己照明。听着那咳嗽声一路远去，窦明翰这才转过身，没想到鞠小棉一直站在身后，没动，连人带目光一起直勾勾地等着他。猝不及防，有点急，戏刚演完。窦明翰把目光掉开，一次都没敢再往对方脸上碰，仿佛那里有一万只火药桶。他听见自己身体里那一寸寸收拢和撤退的声音，很顽强，顽强而又悲壮，他熟悉这声音，这么多年，他就是靠着它才一步步走到了今天的。他绕开她和她的目光，重新回到餐桌前，但是没坐下，站着喝了一口冰凉的啤酒，他听见自己说，不早了，一会儿我打车送你。

通常早上窦明翰四点多就醒了，严格地说，那还不叫早上，是凌晨。这还是多少年来第一次，一觉睡到了天色大亮，自然醒。睁眼摸起手机一看已经七点多了。尽管还是一个人醒来，但今天不一样，身边仿佛有人刚刚一起躺过。窦明翰有点恍惚，想起昨天晚上的一幕，感觉有些不真实。

恍惚的感觉其实昨天就有了，昨天晚上一起在厨房做饭的时候。厨房本来就不大，一下子挤进去两个人更显得小，她端着一个没沥干净蛋液的碗挤过来跟他抢水龙头，水不小心溅了他一袖子。那情景绝对在梦里发生过，一模一样。越是一模一样才越觉得不真实，像到了另一个梦里。欲望退潮，水落石出，他这才意识到自己看到了什么，家的感觉原来是这样。

之后好几天两个人没联系，电话没有，短信也没有。他不动，她也不动，这让窦明翰在失落之余多少也有点庆幸。这样也好，对方也许是在向他传递一种默契，打算把两个人的关系控制在某种界限和尺度内。

等了几天对方依然还是按兵不动，已经超过了必要和限度。庆幸得久了，那种失落又此消彼长地冒了上来，既失落也有些不甘，这个女人可进可退，把控得很好，跟他一样，理智着呢。窦明翰到底还是沉不住气了，一天晚上从庞哥那里应酬回来，已经十点多了，想洗一个澡，等热水器温度上来的时间躺在床上翻手机，不小心找到了鞠小棉请他吃饭那天的通话记录，时间显示已经是半个多月之前了，遥远得像上辈子。借着所剩无几的酒劲，他发了一条短信过去。知道她和男朋友分手了，为了慎重起见，还是进行了必要的伪装，很没有温度的四个字："别来无恙？"洗完澡出来才看见鞠小棉的回复，心里一烫："我还以为给窦秘书惹了麻烦。"

窦明翰喜欢清静，说白了就是懒，平常周末就在家窝着，一窝一整天。到了北京之后更是如此。刚来那阵还间或去一趟陈东城那里喝喝酒，现在基本连出门都省了。老人家本也是个闲淡之人，尤其马上要退休，提前进入了状态，周末节假日跟他一样也是宅在家里，打打牌，练练字。窦明翰外出一多半活动就是替庞哥应酬，但也基本都是在晚上。来北京一年多了，连颐和园还没去过，让鞠小棉觉得不可思议。得出去逛呀，这可是首都，全国人民坐着火车飞机排着队来逛，你倒好，白给都不要。逛是鞠小棉的强项。她给窦明翰排了一个表，一个一个景点来。光旅游服务手册上的，就得花一年多。免费的导游，兼司机，还是上门服务，窦明翰赚大发了。每次她都是自己开车过来，但是不进大院，停在对面的一家酒店的停车场，坐在车里等窦明翰出去。

去宋庆龄故居那天赶上限号，没开车。鞠小棉提议坐一次地铁。晚饭是在景点附近吃的，人多，热闹，不知不觉就晚了，从饭店出来刚好赶上最后一班地铁。他们那一节车厢没几个人，一整排座位都空着，可是她非得挨着他坐，靠得很紧，脑袋使劲贴在他的胸口上。这个姿势有点狂，等于是向全世界昭告他们的关系了。

她闭上眼，说在听他的心跳。她说心跳不会说谎，现在就跳得很快。为什么跳那么快，紧张吧，害怕吧，心虚，矛盾，有贼心没贼胆？眼看又有一站就要到了，地铁正在减速，窦明翰试着把她扶回去，她倔强了一回，绷住身体没动。她让他也别动：“你闭上眼，习惯了就好了。”窦明翰没闭上眼，对面的车窗玻璃上倒映着他们的镜像，两个人像一对普普通通的恋人，看上去既不另类也不扎眼，跟那些人一样，粗茶淡饭爱了十几年的那种样子。这么想着，果然他自己也感觉到了，心跳确实慢下来了。她一脸惊喜地告诉他自己的发现，像勘察到了来自地心深处的宝藏：“慢了慢了，真慢下来了。”

她把眼睛再次闭上：“真希望地铁能永远这么开下去。”

窦明翰心里轻轻地一颤。很轻，很隐蔽，他努力把它控制好，相信对方不会听到。她刚刚提到了那个词，永远。这才多久，已经来到了这一步。

这个词落到心里之后就长在那里了，之后好多天都在，挥之不去。他不由自主地开始比较，比较她和姜枢眉。他也没有别的可以比较的对象，只能拿她跟姜枢眉比。正好相反，完全相反。不知是算幸运还是不幸，两种完全相反的类型，一前一后都让他碰上了，一个仿佛是专门为了证明另一个才存在的。一个有多凉，另一个就有多热；一个用多大的力气向外推他，另一个就在使多大的劲往他身上靠，不仅靠，还钻，往身体里钻，恨不能与你合二为一，严丝合缝，一片刀片都别想插进来。活到现在，他还从来没有过这种感觉，不管是在婚姻里还是婚姻外，如此被需要和被依附，被托起来高高在上。这个女人处处为他着想，努力把自己低到尘埃里。多好，一个人的卑微抚慰和替换了另一个人的卑微。

常常就是这样，心口里不由分说地一漾，温暖和柔软瞬间就涨满了整个胸口。这个女人其实不容易，虽然在一家国际旅行社当导游，开奥迪，但是她不容易。想想就知道，一个农村来的女孩，一个三流大学，能在北京这样的地方站住脚到今天，不知道得咽下去多少苦头。他听她说过，刚毕业的时候，为了找个像样的饭碗，记不清去了多少家公司面试。那些面试官很毒的，一眼就能把人识破。“口语还是得多练练呀，有家乡味。”隔着英语他们都能听出她的农村口音。她现在自己也有这个本事，在大街上随便盯住一个年轻女孩，不管化多浓的妆，她一眼就能看出来，是城里的还是农村的。没个十年八年，你别想蒙混过去。

正常情况下差不多每十天半个月见一次面。也不固定，根据鞠小棉。如果哪天轮休正好赶上周末，她就提前一天通知窦明翰。一起吃吃饭，聊聊天，都是在光天化日之下。从不过夜。她在车道沟附近租的公寓，面积不大，一个人住，他一次没去过她那里。她也再没提过用他的厨房。只要是光天化日他就不怕。必须是光天化日，这是窦明翰的前提，一个男人的前提，很吓人的，有时候连窦明翰自己都佩服自己。跟姜枢眉分开是迟早的事，但是迟早归迟早，那张纸毕竟还没拿在手上，协议书现在还在他书房的抽屉里躺着，那天酒醒了之后他到底还是没把它拍到女方面前去。一张纸的事。但是那张纸如果不拿到手上，自己就永远是个泥菩萨，一招不慎就是个粉身碎骨；如果那张纸不拿到手上，自己就永远是过街的老鼠，鞠小棉是另一只。

小心驶得万年船，可还是出了差错。

那天庞哥在三里屯一家酒吧谈事，快结束时打电话给他，叫他替自己去机场送一下客人。庞哥有一点“心意”，登机前要办一下托运。当时他正好和鞠小棉在一起，饭刚吃到一半，赶紧结账出来。鞠小棉开车送他，一直送到酒吧门口。窦明翰下车的时候，没想到庞哥人已经提前出来了，正站在大厅台阶的阴凉下抽烟等他。离得太近，想躲已经来不及了，鞠小棉只好也打开车门下来，随手摘掉了墨镜。这属于突发情况，但是她很镇定，镇定而又机警，不用窦明翰提示，立刻就猜到了这就是庞副部长的儿子。她幅度很大地一笑，庞哥。

鞠小棉走了以后庞哥问窦明翰对方是谁。这次不能故伎重演像在小杜那里一样说是“弟妹”，姜枢眉庞哥见过的。情急之下找了一只最没有技术含量的替罪羊：同学。庞哥目光悠悠地转过来三分之一，真同学还是假同学？窦明翰立刻把音量提高了一倍，当然是真同学呀，亲同学！庞哥半真半假地，是不是有情况啊窦秘书？这才来北京几天，动作不慢嘛。知道是玩笑，窦明翰后背上还是瞬间冒出一层冷汗。他一点不敢含糊，一个字都没承认。绝对含糊不得，这玩笑庞哥可以随便开，但他却不能随便接。庞哥的手机很及时地响了起来，算是救了他一命。电话打完，这事就算过了，没再提。但是窦明翰那颗心一直都没放下来，手里握着方向盘，一路上脑子都在拼命回忆。每次下车之前，鞠小棉都会摁住他的手，脸对脸亲一下才放他走。是个仪式。她故意的，不是奖励，是惩罚，惩罚窦秘书的谨小慎微，惩罚窦秘书的坐怀不乱，看到他满脸紧张就开心。刚才下车着急，比较潦草，但毕竟还是把嘴巴凑过去了。车窗摇下去三分之一，他无法确定庞哥当时是否看见了。

不管到底看没看见，这件事给窦明翰提了个醒，有些地方该收敛还是得要收敛，即便是光天化日也不行。起码在和姜枢眉彻底摊牌之前，少见光为好。

他也是这么跟鞠小棉解释的。原话。鞠小棉有点意外，一方面没什么准备，另外，也没想到对方以这样一种方式向她传达了自己的心意，算表白吗？这是他窦明翰的方式，他跟她不一样，跟她的“永远”不一样，但更直接，这个窦秘书令人刮目相看了，要么不来，来就来它个一步到位，一竿子到底。在此之前从没听他详细地说过他和姜枢眉，只大概知道，知道姜枢眉，也知道他们的不好。窦明翰不需要像某些男人那样，为了上床而去强调自己和现任老婆之间的种种龃龉。他不说，她也不问。她也不愿意知道，不想与那些龃龉一起并行在他身上。

窦明翰的言下之意很直白了，留得青山在，不愁没柴烧。弄得鞠小棉反倒有些不好意思了，怎么也得表个态，算是回应。“其实不着急的。你也得考虑清楚，毕竟一起这么多年了。”方向不同，但意思一样。来日方长。

“你放心，我决定了。”

这个决定他已经下过一次了。其实还得感谢鞠小棉，要不是鞠小棉，他还没理由这么义无反顾，这么迫不及待。

差不多一个月没见面。

鞠小棉配合得也很好，中间有两次周末都赶上轮休，没事，知道他也没事，她一声没吭，连个暗示都没有。面不见，电话也少了许多，没事就微信，有事也微信。窦明翰很满意，这是两个人的事情。

居然也就这么过来了。过几天就是五一，他和姜枢眉都有个小长假，一开始窦明翰邀请了一下，请姜枢眉来北京。来玩玩，顺便也探个班。对方没兴趣，天安门六岁就来过了。也好，摊牌这种事还是他回家比较合适。也该回去一趟了。黄金周前几年缩水成了三天小长假，但是出京的车票照样还是很紧张，临走前一天才订上。拿到车票后他拍了一张照片发给鞠小棉。

照片下面一条语音：明天回去。

他没说回家，是说回去。

对方隔了一会儿才回，一句多余的也没有，打字。问他什么时间回来。

她也没说回北京，是说回来。

窦明翰说，3 号吧，最多 4 号。

鞠小棉不动声色地嗯了一下，等你。

窦明翰发了一个胜利的手势，志在必得。

说好了最多 4 号，一直拖到 6 号才回来。

其实 3 号下午就回来了，庞哥公司有事找他，下了高铁就被小杜直接接走奔昌平。没跟鞠小棉说。第二天酒劲还没醒过来，太阳穴一炸一炸地疼，办公室也没去，请了假继续睡。又上了一天班，已经到了下一个周末。这才约鞠小棉出来。一顿饭快吃完了也不提他此行的战果。还是那样，他不提，鞠小棉也不问，这样的心照不宣简直比刀子还伤人。

连窦明翰自己都觉得再不说有点过不去了，他点上一根烟，等烟雾完全挡住了自己的脸才开口，就一句：“再等等。”

猜到了。果然，不太顺利。鞠小棉没追下去，反过来安慰他：“我知道，这事没那么容易的。”

窦明翰抬头看了她一眼。

鞠小棉说：“直觉。”

开始其实挺顺利的，都没想到那么顺。姜枢眉第一反应有点蒙，主要是没防备，适应过来之后很快就恢复了镇定。整个人基本保持平静。

“可以呀！”她很痛快，表示同意。

窦明翰内心有点复杂，但总体上算是松了一口气，本来还准备了一些说辞，没用上。一切比预想中似乎还要简单，连协议书都是现成的，原样躺在抽屉里，回去后他第一时间就把它拿了出来，很醒目地放在鞋柜上。她进家门的第一件事就是换鞋。

第二天是劳动节，小长假第一天，按计划是继续陪小舅一家。姜枢眉的小舅，一家三口昨天下午从无锡过来。上午看珍珠泉，下午去省博物馆。中午那顿大餐是他订的饭店，单也是他买的。姜枢眉她爸妈也一起，确实是大餐，给姜家撑足了面子。一家人其乐融融，姜枢眉还主动帮着小舅妈回忆起来小时候偷宝塔糖当零食吃的糗事，一切都基本正常。

回来之后一整个晚上她都坐在沙发上看电视，遥控器抓在手里。家里的电视从结婚起就是个摆设，开机的次数两个巴掌都能数得过来。那天晚上不知道怎么就跟电视耗上了，一个多钟头，目不转睛。窦明翰从电脑前起身过来，站在一旁盯着电视屏幕陪了她一会儿，刚要转身，姜枢眉忽然说：“我能问问为什么吗？”

这是第二句。跟第一句隔了整整一天一夜。

窦明翰把目光转到对方脸上，等了一会儿，没接到她的目光。接不到就算了，他坐下来，正琢磨着怎么开口。姜枢眉又说，不会是因为那事吧，老扫你的兴，是吧？

话音没落脸就红了。难为她了，大家闺秀第一次开这种口。她马上解释：“我提前声明，不是吵架，也不是质问，没别的意思，我就是想知道原因。”

窦明翰脸也红了，不能否认，当然也不可能承认：“你说呢？”

这个晚上的姜枢眉确实一反常态的痛快，让她说她就说。电视机前坐了一个多钟头，已经酝酿得很充分了：

“说实话，不是针对你，对那种事实在提不起兴趣，就是不喜欢，不舒服。不过你要是确实——”表情有点艰难，她在选择一个词，半天没找到，“确实那什么的话，我也可以克服一下；还有一个，孩子的问题。我说了，三十五以后。不管你去不去北京。现在你去了北京，更不用着急了，要了我一个人怎么办？你要是接受不了，那我只能说对不起。”

窦明翰领教了，这辛辣的坦率，生生地把一项义务变成了施舍。不过还是有点感动，对方第一次做出让步，从未有过的，尽管没法立刻兑现。结婚六年了，这还是第一次。这感动像一根刺，轻轻扎了他一下。

对方手里的遥控器在换台，一个个换过去，屏幕不停地在切换，她嘴上也换了频道：“其实我觉得现在这样也挺好的。你在北京，我在这里，两个人谁也不打扰谁，反正有高铁，来回也方便。”

这下终于给了窦明翰一个机会，现在他终于可以说一说了。他等了一天一夜，不，应该说等了六年了，现在终于可以好好地一吐为快了，反正不过了。她刚才说了那么多，也该他了。说出来痛快、惬意，从未有过的痛快和惬意，该说的不该说的，想说的不想说的，都说了，反正不过了。不过了他也得让她知道，婚姻不是这样的，男人要的婚姻不是这样的，他窦明翰要的婚姻不是这样的。

姜枢眉从头到尾一声不吭。电视屏幕不知道什么时候已经固定在了一个台上，遥控器像被点了穴，不动了。是最最无聊的一档节目，两个女人在一惊一乍地卖电饭锅。

她盯着它，然后屏幕突然一黑，电视关了。她把遥控器放下，起身，去卧室睡觉。临转过身去时她眼圈是红的：

“窦明翰，当初可是你自己非要去的北京！”

3 号小长假结束，小舅一家一大早的高铁回无锡。姜枢眉开车去送站。窦明翰起来的时候她已经出门了。已经快八点了，客厅里光线很暗，窗帘遮得严严实实的，还保持着夜间警戒时的姿态。窦明翰走过去，哗啦一下把它们拉开，阳光像一个巨大的雪球滚进了房间。回过头时他一眼就看见了餐桌上的内容，第一次，在这张餐桌上他看见了留给他的早饭。

最简单也是最无创意的一顿。吐司、红肠、煎鸡蛋。旁边还有一只汤锅，很小的那种，只够两个人的。里面应该是稀饭。

鸡蛋没煎好，连糊带破，惨不忍睹，品相不是一般的差。他去了北京这么长时间，姜枢眉的手艺一点没见长。

窦明翰说再等等，那就只能再等等。有了前面的一个半月打底，现在三两个星期不见面根本算不了什么，没觉得怎么就过来了。安全考虑是一方面，另外他最近也确实忙。本来说好了这个周末见一面的，《速度与激情6》正热映，网上票都订了，头天下午又来了通知，让他陪部长飞西安参加一个培训。本来不用带秘书的，会务临时调整了方案。又是一周。整整一周他不打电话也不发微信，返回时是星期五，在飞机上吃的晚餐，从机场出来天已经黑了。送部长回去的路上他发微信给鞠小棉：安全落地，一会儿忙完去你那。等我。鞠小棉回微信问他，晚饭吃了没有？窦明翰说，飞机上吃的，等于没吃。鞠小棉问，想吃什么？他身体里突然有股热乎乎的东西一顶，想都没想就打了三个字，想吃你。自己都有点意外，这明显不是他的风格，根本没防备，一股失控的冲动和欲望决了口一样，瞬间跑遍了他的全身，把全身的血管跑得滚烫，既滚烫又浑浊。他当场做了一个决定，下了大巴就去她那里，不管了，去他妈的，爱谁谁，豁出去了。刚把部长送到家，手机响了。一起去培训的其他几个秘书叫他，厢红旗那有一家刚开的羊蝎子，哥几个自己给自己接个风。让他原地等着，一会儿车过来接。其实本来可以一推了之的，也不是非去不可，但是一犹豫，嘴上慢了半拍，就没推掉。再说也确实机会难得，几个秘书都是这次培训刚认识的，说不定哪个以后在自己的事情上就能用得着。等车来接的时候他发了一条微信给鞠小棉，说晚点过去，部长叫。进了饭店坐下来光忙着推杯换盏接话找话，也没怎么顾得上看手机。散场时已经十一点多了，他买完单出来去卫生间，这才掏出手机来。手机里安安静静的，连一个电话都没有，只发了一张照片来，一桌子菜。电话还没来得及打过去，那帮人催他上车。在车上电话不能打了，只能发微信，还在吗？鞠小棉半天回了一句，还来吗？窦明翰在身体里很耐心地找了一下，没找到之前在大巴车上的那股滚烫和冲动，他编了长长的一条，像样地解释了一下，主要是道歉，最后说："要不我现在过去？"口气有些勉强。对方很认真地沉默了一会儿："要不算了吧，太远了。"窦明翰心里放下来了不少。鞠小棉说："明天我去找你，咱们一起吃个饭。"换了一副口气，是介于情人和熟人之间那种口气了："有点事。"窦明翰也马上跟着调整了状态："好。没问题。"

鞠小棉的事是一件正事。为了她弟弟。表弟。二姨家的。表弟学杂技的，艺术学校毕业之后一直在他们县剧团，后来跟领班干仗跑出来了，到北京来找她。她听窦明翰说过，庞哥的公司也做影视，而且庞哥自己还认识很多导演和制片，想带表弟见一见庞哥，看有没有机会，做个替身什么的也行。她本来可以不用出面的，让窦明翰直接递个话就行了，但既然那次在三里屯酒吧门口被撞见了，不露面反而不好。窦明翰没什么拒绝的理由，第二天就约了庞哥。庞哥很痛快，让他把人带来就行。那天他带鞠小棉姐弟俩一起来的，在公司对面的一家西餐店等庞哥。庞哥进来往这边走的时候，碰见了他们邻座另一桌上坐着的一个熟人，停下来寒暄了几句，耽误了几分钟才过来。这边落座没多久，熟人端着自己的杯子转场过来，接着刚才的话题，在庞哥旁边坐着喝完才回去。熟人看上去比庞哥年纪大一些，气色和衣着都很考究的那种，白色衬衣胸口是一朵硕大的墨菊。庞哥顺便把窦明翰他们一起介绍给了那个人。很顺利。表弟的肌肉和机灵都很令人放心，应该问题不大。鞠小棉提前起身去结账。回来时跟庞哥朝刚才的邻桌指了指，那一桌的单她也一起买了。

这之后时间不长，庞哥很突然地跟他提到了一次鞠小棉。想请小棉帮个忙，过两天有个户外活动需要一个翻译。半商半友的那种。最好会开车，遇到酒局还能临时顶一下司机。一下就想起小棉来了。小棉很合适。有报酬的。窦明翰想都没想就替她应下来了。正事说完，庞哥脸上额外地浮出一抹暧昧来，问他，小棉没男朋友吧？窦明翰嗅到了一丝异样，沉着地说，应该没有。他还以为是庞哥，不是，是庞哥的一个朋友，庞哥在替别人拉皮条，就是上次在西餐店那个穿一朵菊衬衣的。一朵菊对小棉印象不错，有意无意地在庞哥那里念叨了几次。庞哥提起拳头在窦明翰胸口上抵了一下，这么亲昵的动作还是第一次。“帮帮忙，这人对咱们很重要。”庞哥每个字说得都很清楚，他说的不是我，是咱们。

他很清楚的，在他个人的问题上，庞哥的影响举足轻重。某种程度上讲，这个影响一点也不比老人家的影响小，甚至更大。还在省里的时候他就看出来了，这个独子能当老人家半个家。到了北京之后更是如此，庞哥才是他的重点，老人家那边倒成了次要的，他这个秘书，伺候部长连五分之一功夫都花不了，大部分时候得紧着庞哥先来。

这些鞠小棉也都知道，知道北京对于窦明翰的重要性，也知道庞哥在这件事情上的重要性。窦明翰跟她一说她就明白了，话里说出来的明白了，话里没说出来的，她也大致上猜出来一部分，那么多专业的翻译不用，偏偏找她。但不确定。猜出来那一部分之后她就一直看着窦明翰，等着他澄清，那个头她迟迟没点。窦明翰用目光努力地迎住对方，不敢躲开，那目光是他最后的一块遮羞布，一躲开什么都一览无余了。“帮个忙而已。”嗯，确实，这个忙得帮，人家刚帮了她那么大一个忙。她终于放开他，低头去拿手机，存一个他刚发过来的号码，连续两次都没能解开自己的密码。还有最后一根稻草，希望不大，但她还是要试一下：“你呢，也一起去是吧？”

窦明翰坚持把头皮硬到底，声音听上去自己都觉得虚，溃不成军的虚："我就不去啦！庞哥的朋友对你印象挺好的，真的，上次还夸你——"

鞠小棉赶紧制止了他，脸腾地一下红到了耳根。赤红。她不忍听他说完，也不忍看他，目光闪到一边："谢谢庞哥。我去。"

那次户外活动结束后差不多一个月，窦明翰打过一次电话给鞠小棉。没什么要说的，就是感觉得打一个电话。硬着头皮也得打一个。他已经做好了碰钉子的准备，没想到鞠小棉出人意料的晴空万里，不是刻意的，能听出来，像老朋友。电话里鞠小棉接二连三，用了好几次"少来了你！"这是她和熟人之间的口头禅。窦明翰记得以前她当着他的面接一些熟人朋友的电话，对方开一点稍微出格的玩笑，她就把眼睛笑成一条缝，"少来了你"，或者"你少来！"现在这句话用到了他身上。挂电话之前她突然想起来一件事，自己的墨镜和几盒酵素上次落在他车里了，酵素就算了，墨镜是限量版，专门托人从意大利捎的，下次见面的时候别忘了带给她。窦明翰说什么时候我顺路给你送过去。鞠小棉说，这点小事怎么敢劳窦秘书大架。窦明翰说，没事，有空的话顺带。她故意压了压声调，谢谢哈，来了有奖励。窦明翰没敢再往下接。

本来打算找个机会侧面问一下庞哥，机会还没找到，庞哥自己主动提到了这件事。"昨天祁总说到你了，问我窦秘书酒量怎么样？我说行啊，以一当十没问题。"祁总就是一朵菊，祁连山的祁，上次特意介绍过自己。窦明翰笑笑，故作随意地把话接过来："进展到哪步了也不知道，祁总和我那个同学？鞠小棉。"庞哥在后座上打了一个气吞山河的哈欠，听动静估计眼泪都出来了："放心，喝喜酒的时候肯定请你。"窦明翰应声大笑。心里忽然一下亮堂了不少，没有他想象中的那么不堪，人家光明正大谈恋爱。也是，一个未婚，一个未嫁，怎么胡来都不为过，单就这一条人家祁总就把自己比下去了。其实话说回来，客观地讲，对于鞠小棉来说，祁总这样的其实更合适。各取所需。他能帮鞠小棉解锁更大的圈子和更高层次的北京。他窦明翰充其量也就是她鞠小棉的一个台阶，就像之前的陈东城，没有陈东城她认识不了窦明翰，没有窦明翰她也认识不了庞哥和祁总。

她还真得谢谢自己呢。

那天窦明翰是半夜的时候被手机铃声惊醒的，吓了一跳。第一反应是庞哥。拿起来一看，不是，是鞠小棉。两个人有些日子没联系了，有点突然。电话里一股浓重的酒味，隔着话筒都闻到了。张嘴就没头没脑问他宿舍电话号码多少。手机通着，问他宿舍的电话，喝得确实不是一般地大。声音也大，现在就在大门口呢，刚跟一帮朋友从酒吧出来。本来是要打车回自己公寓的，不知道稀里糊涂怎么到他这儿了。今天这酒喝得痛快，送行酒，她把旅行社给炒了，祁哥帮她换了一家公司，外企，副总助理，坐办公室了，再也不用陪那些老外逛故宫长城了。这些年故宫长城她都逛恶心了，天天晚上做梦还在里面转。祁哥人不错，确实不错，谁说官二代富二代没素质的，那是偏见，那是吃不着葡萄说葡萄酸。绕了一个大圈子终于又回到他宿舍的电话号码，进不来门，门岗拦住她了，非要她说出窦秘书的门牌号还有宿舍的电话号码，大爷的，这么冷的天让一个美女在外面吹西北风！

冷倒是真的，上个星期已经正式开始供暖，室内比室外温度高出来不少，尤其是下半夜。但是窦明翰还是打开了窗户，通风，让自己冷静。门提前打开了，留了一小截门缝，但对方还是很规矩地敲了敲门，敲得很轻，跟刚才的骂街判若两人，这么一会儿酒醒了不少。她跟着窦明翰走进卧室，一声不响地在电视对面的沙发上坐下来。沙发是一个手的造型，五指朝上，像如来的巴掌。屁股只坐了一半巴掌，酒劲还在头上，重心有点晃。窦明翰递过来一杯水。她看一眼水，抬头看一眼窦明翰，然后伸手接过去，两手抱着。都是慢动作。

“不好意思，我来拿墨镜。”

“你的墨镜。”窦明翰转身去拿墨镜，连同酵素。早就准备好了，一起装在一只大信封里。递给她。她抬头看着信封，然后看窦明翰。半天没动。窦明翰刚要把手退回来，她伸手来抓，抓的不是信封，越过信封一把抓住了他的手腕。

窦明翰抽了抽，没抽出来。那手很凉，一杯热水半天都没焐过来。

鞠小棉盯着他，两行眼泪径直从目光里流了出来，没受到一点阻碍，她连眼都不眨一下。她说："你一句话，我马上跟他断了。"

窦明翰心里一软。差一点就没忍住，差一点就把另一只手也伸过去，拢住她的手，暖暖它。那手实在太凉了，五根指头扣在他的手腕上，就像一只冰冷的手铐。

"真的，"也许是他的犹豫让对方看到了某种希望，鞠小棉放下杯子，去包里翻手机，"我现在就打电话。"

"别胡闹，"窦明翰用了点力气，坚持把手抽了出来。声音不大，但是很有力量，跟手一样有力气，"把水喝了，一会儿我送你回去。"

鞠小棉一动没动，在如来的手掌里继续又坐了一会，石头一样，一点声音也没出。不知什么时候抬手擦了一下眼泪，没擦干净，那张脸看上去脏兮兮的。屋子里只开了台灯，她和自己的影子坐在一起。半天那团影子终于动弹了，窸窸窣窣的，开始收拾东西，手机塞回包里，然后是墨镜和酵素。然后慢腾腾起身。窦明翰一手拎起外套，另一只手上拿着车钥匙，站在门后的书架前等她。鞠小棉慢腾腾走过来。他转过身刚要出门，忽然听见身后哗啦一响，包掉在了地上，两条胳膊章鱼一样从他的肋下钻出来，十根触须一起将他紧紧缠住。她整个人从后面嵌住了他，一股突如其来的压迫和滚烫让他瞬间一阵眩晕，整个小腹都痉挛了一下。耳朵后面的那个声音软得不像样子："要我。"她一点体面都不顾，求字都出来了："求求你，就这一次，从明天起咱俩谁也不认识谁。"

他花了半天时间才摁住自己，喝令那些从四面八方赶来的血原路退回去，他等自己冷却下来，然后一根一根掰开那些触须："不行。"

他在心里对自己摇了摇头，一次都不行，他知道，他不可能碰她了，过去不会，现在更不会了。

右背上肩胛骨那儿有一小片冰凉，是她一分钟前的眼泪。她滂沱的泪脸贴在他后背上，一片冰凉的汪洋穿越千山万水终于抵达他的皮肤。他全身一颤，冰凉沁骨，那冰凉犹如炮烙般火烫，永远留在了那里。

一切进展顺利。应该很顺利，从她的朋友圈就能看出来，健身美食购物，阳光沙滩下午茶。滋润精致，有钱有闲，是和祁总那样的男朋友匹配的朋友圈。此外还有庞哥，庞哥那边一直没再提过她和祁总的消息。没有消息就是好消息。喜酒未必请他，但这个人情肯定是要好好记一阵子的。祁总的人情就是庞哥的人情，这只砝码可不是一般的分量。

每年的春节前都是庞哥的忙季，今年尤甚，刚张罗了一个大活。省歌舞剧院排了一个年度大戏，省里反响很好，想进京会演，庞哥鼻子灵，不知从哪打听到了消息，也想插进来打上几竿。有枣是肯定的，能打多少是多少，后面跟了一大堆赞助，能在国家大剧院露个脸，多少企业排着队求之不得。省里牵头的是宣传部的一个处长，这边就是窦明翰。窦明翰最合适，过去庞副省长的秘书，僧面佛面都有，路子也熟，有些私人关系搞不好比庞副省长还好使。明翰要多上心了，庞哥觉得有必要给他加加料。那一阵几乎天天晚上有战斗，庞哥主陪，窦明翰在对面当副陪，庞哥喝得少，一般情况下都是窦明翰冲锋陷阵。但是那天坐在庞哥两边的人比较重要，庞哥亲自上的，红酒啤酒一起上。庞哥其实酒量不错，但那天还是喝得有点冒，架他上车的时候明显感觉比平常沉，舌头也大了一圈：“窦秘书来北京多长时间啦？”刚挂掉一个电话，庞哥突然毫无征兆地扔过来一句。

“三年多了，”窦明翰一愣，酒当场醒了一半，他在心里数了数手指头，“三年零两个月。”

庞哥哦了一声，表示惊讶，声调有点夸张，可能也是真的觉得有些意外。时间过得真快。

“你的事是得考虑考虑了。”

这话本来应该老人家对他说的，没想到却从庞哥嘴里说了出来。老人家退休命令已经下了，上个月。本来就没多少事，这小半年更是充分找到了感觉，天天在家挥毫泼墨，书法水平大长，前几天电视台还专门来做了个访谈。也确实该考虑了。对方不考虑他自己也得好好提一提了，准备就这几天的。

“好好干，明翰，有付出才有回报嘛，爱拼才会赢，是吧?”那天可能确实是喝多了，连小杜都没避讳，庞哥在后排座上冲着窦明翰交了底，“知道当初老爷子为什么非坚持带你来北京吗?”

窦明翰后脑勺瞬间一紧，剩下的那一半酒也彻底醒了。

庞哥喷出一口酒气：“我拍的板。”

后来他没再见过鞠小棉，一次也没见过。一开始还能在微信朋友圈里看见她的消息，不知道从哪一天开始的，她在他的朋友圈里也消失了。消失了很长时间之后他才意识到她消失了。干干净净，就像从来没存在过一样。

2019 年的国庆节北京热闹坏了。七十周年，大庆，还要阅兵，这一天天安门广场必定人山人海，别说人了，连一只风筝估计都难挤进来。他们拖到 3 号才来的。一家三口，他，姜枢眉，还有儿子聊聊。聊聊是姜枢眉起的。这是窦明翰第一次带娘俩来北京。聊聊刚上幼儿园，第一个小长假，非要出去。而且一定要去北京，电视上说了，国庆节上午天安门前有坦克和装甲车。姜枢眉本来打算报个旅行团的，窦明翰说，有我在，报的什么团，北京他待了四五年，到北京跟到自己家差不多。预定的酒店就是大院对面的那家，重新装修了，档次提了一个星，当年的经理居然没换，还记得他，额外打了个八五折。回程票定的是 6 号，时间有点紧。坦克装甲车自然是没看上，故宫、颐和园、圆明园、鸟巢、南锣鼓巷、科技馆、清华园、全聚德，这些一样也不能少。颐和园离得最近，睡过午觉起来才去的。从东宫门进去，沿湖堤向西，德和园、文昌院，乐寿堂，到了长廊那儿，窦明翰正弓着腿给娘俩拍照，没留神面前过去一个导游模样的女孩，那张侧脸近在咫尺地一晃而过，吓了窦明翰一跳，特别像鞠小棉。等拍完照再想仔细看看，只剩下一个后背了。后背也像。但知道肯定不是，鞠小棉肯定不会干导游了，即便还干，也只带外国团，刚才那些跟她戴一种红色遮阳帽的游客里头一张外国脸也没有。路过昆明湖那儿，聊聊嚷着非要划船，在湖里折腾了半天，上岸时园子里已经没几个游客了，六点关门，还有半个多小时。窦明翰看了游览图，决定从最近的出口出去。图上看着近，走起来可不近，尤其是带着聊聊。越走天越暗，暮色不动声色地就笼罩了整个园子，聊聊被窦明翰抱在怀里，脑袋像雷达一样四处拧来拧去，明显有些激动，提议说："要不我们不出去了吧，晚上就住在这里行不行?"他心里突突跳了两下，忽然想起来，那年他和鞠小棉一起来的时候，鞠小棉也这么说过，"我们不出去了吧，晚上就住在这里"。那天也是这样，天已经黑了他们还没转出去。他跟鞠小棉刚开始那阵，鞠小棉专门给他排了一个表，立志要带他逛遍全北京，每次一个景点，绝不重复。

"不行，"他对聊聊摇摇头，"他们不会让我们待在里面的。"

聊聊不懂了，问："谁不让?"

窦明翰想了想，告诉他："刚才进门时卖给我们票的那些叔叔阿姨们。"

陈东城

东城两个字是爹起的，这估计是他爹这辈子干的唯一一件对得起他的事。他爹连县城都没去过几趟，却歪打正着地给他起了这么一个高高在上的名字。朝阳、丰台、石景山、海淀、西城、东城。他天生和北京就有缘。命中注定。

去北京是为了避风头，把人家老婆睡了。其实也不能怪陈东城，没办法，长得帅。每次打牌之前买烟都去那家超市，顺发，图个吉利。对方大冬天的只穿一件羽绒服，羽绒服拉链拉得很低，露出来里面很白的一截。每次陈东城去买烟，她一只手拿烟找零钱，另一只手总是下意识地去收一收领口。露一点其实不要紧，这一收，就有态度了，静态变成了动态，欲盖，其实弥彰。有一天晚上陈东城从镇南头喝酒回来，没烟了，顺脚拐到超市来。超市正要关门，卷帘门拉下来一半。对方弯着腰重新进去，开灯、拿烟，外面有点冷，叫他也进来。其实不冷，刚喝的酒，身上正发烫，但是陈东城犹豫了一下，还是跟在后头进去了。人刚一进去，剩下的一半卷帘门被对方哗啦一下从里面拉到了底。超市是个套间，外面卖货，里面住人，有桌凳，有碗筷，有电磁炉，还有张单人床，能做饭，也能临时睡个觉。什么都好，但是不隔音，尤其是半夜三更的时候。加上第一次，陈东城一共就去过两次，他跟范红月也是这么说的，就两次，第二次就栽了。两次都喝了酒。陈东城很不喜欢那个地方，喝了酒才不嫌弃，酒醒了想想就反胃，觉得自己比那枕头还脏。第二次喝得有点多，耳朵都喝聋了，动静整得就有点大，一夜之间满城风雨。对方老公在县城干装潢的，手底下有几个小工，带人直接堵到了家门口，要剁了陈东城的一只手。范红月已经顾不上跟陈东城闹了，反锁了门一口咬定陈东城没在家，去哪了不知道，死活不开。

镇上是待不下去了。趁天还没亮偷偷溜了出来，行李还是范红月帮他收拾的，家里所有的现金，抽屉里的两千多块钱，也全给他带在了身上。去镇上的汽车站，坐第一班早班车赶到市里。先躲躲风头。本来想就在市里躲躲的，转了两天，一点也没有那种亡命天涯的惊魂和狼狈，反而觉得既充实又自由，每天去电影院看看电影，到公园里看人打太极拳下象棋，比在镇上有意思多了。一时半会儿肯定是回不去了，既然出来了，也不想再回去。即便不是因为这件事，他也不愿在镇上待下去了。即便不被像狗一样撵出来，他觉得自己也跟一条狗差不多，一条从小就不受人待见的狗，一条成天无所事事、吃饱了晒太阳的狗。想想也挺好，也算因祸得福。换个活法就是一种福。市里倒是有亲戚熟人，不过这种事传得很快，估计用不了几天这边也就知道了。干脆，要走就走得远一点，越远越好，也别省城了，直接去北京。他干的那种事，也许只有北京才包得住，那种事到了北京就算不上什么事了。他跷着二郎腿用一个最舒服的姿势躺在一张属于自己的下铺上，看着火车外面那些飞驰而过的夜色和山水，这才意识到，怪不得他爹当初给他起了这么个名字。

北京这头倒也有个亲戚，拐了无数个弯的那种，算是姐夫。就这一个，不找也得找，不然下了火车连睡在哪里都是一个问题。

姐夫姓袁，盐城人，在定慧桥家具城那附近开了一家洗印店，洗洗照片什么的，也顺带做一些锦旗广告牌。上火车前一天晚上就联系上了，电话里给了他一个地址，出了站坐几号线再倒几号线，一听头都大了，地铁他在电视上都没见过几回。直接问，从车站出来往哪？东南西北，让姐夫选一个。姐夫想了想说西。他就一直往西走，反正不急，有的是时间。路上找了一家早点铺子，到北京来第一顿饭，得吃得像点样。得坐下来，在桌子上吃，有板有眼，吃饭是个吃饭的样子，一笼包子加一碗豆浆下去，热气重新回到身体里来了，再上路的时候感觉北京亲切了不少。北京也不是哪一个人的北京，北京的马路真他妈宽，腿长在自己身上你随便走。精神一抖擞，烟瘾马上跟着上来了，口袋里的红塔山还剩两根，他把它塞回去，在路边的超市挑了一盒玉溪，到姐夫家用得着。从早上七八点走到快十一点，估计差不多了，拦下一辆出租车，把短信上的地址指给司机看。

不远。十五块钱，刚过起步价，正好。下车结账的时候陈东城没忍住说了好几个谢谢，得意写在脸上。就当花钱问了个路，合算。在北京问个路也不止十五块钱。

姐夫家比他想象中状况要好，好很多，两室一厅里居然只住了他们一家三口。虽然是租的，但也足以让陈东城刮目相看了。姐夫很热情的，相比之下他那少拐了一个弯的姐姐倒显得有些不地道，姐不像姐，像嫂子。姐夫嘴边挂着一句老话，出门在外不容易。陈东城知道这个的，姐夫是苏北人，他们苏北人有外出逃荒的传统，过去年景不好的时候，特别是遇到涨水什么的，泥巴把门一封，全家一起往外跑。背井离乡惯了，相互学会了体恤，就是那句话，出门在外不容易，能照应就照应。这是活下来的经验，放之北京也皆准。陈东城他得管，既然主动找上门来了。自己的洗印店小本生意，招不起人，就是能招得起，也不会用自己家的亲戚，这也是活法和经验。问他会什么，想了半天也没想起来什么特长，初中都没毕业，实在不知道会点什么，说会吹口琴，吉他也能拨拉两下，但那个不能换饭吃。还没见过这样的，两手空空就到北京来了。实在不行就只能干力气活了，建筑工地倒是要人，不过看着陈东城细皮嫩肉仪表堂堂的样子，怎么也不像能搬砖的。中午已经喝了一场，下午陈东城从姐夫家出来，用口袋里的最后一张毛爷爷去小区门口超市抱了一箱雪花，又拿了两包玉溪，晚上接着喝。第一瓶还没喝完，厨房里他姐啊呀一叫，天花板顶灯爆了。不是灯的事，开关线路有问题，老毛病了，正准备打电话叫物业，陈东城摆摆手，说，不用。他让姐夫拿螺丝刀来。小时候别的爱好没有，喜欢拆个收音机吹风机什么的，这些都无师自通。两分钟不到搞定。俩人重新坐回桌子前，姐夫拿起自己面前的那瓶给他倒满，问他，你有电工证没有？陈东城没听说过世界上还有这么一个证。姐夫说，我给你找个地方，没证也无所谓，先干着，合适的时候去考一个。

陈东城力气一般，但是手上有股巧劲，加之又难得的干净和英俊，在一群蓬头垢面的水电工当中很快就出类拔萃了。人也热情，这是姐夫教给他的，到业主家里干活，张嘴闭嘴多几个“您”，礼多人不怪，北京人吃这一套。机灵加热情，想挡都挡不住，这些好口碑不可避免地传到田老板的耳朵里去。田老板就是他的顶头老板，当初别人介绍这个人来的时候，在办公室见过一面，印象不深，再见时不由得多打量了几眼，确实不错，话不多，眉宇间自带一股热气，公司需要一些这样的人，第二天就让他当了楼管。管一个楼。后来又加了一码，让他管一个小区，小区不大，十几栋。但再不大也得叫经理了，陈经理，保安保洁加水电，手下也有个二十来号人呢。当然工资也上来一截，但工资只是一方面，主要是感觉。感觉上来了。才两个月不到，想想刚到北京的时候连出租车都不敢打，现在下面也有一小片点头哈腰的人了。陈东城吃水不忘挖井人，姐夫家常去，去了从不空手，物业上给业主搞福利有时候会剩下来一些东西，比如一箱柑橘、两袋水饺、几罐八宝粥什么的，顺带就捎了过去。有了这些，嫂子马上又变回了姐。感觉不错，风光、滋润、惬意，夜深人静的时候常常听到身体里有地方嘶嘶作响，像是某种东西压抑了很久之后被释放出来的声音。存在感这个东西就是这样，要留神的，这东西就像抽纸，一张张抽出来容易，再想塞回去就难了。

这存在感也确实养人，比人参海参都管用，坚持服用，时间长了整个人气色都不一样了。小区的名字叫得有点土，财富花园，不过倒也名副其实，这个地段，能住进来的确实不差钱，非富即贵。田姐告诉他王学兵就在这里买了一套房子，有一次在小区跑步时还见过他。王学兵他知道的，前几年有个电视剧《将爱情进行到底》，在里面演乐言的那个，估计更不会差钱。越是有钱的人往往素质越高，这一点陈东城有自己的体会，有的家里换个吊灯修个浴缸，和他关系不错的，电话就直接打到他手机上，很客气的，一口一个陈经理。他投桃报李，一秒钟都不耽误，挂了电话立刻安排。关系再熟一点的，他有时候也带着工人亲自上门，对方受宠若惊似的，两包玉溪中华、一罐不太喝的茶叶、半袋子稀罕水果，随手就送给他了。跟物业经理搞好关系对他们来说很重要，人和人对生活的需求不一样，停个电漏个水，对有些人来说是家常便饭，但是对于另一些人来说，就是一件天大的事。

田老板看在眼里。财富花园的物业费是她手底下所有小区里面最高的，过去投诉率也最高，陈东城上任之后形势大有改观。能者多劳，下一步公司准备再入手一个新小区，也想交给他。辖地大了，两条腿跑不过来，得用车，她让他有时间去驾校报个名，把驾照拿下来，公司里那辆刚淘汰下来的雅阁，以后就给他开了。陈东城使劲压住满胸口里的扑扑腾腾，说，我会开车。早就会，他是他们全村第一个拿驾照的，比窦明亮还早。谢谢田总。田老板小小地意外了一下，再三打量着对面沙发上的这个陈东城，简直赏心悦目了。她拉开抽屉拿出一把车钥匙，直接朝对面甩了过去："别田总地总的了，以后叫姐。"

"谢谢田姐。"

北京好。确实好，真他妈的好。别人说什么他不管，反正他觉得好，待他陈东城比亲爹亲妈还亲，爹妈给不了他的，北京都给他了。在老家像一条狗，到了北京成了个宝。晚上陈东城拎着一打燕京和半盒周黑鸭一个人爬上了物业办公室楼顶的平台。平台其实就是三楼，坐在这里看不到北京，但是能看到大部分小区。小区里每一栋楼里都亮着灯，密密麻麻的，一栋挨着一栋，让人想到了一个词：万家灯火。基本上就相当于一个小广场，三楼的业主们近水楼台，上来晨练、散步、遛狗什么的都没问题。晚上起了点风，周黑鸭的香味飘出去了很远，一只流浪狗不知什么时候正站在对面楼脚那儿，远远地朝这边看，尾巴摇得很欢，既向往又很警惕的样子。狗很脏，夜幕里看不清颜色。陈东城远远地扔了一截鸭翅膀给它，它激动地蹿过来叼起来就跑，跑到一个自认为安全的地方才扒住开始啃，啃完之后舔舔舌头回来重新站在刚才的地方，继续眼巴巴朝这边摇尾巴。陈东城不懂狗，不知道它是什么品种，但看样子也许是一条名贵的狗，脖子上套着亮闪闪的金属项圈。再名贵的狗成了丧家之犬也就一钱不值了，就是这样的。这个世界就是这样的。夜风加燕京很快让陈东城找到了醉意，生活很美好，像棉花，随便往哪摸都是一手的柔软和温暖，他又听见了身体里的那个声音，但是跟以前不一样，变大了，原来嘶嘶作响的缝隙变成了口子，大风从口子里出出进进，浩荡，辽阔，风生水起。这个时候似乎应该对自己说点什么，对北京说点什么。说点什么呢？他想了想，我好好生活吧，就算报答了。

田姐不简单的。想想也不简单，一个女人独自掌舵着这么大一家公司，绝对女强人。但是像大多数单身的女强人一样，其实也可怜，表面看上去有多强其实就有多可怜。来的时间长了，陈东城从这个人那个人的嘴里，七七八八也知道了一些。田姐十几年前就来北京了，老公就是在北京认识的。那时候老公还没发达，在西郊一家做饮用水净水阀的环保厂里当业务员，这是一个很有头脑的业务员，马上新世纪了，首都的老百姓越来越讲究，以后谁还喝自来水，家家户户肯定都装净化水。他带着自己几年攒下来的业务关系，跳出来单干。很快就做大了。钱越挣越多，逐渐开始考虑往别的地方投。那时候刚买了第二套房，跟住第一套时一样，最不满意的就是物业，灵感一现，干吗不自己试试呢？他就瞄上了物业管理这一行。这个人就是有这个本事，就是能从自己身边的一亩三分地里看到商机，而且不犹豫，看到之后马上出手。很快也越做越大，离婚的时候业务已经有七八个小区了。大部分发达了的男人下半场都一样，找小三是迟早的事，就是一个离婚和不离婚的区别。田姐不想离的，但是男人身不由己了，她这次遇到的对手比较强大。老公有愧，也理亏，让了一步，儿子归她，财产和公司一人一半。田姐不懂净水阀，就选了物管。

离一次婚基本上就让她对所有的男人都免了疫。不会轻易再动那个心，更不会轻易动婚姻。田姐也承认，一开始自己其实并没朝那方面想，就是觉得需要，帮手也好，装点也好，需要陈东城这么一个人。有些饭局和应酬她乐于带上陈东城，搞物管免不了的要经常跟一些开发商，还有当地的街道社区、工商税务什么的打交道，过去她都是带司机。司机比陈东城还要年轻，鲜得过了分，身上少了那么点暧昧的东西，但是陈东城不一样，陈东城天生一股吃软饭的气质，让人一看就不自觉地要遐想点什么。作为一个女人，田老板有时候反而需要别人的遐想，这种暧昧其实是一种保护，起码喝酒的时候放心些，一个女人喝多了简直比卸了妆还可怜。

陈东城也谨慎，每次都克制得很好。他不允许自己在男女方面的事情上再栽跟头，自己就是因为这个跑到北京来的，如果北京再装不下他，那就只能往美国跑了。

在男女方面的事情上，陈东城吃过喝酒的亏。酒乱的不光是性，有时甚至是一辈子。女人也一样。他要先确定一些事情，包括田姐有些时候的主动到底是在清醒还是不清醒的状态下。因为不确定，几次关键时刻都借故脱开了。对方越是烂醉如泥越是主动往上送他就越是守身如玉。那一次喝得看上去跟往常差不多，起码一个人进电梯让人不放心，跟往常一样，他把她送到家门口，看她进门关门，自己两只脚都在门外，听见防盗门落锁的声音然后走人。那天门一开就听见孩子在哭，是冉冉，平常这个时间冉冉早就让保姆哄睡着了，那次不知道为什么，就是不肯洗澡也不睡觉，非要等他妈回来。保姆怕挨骂，也不敢给田老板打电话，连哄带骗，什么花招都上了也没搞定。冉冉一哭，像一盆凉水瞬间就把田老板浇醒了，比任何醒酒药都管用，刚才掏钥匙的时候还要人搀一把呢，转眼间像豹子一样身手矫健，一个母亲的身手。这身手是下意识的，也是平时经常锻炼的结果，冉冉一出生免疫力就特别差，几乎每一场流感都没落下。儿子生一场病，她也跟着炼一回狱，这个狱得自己亲自炼，公司能交给手下，但儿子不行。

从床上到澡盆又回到床上，又是阿里巴巴又是小怪兽又是魔法变身，忙活了半天终于让冉冉安静下来。陈东城帮不上忙，但也不敢走，怕万一有什么事需要车。一个人在客厅里坐着，既无聊又有点新奇。这还是他第一次走进这个家里来。大，客厅比每次从门外面看到的还要大，复式的，目测全居加起来不会低于一百八，这么大面积才住了三口人，怪不得冉冉每天晚上非得让人哄才睡。因为大，任何一件普通的东西摆进来看上去都显出了档次，跟财富花园里的大部分家庭一样。就连味道也差不多，真的，所有大得不像样的客厅里都有一种相似的味道，去得多了，你就能分辨出来。田老板轻轻关上小房间的门出来，长长地叹了口气，看上去疲惫坏了。那口气叹得可真长，人都走过来了它还没结束。妆没来得及卸，看上去还不如卸了，比刚才酒桌上老了起码五岁。从未有过的清醒。说实话，她的清醒让他毫无性欲，看得出来，她自己也一样。两具毫无欲望的身体在那一刻抱在了一起，就像一个人的左手和右手。确实累了，因为缺乏欲望所以觉得更累，他们都懒得从沙发换到卧室的那张大床上去。保姆将功赎过，一整夜乖乖待在冉冉的房间里，一步都没敢出。

女人就是女人，女人再不简单，毕竟也是女人，而且是个带着儿子的单身女人。不然那次也不会发短信叫陈东城回来。其实也不是非必须要他赶回来不可，布鲁氏杆菌是吓人，但也不是头一回，她自己能搞定。她给陈东城出了一个题，一个选择题，看陈东城这次怎么选了。一头是自己的儿子，亲生儿子；另一头是冉冉。陈东城这趟回去生孩子，她知道。陈东城为什么要回去生孩子，她也知道，这个忙她其实可以帮，可以成全他，但是她不想帮。她要向对方亮出自己的界限和态度来，她也需要陈东城给她一个态度。事实已经证明这个男人在床上基本可靠，那么现在这个问题就摆到眼前来了。正好是个机会。没办法，她是妈，然后才是女人，她首先是要给冉冉找个爸爸。下半身的事情，那是次要的。

陈东城好样的，没叫她失望，当天晚上就赶回来了。两个人在医院里连轴转了一个星期，冉冉出院的时候陈东城瘦了一圈，下巴上的胡须就像刚刚结的一层痂。上午办完出院手续已经十一点多了，没回家，陈东城拉着娘俩直接去了六里桥吃海鲜自助，主要是考虑陈东城，鲍鱼生蚝能吃多少算多少，全是大补。然后回家。洗澡换衣服上床。一个星期的朝夕相处让两个男人增加了不少感情，冉冉非吵着要到他们的大床上来睡，一家三口的队形从医院一直保持到了床上。真好，像个节日。得再庆祝一下，换个方式庆祝。冉冉睡着以后陈东城把他抱回了自己的小房间，回来之后两个人立刻开始。之前已经有过几次了，这一次最激烈，也最彻底，彻底放空然后彻底填满。刚一分开就睡着了，两个人几乎同时睡着的，一睁眼天都黑了。那么长的白天，居然一觉把它睡到了头。也难怪，在医院里折腾了一个星期，冷不丁放松下来，身体也得有个重新适应的过程。巨大透支之后的放松格外放松，像陷在一摊淤泥里，听天由命般起不了身。

关键是不必起身。不必了。以前不管是在床上还是在哪里，天一黑最重要的一件事，是回家，白天再长，天黑了，也必须要回家。一身臭汗五站公交，回到那间三个人挤在一起的出租房里去，范红月就是他的家。陈东城陷在床上，浑身软得提不起来，感觉睡眠把他的骨头一根根都抽走了。二十七楼的夜色从没来得及拉严实的窗帘中倾泻进来，这是二十七楼的夜色，跟出租房里的夜色明显不同，均匀，绵厚，调制和勾兑得恰到好处。二十七楼，他还是第一次在北京这样的高度上醒来，有一种轻微的窒息感，被淤泥覆盖的感觉真好。对方也醒了，没说话，用指甲告诉了他，指甲在他的后背上认真地划过来划过去。谁也不愿意第一个张口，怕破坏了这无比美妙的统一和沉沦。他忽然意识到真正让他放松的其实是什么，放松是因为合法。因为范红月回去了，不在北京了，因为他不用再回那个家，现在这里就是家，只有在家里才允许如此，两个人不仅仅能够一起躺下去，还能够一起醒来。范红月成全了他。当初他非坚持让范红月留在北京生，但是没留下，上帝关了他的一扇门，给他开了另外一扇窗。

过去是偷，现在叫日子。他在北京有了日子。那指甲划着他的后背，像一笔一画的心事。他没动，他知道对方肯定知道他醒了，不动也没关系。

好日子不长，还没到一年。范红月觉得一定出问题了，其实也不是一下子觉出来的，那直觉从第一天就在，陈东城山高皇帝远地一个人在北京，就像身上绑了个炸弹，随时都有可能引爆。天天一张床上睡着都不踏实，别说现在了，千里之外，你根本监控不到。那次是碰巧了。打电话给对门的周姨，问要不要寄玉米胡子给她。周姨就是他们在北京住的出租房的对门，血糖一直高，有一次跟范红月聊天说起来，打听到有个偏方，用玉米胡子煮汤喝，说降糖管用。正好家里那几天收玉米，范红月就想到了。周姨一个劲地表示感谢，顺嘴报告给她一个情况，对面防盗门好长时间没听见动静了，还以为你们搬走了呢。范红月心里一沉，出租房的防盗门锁舌有点涩，每次出来进去都是惊天动地的一响，为这个她还跟周姨赔过不是。好长时间是多长时间，她也不好问，问不问也无所谓了，直觉基本上被证实了。证实了之后反倒松了口气，去吧，这种提心吊胆的日子更不好过。

陈东城只好重新又搬了回去。自从送范红月走了之后就没回来过几趟，光打扫卫生就花了一个下午。圆圆也从对门周姨家接了回来。圆圆就是以前陈东城在三楼平台上喝酒时送上门的那只流浪狗，那天晚上陈东城用剩下的几根鸭翅膀把它带回了家。洗了个澡才看出来果然是白色。一条白色的狗，贱也贱不到哪去。但是不知道具体什么品种，狗鼻子很圆。又黑又圆。送范红月回去生孩子时把狗托付给了对门周姨，就一直放在那里，自己回来后也没顾得上它。

确实有点不习惯了。更不习惯的是田老板，陈东城虽然基本上还是随叫随到，但是得跟人分着用，就像原来自己的车想开就开，现在得分单双号。另外一个，每次偷鸡摸狗的那种做派，与自己的身份确实不太相符。考虑了两天，拿出了一个解决办法，她把陈东城叫到自己办公室，说，公司给你间宿舍吧，以后加班晚了或者有什么事，不想回去了，可以住在公司里。田老板另外多了个心眼，她给自己留了一手，万一范红月不是省油的灯呢，真到那时候也不至于追到自己家里来。

说是宿舍，其实是单独的一套房子。房子是田老板租的，就在财富花园小区里头，跟自己现在住的这套复式前后单元。田老板还是第一次跟陈东城提到这套房，不提也正常，租的嘛，又不是自己的。前两年父母来北京，为了方便，就近给二老租了一间。母亲去世以后，父亲在老家找了老伴，基本上就不来了。房子也没退。房主想换套大的，跟田老板谈过两次，随时可以卖，价格差不多就行。两室两厅，说小也不算小，看跟谁的比，老两口住绰绰有余。“以后这就是你家了，”田老板打开门之后随手就把钥匙塞到了陈东城手里，“你家。”

十六楼，比田老板自己住的那套楼层低一些。这是另一个高度上的北京，离地面近了一点。还有几天就要入冬了，从西北方向赶过来的风很大，像有成千上万双小手扒着窗户往里吹哨子，满世界啾啾作响。这里的哨声比二十七楼听上去要钝一些，没那么尖，从窗户上往下看，车也没那么小，马路也没那么细。比在二十七楼感觉真实了不少。楼越高越不真实，站在那么高的高度上，马路就像沙盘，汽车就像玩具。他很满意，一没留神居然脱口说出来两个字，“谢谢”，他说，“我不白住，房租从我工资里扣”。田老板看了他一眼，那你就不用拿工资了。陈东城笑了笑，财富花园一个月的房租他也不是不知道。他也就是说说。真是不错，你家。田老板待他不薄，北京待他不薄。茶几上有一只烟灰缸，醒目得很，像一只盘子那么大，一只手扣不过来，估计是田老板父亲过去住在这里的时候用的。他犹豫了一下，从口袋里掏出香烟，磕出一根，叼在了嘴上，然后不动声色转着脑袋四处打量："得好好打扫一下，明天我来搞一下卫生。"对方没有制止，他继续，掏出火机来，打着，把烟点上，第一口烟徐徐吐出来。在田老板家里他从来都没点过烟，烟瘾犯了都是去楼道里解决，有冉冉呢，而且她也讨厌烟味。他竖起耳朵，全力以赴地等着，田老板始终没有吭声。

就是从这一天开始的，陈东城觉得自己的生活被分裂成了两个部分，财富花园里的自己和大学出租房里的自己。桥桥也过来了，他坚持也让他来，本来没打算带来的，范红月准备把奶断了，自己过来，但是陈东城不同意，要来把儿子也一起带来，这是他的条件。反正早晚也得来。虽然名字没能叫成陈香山，但亡羊补牢，越早来越好。春节前有一天他带人去停车场调监控，在工人的收音机里无意中听到一条新闻：截止到 2011 年底，中国的城市化率首次突破了 50% 大关。下面又具体解释了一下什么叫城市化率。意思他懂了，过半了，也就是说，城里的人超过了农村。首次，史无前例的。就刚刚，2011 年过去还没几天。他不能给这个数字拖后腿。

两个自己相处得还不错，各行其道，也基本相安无事。每天早晨从大学出租房里出来，进小区办公室之前，他都要先拐到十六楼"自己家"去一趟。去了也没什么事，就在客厅里坐一坐，抽一根烟，一天当中的第一根烟。必须要有这么个仪式，就像员工每天做早操、学生每星期一集合升旗一样，这第一根烟在哪里抽，还是很重要，抽对了地方一整天都神清气爽。有时星期五下午，天气如果好，他都要出来跑跑步，在小区里跑，很正式的，很隆重的，换上专门买的运动服运动鞋，出一身汗。沿途会碰上不少业主，遛狗的，下班回来的，跟他一样跑步的，都认识他，一路上招呼不断。身在其中的感觉很棒，就像刚去大学租房子那会儿每天早高峰挤在大学老师们中间一样。也不一样，比那时候还好，底气更足。跑完步回去之后当然要洗个澡。这个澡比跑步还要隆重，不是洗，是泡。暖风浴灯统统打开，浴缸放满水，客厅的电视也打开，随便放一个台。水很烫，有很明显的阻力，他把自己一点点压进那些灼烫和排斥里，每一个毛孔都发出幸福的叫声。他还模模糊糊记得自己小时候有个梦想，十二三岁那年，尚庄的七哥当兵休假回来花钱请他去县城洗澡，第一次去那种带包间的浴池，就是像现在这样，一个人四仰八叉躺在浴缸里，滚烫的水一直爬到脖子，像一条粗壮的小臂从后面锁住了他，呼吸有些困难，既难受又舒服，有多难受就有多舒服，情愿就这么死掉算了。他那时候就给自己制定了一个理想，等以后有了钱，一定要买一间带浴缸的房子，每天都要在缸里头泡一泡。

周末陈东城归田老板和冉冉专属，主要任务就是吃喝玩乐，一家三口自驾游。周边附近的，当天来回；远一点的，比如杨柳青、承德，当天回不来，就在外面过一夜；再远的，如果想去草原或者鼓浪屿，就只能等到冉冉放假了。实在哪里都不想去的话，就在家里睡一个大大的懒觉，一觉醒来然后去逛超市、购物。零食青菜大鱼大肉拿一堆，车屁股塞得满满的，田老板开玩笑说，晚上我们去陈叔叔家，让陈叔叔做拿手好菜给我们吃。陈东城现学现卖，照着手机做的水煮鱼滋味一点也不比饭馆里的差，尤其是最后热油淋上去的一刻，滋啦一下，又滋啦一下，惹得冉冉连声惊呼。每次都做一大桌，根本吃不了，幸好有冰箱。

都是田老板买单。

在这件事情上，两个人从来没商量过，但是从第一天起就心照不宣，很默契的，两个人在一起，凡是涉及买单的事情都是田老板来。一开始陈东城觉得别扭，有时还象征性地表示一下，后来磨合了几次，不再表示了，不表示也不觉得别扭了。但仅仅是买单，买所有的单，他们俩的，包括他自己的，西服、运动鞋、领带、钱包、皮带、iphone 4、iphone 5，什么都可以，但她从来不往他的银行卡上打钱，一分钱都没打过。看着好像没什么区别，其实这里面有着巨大的区别。陈东城一直在做这样的准备，他已经决定了，一旦她那么做或者打算那么做，他会毫不犹豫地拒绝。幸好她没有，两个人的默契显然也包括这一点。这样才好，对大家都好。

每次买得很多，做得也很多，但是下星期再来的时候绝对不会吃剩下的。送娘俩回去之后，他一般不会直接回大学出租房，把车开回来再上一趟楼。剩下好多菜都没怎么动，大鱼大肉，浪费了，他打包带回去。范红月正在喂奶，需要营养。

田老板对桥桥其实不错，不是每个女人都能做到那一步的，相当可以了。桥桥两周岁生日，她专门送了礼物，很像样的礼物，一把长命锁，千足金，很贵，贵到陈东城都不敢让范月红知道它的价格。公司吃年饭，中层以上一个包间五六桌，有老婆有孩子的全都带来，带孩子去的，现场发红包。很厚的一沓，直接塞到孩子手里。不用说，给桥桥的那个，肯定比别人更厚。这是给孩子的，两码事。范红月肯定陈东城有问题，但是迟迟没有想到会是田老板。有时候周末出去玩田老板还主动要求带上桥桥一起。带上桥桥必然也要带上范红月，为了遮人耳目，还要另外再找两家，队伍一下庞大了很多。一路上吃喝拉撒所有花销全是田老板的。范红月对田老板印象很好，经常在陈东城面前夸田老板人不错，要他卖力工作，不能辜负了人家。

但不错是有条件的，越是不错就越是有条件。说起来田老板的条件其实也不过分，很常规，让陈东城离婚，她和冉冉需要一个百分之百的陈东城。但是这个婚迟迟离不了。

问题在桥桥。陈东城最后一步迟迟没让，离婚可以，但是有一条，桥桥必须归自己。范红月那边他请她放心，他随时可以搞定，其他的也什么都好说，唯独就是桥桥。但是田老板也唯独就这一条，不能带桥桥，陈东城净身出户，其他都无所谓。她不松口。两个人在所有的事情上都很默契，唯独在这上面不默契了。杠上了。

好在可以拖，过不去就先等一等，或者绕一绕。这个不默契它不像癌症，最多就是发炎，带着炎症许多器官该工作也还照样工作。说实话之前还真没料到田老板在这件事情上居然是这么一个态度，这么强硬，这么毫无余地。他承认自己对这个问题的认识还不够，她对桥桥好是不假，又是红包又是金锁也不假，但这是两码事，不矛盾的。她是女人，她忍一忍，暂时可以跟范红月分享一个陈东城，但是作为妈妈，她绝对不允许儿子跟别人的儿子分享一个爸爸。陈东城也觉得不矛盾，即便有桥桥，他也能全心全意对冉冉好，但是他无法让对方认同这一点。她有她的考虑和逻辑，他有他的。

田老板毕竟是田老板，一着急女强人的另一面就出来了，话说得也霸道，因为冉冉现在没有爸爸，所以你也不能有儿子，桥桥必须得离开北京，回老家。她可以出一笔钱。又是钱。但根本不是钱的问题，陈东城也急了，借着酒劲翻了脸："冉冉没有爸爸？谁说冉冉没有爸爸?！冉冉他爸上个月从天津回来那次晚上就在你那过的夜，以为我不知道？把我陈东城当什么了?!"

换了别的人早让他一边歇菜去了，还叫男人吗？寸土必争，寸步不让，她霸道他比她还霸道。也就是这个陈东城。他越是霸道越是强硬就越是让她欲罢不能。也奇怪了，明明一个吃软饭的，不知道哪里来的底气？他硬得一点道理也没有。可越是没有道理反而越叫人没有抵抗力，尤其是她这样的女人。可能也就是她这样的女人，这个同样也没法解释。她吃这一套，她吃他的硬。她要的就是他的这点硬。

那次是"六一"之前，晚上他和田老板一起陪冉冉去人艺剧院看演出。儿童节专场，濮存昕和金龟子坐镇主持。冲濮存昕是她的意外收获，儿子是专门冲金龟子去的，尤其是大头儿子的配音一出来，激动坏了，台上唱他也跟着唱："儿子的头大手儿小，爸爸的头小手儿大……"在座位上手舞足蹈，又唱又跳，动静确实有点大。左右好几个大人皱着眉头朝这边瞅。瞅冉冉，也瞅冉冉两边坐着的陈东城和田老板。但也就光瞅瞅，嘴没张。没忍住的是前排的一个光头，一回过头来脸色就不好看，一根食指竖在嘴前，嘘了一声。嘘得很粗，很用力，不是声音，是一股气流，比声音难听，像呵斥。田老板听得清清楚楚，没吭声，在黑暗中隔着冉冉瞅了一眼陈东城。陈东城本来打算要镇压一下冉冉的，但是现在不打算了，想镇压也不能镇压了，他也没动。没心没肺的冉冉根本没在意，继续变本加厉。前后左右更多的人看不下去了，公众场合确实有点不像话。你一声我一句，听不清内容，但很明确是冲着他们来的。光头也许是受到了鼓励，决定再出一次头，这次不客气了，担心因为光线影响脸上的凶相，那股子狠劲都用到声音里了："闭上丫嘴！瞎叫什么叫，不看出去！"冉冉被吓着了，一屁股坐了下去，想哭，瘪了瘪嘴没敢哭出来，看了一眼他妈。

陈东城没扭头，但是凭感觉知道田老板又把目光移到自己身上了。这次移过来之后就没再挪开，一直盯着他。那目光有很具体的压力和分量，半边身子都感觉到了。陈东城在最短的时间里设计了接下来的程序，也预判了一下最坏的结果。从小到大，陈东城从来没跟人动过手，遇到斗殴打架之类的事能躲就躲，但是今天不行了，躲不过去了。他调整了一下自己的呼吸，然后手伸过去，四根指头敲了敲对方的肩膀，来北京时间不短了，舌头多少也能打一点卷，能打多少打多少。

"什么意思哥们儿，唱两句怎么了？孩子！"

对方这才完完整整地打量了一眼陈东城："孩子怎么了？孩子才应该教育。你不教育我帮你教育！"

"来，你教育一个试试，你丫的再给我教育一个试试！"

对方腰部以上的部分已经完全拧过来了，从上半身的体量可以判断，块头应该不小。刚才拍肩膀的时候也感觉到了，肉很硬。这些都是不利因素，他必须在两个人站起来之前就取得主动。他盯住对方，把一辈子的凶狠和操蛋都押上去了，对方的目光在第一时间接触到自己时躲闪了一下，虽然马上意识到并掩饰了过去，但正是这一躲闪让陈东城下定了决心。陈东城没给自己更多犹豫的机会，一把揪住对方的领子，拽着他往过道上拖。他们的座位很靠前，过道与舞台上台口之间还有不小的一块空间，足够了。就在这里，不能出去，就在现场，就在田老板眼皮子底下，再说他的力气也未必能坚持到把对方拖出门。正好是幕间，灯光暗下来一些，趁对方还没防备，提起一只拳头死劲砸了过去。这一拳力气很大，一锤子买卖那种，很清楚能听见骨头砸在肉上的声音，对方应声一个趔趄，后脑勺撞在墙上，又是一声钝响。半个剧院的人都站起来了，伸着脖子朝这边看。他赌了一把，赌对方不敢还手，如果不是，最后的结局就很难预料了。他也不是怕，就是没经验，不知道下一步该怎么进行。

他赌赢了。对方估计是被那不知来头的一拳吓着了，有点蒙，但气势不能丢，一手指着陈东城，意思是有种别走，给我等着，另一只手拿起电话来开始打。陈东城觉得中指和无名指疼得厉害，刚才这两根指头干到了对方的颧骨，拳头都捏不起来了。入口处两个保安模样的人犹犹豫豫地站在那里，似乎在观望，看事态的进一步发展。田老板觉得不能再等下去了，起身对陈东城使了个眼色，拉着冉冉转身往另外一个方向走。那里的过道离出口要近一点。同一排的人纷纷收腿，忙不迭地为娘俩让路。光头在后面不依不饶："跑得了和尚跑不了庙！操，给我等着，非给你丫打成残废不行！"陈东城没回头，从第一排前面绕过来，跟在娘俩后面一起撤。他昂首挺胸，感觉就像走在T台上，全场的观众都在给他们一家三口行注目礼。田老板飞快地走在前面，一手拉着冉冉，另一只手在黑暗里奋力朝后伸过来，等他的手。快到门口时两只手终于会合了，立刻像缝在了一起一样，紧紧攥住，撕都撕不开。

回去的路上她问陈东城，如果那人追出来怎么办？陈东城想都没想就告诉她："我会为了冉冉去死，你和冉冉。"这是真话，说真话一点都不费劲。

田老板哭了，还是第一次在陈东城面前哭，眼泪左一颗右一颗地往下掉，车差点都开不回来。这个晚上她死活不让陈东城回去，一家三口挤在陈东城十六楼的那张床上，一整夜几乎都趴在这个比她小了八岁的男人胸口。那么年轻的胸膛，紧绷绷的，就像一张鼓，一声心跳便是一记重锤，震得她耳膜发烫。那炎症终于恶化了，变成了迫在眉睫的肿瘤。天亮的时候她告诉了对方自己的一个决定：只要他离婚。一离婚她就把这套房子买下来，给他的，写他一个人的名字。之前开玩笑提过几次说想买，这次来真格的。他给了陈东城最后一次选择，要么给桥桥当爸爸，要么就给冉冉当爸爸。他陈东城只能有一个儿子。二选一。

回大学搬家的时候，田老板坚持也一起来。其实用不着她帮忙，主要是好奇，怎么也得看一眼，陈东城在北京拖家带口的这四五年究竟住在一个什么地方。以前不敢来，现在没问题了，正大光明。范红月上个月刚刚坐火车回去了，带着桥桥，陈东城送他们娘俩回去的，回去办手续，结婚证是在县城民政局领的，离婚也得回去离。老小区，没有固定车位，谁抢着算谁的，楼下面还是第一次停了一辆宝马 X5，一辆宝马让整栋楼显得更寒碜了。很多东西都不能要了，没用，也不好意思往宝马的后备箱里放。在北京混了四五年的家，一只大纸箱子就搞定了。衣橱里有不少没带走的衣服，大部分都是桥桥的，其实是冉冉的，田老板给的，好多桥桥还没来得及穿就小了。沙发旁边一辆婴儿学步车，早就用不着了，一直也没舍得扔。那还是他专门给桥桥买的，轮子坏过一次，他修好的。桥桥学走路那一阵，很喜欢它，左手拍一下是喜羊羊灰太狼，右手拍一下是机关枪。那时候他下班回来，每次一进门就看见桥桥站在学步车里，故意躲在沙发后面，歪着脑袋朝他笑。田老板大概好久没来这种地方落过脚了，但是一点也不嫌弃，一点开宝马的架子都没有，对门的周姨听见动静出来，她还跟她在楼道里聊了两句。周姨的脸色不好看。第一次见，但是立刻就对上号了，就是她，就是这个女人害得范红月差点把命都送了。也是，当初就不该来北京，在老家不是好好的吗，现在弄得一个家四分五裂，最可怜的就是桥桥，没了爸，还差点没了妈。天气不错，昨天刚下了全北京的第一场雪，才十一月份，来得有点早。雪量不大，铺在地上薄薄一层，还不如落在地上的树叶多。但是很隆重，朋友圈里人人都要出来扫一扫，有人还特意登上了中国尊，在404米的高度上俯拍了整个北京的雪景。照片上的北京确实很美，堪称壮丽，有个北京的样子。

窦明亮

还没到端午，没想到就热成了这样，空调比往年至少早开半个月。各路专家已经纷纷出来预警了，有可能发生厄尔尼诺现象，即将到来的这个夏天将会格外地热、出奇地热。不用专家预测也看得出来，这个夏天不好过。

窦明亮尤其讨厌热，跟他的糖一样，怕热，喜冷。糖这个东西最怕的就是过夏天，不能超过35摄氏度，超过这个温度就得进冰柜，不然品相就坏了。

天一热，机器设备都得闲下来。机器闲着，但是人不能闲着，得到处跑。超市商场，这个展那个会。镇上管企业的米副镇长，没事就往他的手机上发一些这类的文件，县里的，市里的，各种展销培训带货，能去的都去，谁知道哪一块云彩下雨呢。酒香也怕巷子深，得吆喝。现在不是走街串巷那个时代了，以前靠嘴吆喝，现在要靠广告，靠宣传。线下卖，线上也卖，淘宝京东上都有货。县里开网店的小梁，专门帮他打理这些。也是小梁的建议，花钱请县电视台专门做了一个小宣传片，挂在网上，效果很好的。百年老字号，绿色纯手工，还是非物质文化遗产，很炫的。主要是个实力的展示，同时也扭转一下部分人的偏见，一听窦氏薄荷糖，还以为就是个农村小作坊，绝对不是，公司和厂房在村里不假，但是有商标有设备有车间，两证齐全，工人们进车间都是穿工作服戴帽子的，正经企业。一个十分钟不到的小片子花了近两万。但是值，有些钱该花就得花。

窦明亮有压力的，这压力很实在很具体，全是数字。一家四口，吃喝拉撒用，每天一睁眼就是一笔。另外，主要是房子。答应过媳妇的，拼了命也得在县城买套房子，现在还没兑现。首付还没攒够，好像越攒越不够。那首付就像肿瘤一样，求求它别长了，停在那吧，永远停在那才好。这压力大部分是有形的，但也有一些是无形的，是别人嘴里的一口一个窦总喊出来的。一到过年，人都回来了，回来都要过来看看他的公司，里里外外参观参观，学习学习。听说现在厉害了，鸟枪换炮了，成立公司了，都窦总了。难免地也要打听一下，窦总一个月挣多少。窦明亮一脸暧昧，含糊一下算过去了，具体数字不说。都以为窦总怕露财，表示理解。

天气热，糖的生意不好做，但是薄荷有了卖点。有时候就是这样，东边不亮西边亮。消息是小梁告诉他的。说有个北京打来的电话，一次定了一百斤。收货地址是一家大公司，很大，说出来能吓死你，专门给飞机做配餐的。小梁也不是特意，那天他去县城发快递两人碰面聊了两句，顺嘴说的，主要是想显摆一下自己的功劳，看都把糖给你卖到北京去了，而且还不是一般的客户，是行业巨头。说者无心，窦明亮留了个心眼，要了电话号码。回来后电话打过去，那头是一个河南口音的采购员。警惕心还挺强，你来我去，费了半天劲对方才把实话告诉他。确实是配飞机餐用的，原来的标配是一个小面包、一杯酸奶、一袋杏仁酥，现在想再加一颗薄荷糖，独立包装的那种。专家们都说了，今年夏天会特别热，地上热，天上更热，薄荷糖清咽润喉，还降火，有些火气大的乘客吃一颗薄荷糖说不定能把脾气收一收。

窦明亮心口怦怦直跳，才要一百斤？

采购员愣了一下，半天才反应过来，当场噎了他一句：“又不止你们一家。”

七八家呢。他只管采购，一百斤其实就是样品，体验餐，根据客户回馈最后定到底哪一家。七八家口味不一，牌子产地都不一，各有特色。这活其实不费什么力气，打开淘宝，输入薄荷糖三个字，一大串呢，多的是。

也是。人家是大公司，大公司都挑剔，都讲究货比三家。挂了电话之后窦明亮专门上网查了一下，不查不知道，一查吓一跳，知道它不简单，是巨头，没想到巨头到那个程度，心口里狂跳。他打电话告诉小梁，小梁在电话那头也一通狂跳，妈呀这是要上天啊！这要是合作成功了，糖一辈子都不愁卖了。这叫真正的一步登天，不光是卖到北京，还卖到天上去了。人家是国际巨头，日航、加航、美西北、美联合，窦氏薄荷糖一举走向全世界。运气来了挡都挡不住，天上掉下来一个大馅饼。

网上有电话号码，打过去核实了一下，地址跟网上公布的一样。晚上吃饭的时候他跟仲芹说，要去趟北京。

仲芹不知道他又要弄什么名堂。去年去过一次天津，参加什么第几届全国糖酒交易会。非去不可，说代表镇上去。仲芹没拦他，其实是不愿打击他。说好听点叫公司，其实就是一间破厂房四五个临时工，县里那几家超市都整不明白呢，还跑到天津去交个什么易。就当放他出去旅游了，正好赶上五一小长假，叫他带大女儿一起去的。这次该轮到二女儿了。闺女见风长，一天天蹿个子，再不去就该买半价票了。饭吃到一半终于搞明白，这次更荒唐，居然想上天。一口稀饭差点没喷出来，伸手摸摸窦明亮的脑门，不烧啊。这次得打击他一下了，赶紧洗洗睡吧，咱们做梦到床上做去。

“去也行，稍微等两天，过半个月幼儿园就放暑假了。把我也带上，咱坐飞机去。坐头等舱，咱也尝尝飞机餐。”仲芹把一勺蛋花羹喂进二闺女嘴里，使劲绷住嘴角才没笑出来。

窦明亮装没看见，碗一推站起来：“来不及了。”

仲芹问，什么意思？

窦明亮说，明天就走。

第二趟去北京。

很早就去过一次北京，十几年前，还没结婚。第一次去北京见的就是一个大世面，那以后再也没见过那么大的世面，去参加一个联谊会，“窦氏华东宗亲联谊会”。

专门请他去的，喷着香水的请柬抬头印着一行漂亮的毛笔小楷：恭请窦明亮先生拨冗驾临。省工会一个退休的窦处长张罗的，通过县水利局的一个会计找到了村里，会计本来就是村里的人，近水楼台，全县就这么一个窦村，怎么也得去个代表。叫谁去？当然是最体面、最能代表窦村的。窦支书为这事专门开了个会，跟镇上也报告了。三个候选人。一个是正在读研究生的窦明翰；另一个是在山西部队上服役的连长，按辈分算是窦明亮叔叔辈的，但年纪差不多，义务兵期间因为评上了军区的学雷锋标兵提了干；还有一个就是窦明亮。最后讨论的结果，定的窦明亮。理由也充分，其他两个虽然也很优秀，但人都已经不在村里了，从代表的程度上来说，都不及窦明亮。

从下了火车到再上火车，在北京一共待了三天。在北京的三天，算是开了眼了。住的是建国门饭店，旁边就是美国大使馆，那叫一个豪华气派，一张饭桌半个篮球场那么大。人也多，来了百十多个呢。窦明亮上学的时候学过一个成语：精英荟萃，什么叫精英荟萃，这就叫精英荟萃，来的都是精英。年纪最大的八十四岁，专门从加拿大回来的，在多伦多做培训机构，连锁上百家，身价上十亿。其他的也都不是等闲之辈，相比之下他简直寒碜得不能再寒碜了。虽然寒碜，不过却也算独一份，做糖的就他一个，秘书长介绍他的时候称他为窦氏家族的“薄荷糖大王”，简称“糖王”。一起参加联谊会的有一个书法家，很厉害的，副总理家的客厅里都挂过他的字，现场泼墨，专门写了一幅给他，“窦氏糖王”。他和秘书长一人拽着一头，在主席台上拍了照，照片还印在了小册子上，会务组专门印的小册子，全国各地只要知道地址的姓窦的每人寄一本。四个字很长，卷起来装在盒子里带回来的。窦支书打算挂在村委会，窦明亮不肯，僵持了几个回合，后来师傅五伯出面，都消停了。五伯找人拿红木框子一裱，挂在自己家了。没什么好说的，师傅在上，只要自己没咽气，“糖王”这两个字，就不能挂到别人家的堂屋里去。不光师徒俩，全窦村，乃至整个窦家湾，史无前例的荣耀。

恍若隔世。那个时候的自己和北京，遥远得就像梦里的情景。进站时车速很明显慢下来，夕阳里“北京站”三个大字徐徐闯入眼帘，他一点预感都没有。

出了检票口才给陈东城打的电话。电话里陈东城有一个酒局，让他等等，端着电话走到外面来接。跟仲芹一样，陈东城一上来也没搞明白状况，以为又是个什么交易会之类，上次就差点来北京，临时换场去了天津，当时电话里牛已经吹了，又是带他去天安门，又是爬长城。不到长城非好汉，下次一定带你当一把好汉。没想到下次这么快就来了。窦明亮赶紧解释，我哪也不去，你负责把我带到地方就行。还有宾馆，公司附近帮我找一家，越便宜越好。搞不好得打持久战。

“还有，我这趟来你先别告诉明翰，”窦明亮特意交代了一下，交代完了又解释，“大秘书，人家忙。”

陈东城统一答应下来，好。

陈东城一个人来接的站。喝了酒，打车来的。窦明亮肩膀上斜挎了一个大大的旅行包，手上还提了一个。看上去的确不像是来旅游的，打工还差不多。全是糖。这次行李多，手空不出来，没给桥桥带东西，过两天到家里去的时候再到超市买现成的。陈东城摆了一下手，说不用了，桥桥跟范红月回老家了。上趟来也说要到家里看桥桥，陈东城也是这么推掉的，主要是不想带窦明亮去大学出租房，窦明亮去过了，等于全村人都去过了。出租房有点寒碜，带不进门。倒是有不寒碜的房子，但是没法带。接站加接风，第一顿还是火锅，在平时最常去的世纪金源那家东来顺坐下之后，主题落到了窦明亮身上。一年不见，变化不小。这几年一年一个变化，又是公司又是窦总，现在业务都谈到北京来了，窦总名堂越搞越大。这才有机会听窦明亮把来意又说了一遍。这次说得比较清楚，飞机配餐专供。全球四十多家航空公司，不多，一天也就400多架。不光是这一锤子买卖，关键是效应，这一合作，这一专供，比做一万条广告都管用，下一步争取把产品打进全球市场。“举个例子，”窦明亮朝对方亮了亮自己的袖口，“一模一样的两粒纽扣，一个钉在地摊货上，一个钉在皮尔卡丹上，哪个值钱？身价绝对不一样，绝对天上地下，是不是这个道理？”陈东城频频点头，强忍住才没笑，那强忍住的内容跟昨天晚上仲芹脸上的一样，癞蛤蟆要吃天鹅肉啊。窦明亮一边说一边两只眼睛对着他放光，都能听见放光的声音，滋滋滋，像通了电。印象中窦明亮不是这样啊，这怎么当了几年窦总当魔怔了，中了蛊了，鬼迷心窍了。

看来，不是北京让人发了疯，而是发了疯的人都来了北京。

陈东城没留神把那口气叹出了声。第三瓶啤酒已经打开，他自己给自己倒上，眼睁睁地盯着那些白花花的沫子漾出来，长了脚一样四下里爬，一动没动。突然觉得对面的窦明亮有些可怜。他想起来一些小时候的事情，小时候跟着五伯一起学做糖的那些情景。糖在那年头可真是好东西，自己当年就是为了一口糖才厚着脸皮硬往上凑的，那帮孩子里头就他一个姓陈。当年一起学做糖的，五伯就相中这个窦明亮了，说他以后有出息。什么有出息，其实就是个套子，怪不得相中的是他呢，窦明亮自己往里钻。

本来想鼓励他一下的，话从嘴里出来又变了味道，这个晚上不冷嘲热讽都不会跟这个人说话了：

“你这不是钉扣子，你这叫嫁闺女。一女入豪门，鸡犬都升天。”

天眼看着一天比一天热起来，铆足了劲要跟这个地球大干一场的架势。越热窦明亮心里越不踏实，越慌。没心思出门就只能在宾馆里待着，待着也没事可做，电视声音大一点都叫人心烦，只能上床。一连两天都待在床上，早饭都省了，跟中午两顿合了一顿。宾馆对面是一家庆丰包子，吃包子最省事。庆丰包子也就那么回事，跟村口的李强包子味道没多少差别，五个包子吃了一头的汗，一进屋就把空调又调低了两度。房间的空调二十四小时开着，不是为了把房钱赚回来，关键两大包糖都在屋里呢。他跟糖都怕热。空调温度已经开到了最低，还不行，还是热，心烦意乱的那种热。他在等电话。对方说了明后两天有时间。前天说的，明天已经过去了，现在是后天。窦明亮每隔个三五分钟就把手机拿起来看看，已经下午三点多了，后天眼看也快要过去了。他决定再等半个小时，如果对方电话还不打过来，他就只能再打回去。

电话里的口音是普通话，不是北京话。普通话是普通话，北京话是北京话，他能分辨得出来。是那种很斯文的普通话，文质彬彬的，一下就把自己比下去了。人没见着，口音先照面，口音就是一个人的气质和名片。窦明亮一直很不满意自己的口音，这次尤其谨慎，打这个电话之前，曾很认真地准备过自己的口音，没想到还是不行。自己这普通话明显跟人家不是一个档次的，两句不到就露了馅。

其实并不是多么重要的人物。姓夏，河南口音的那个采购员叫他夏助理，研发部下面的一个助理，级别不高，但据说管事，就专门管他们这种小事，这趟采购中标包括最后的签单，都是他负责。采购员咬着牙才告诉他夏助理手机号的，实在受不了窦明亮的软缠硬磨，一个电话接一个电话，那副不要脸的劲头有点吓着他了。也不知道是不是因为自己口音的问题，刚一接触就有感觉，这个夏助理，斯文归斯文，但是冷，拒人千里还让你挑不出毛病的那种。对方听他在电话里点头哈腰地把情况说明白，有一点不耐烦地打断了他，一嘴普通话工工整整，工整得就像米镇长办公桌上的红头文件。“我安排一下，好吧！时间允许的话，明后两天。”

把窦明亮激动得当场就是一哆嗦，挂电话的时候又是一通点头哈腰，舌头都不利索了。没想到居然这么顺，对方居然答应了。本来充分考虑了各种困难，做好了各种准备的。开局不错，首先人家得答应见面。这是万里长征的第一步，也是最重要的一步。

同样都是见面，但见面也分好多种。具体到他们的这次，对方没说，他也没来得及问，也不能问，还没轮到他去问。有可能几分钟，比如上班进电梯之前或者下了班在公司门口。也有可能更长一点，十几分钟，比如叫他去一趟办公室，或者一起喝杯茶什么的。再高级点的，有没有可能一起吃个饭呢？这就有点异想天开了，不可能的，第一次见面，人家凭什么答应吃你的饭？不过万一呢，万一对方肯赏这个脸呢。宁可防一万，不可失万一。不能打无准备之仗。明后两天，迫在眉睫，得抓紧了。

重点当然是在哪儿吃、吃什么的问题。自己单枪匹马人生地不熟，还是要找帮手。但是这个他就不打算麻烦陈东城了，接个站、安排个宾馆什么之类的找他可以，这种场面上的事，还得另选角色。最合适的就是窦明翰。好钢用在刀刃上，所以才在电话里交代陈东城不要提前惊动他。来的路上他就盘算好了，假如事情走到了这一步的话，一定要请窦明翰出马。窦明翰没问题的，一个村的，从小一起玩到大，这个忙不会不帮。电话打过去，窦明翰说人在海南呢，陪部长出差，昨天下午刚到。窦明亮脑门里当场就轰一下，海南两个字让他绝望到底。心一死嘴上的温度跟着降下来不少，对方在手机里招呼他，来北京了？他犹豫了一下，本来不想告诉他的，但既然电话都打了，只好承认。

窦明翰说，那就等我回北京的，请你吃饭。

窦明亮这才想起来，问了一句，什么时间回来？

对方说，明后两天。

刚死过去，又活了过来。海南是远不假，对他来说是天涯海角，但对另外一些人就不一样了，人家可是副部长的秘书，几千公里来回是家常便饭。

窦明亮重新激动和振作起来：“你人回来就行，其他别管。”吃饭的事情八字还没一撇，话也得留有余地：“这次不用你请我，必须得我请你，能在北京见一面不容易，咱吃一条河的水长大的。”

吃一条河的水长大的，倒是实话，没夸张。一条河穿村而过，河西边的吃这条水，河东边也吃这条水。窦明翰和窦明亮更不用说了，两家的地在村里紧挨着，旱天的时候，窦明亮家花钱租抽水机从河里抽水浇地，田垄上扒一道口子，顺便就把窦明翰家的田也浇了，连水管都不用挪地方。小时候他提着篮子去河边洗地瓜洗白菜，经常能看见比他高一头的窦明翰站在河沿上挑水。

等于是又绑架了他一把，为保险起见。还是他窦明亮一贯的逻辑，你知道哪一块云彩会下雨呢，你知道哪根稻草能救命呢，能抓住一根是一根。

窦明翰这根稻草，不是一般的稻草，所以才不能轻易用，所以才要跟陈东城区别开来。你叫陈东城王朝阳李海淀，都没用，都不如窦秘书三个字好使。他夏助理普通话再斯文再工整，也不至于不把部长的秘书放在眼里。而且还有，到时候一定要向夏助理特别强调一点，那就是两个人的名字。都姓窦，一个明翰，一个明亮。仨字里头有俩一样的。你看着办吧。

早该预料到的，太轻易答应了你的，往往靠不住。当初有多激动，现在就有多绝望。看着手机上的时间，眼睁睁地过了四点，手机还是一点动静没有。眼看着这个后天正在咽气，求生的本能逼着他必须要把电话打回去，搏一下。彩铃刚开了个头，对方摁了。横了心又打了一次。又摁了。就不敢再打了，发短信。发短信更好，没有口音。发完等着。房间的灯没开，一直过了六点，明显感觉天已经黑了，电话才回过来。一张口居然是哪位。

把窦明亮问得一愣，赶紧说，我老窦啊！

对方问，哪个老窦？

窦明亮心口刚有了点热乎气瞬间又凉到了底，但还是耐着性子又点头哈腰了一遍。对方想起来了："不好意思，不好意思。"居然道了个歉。这个歉像一瓢热水，心口当场又暖和了过来。

夏助理很认真地考虑了一下，要不明天？明天晚上吧。

坐过山车的感觉真爽，一会儿上天，一会儿入地，太他妈刺激了。这就是北京，屁大点风吹草动都能叫你惊心动魄。对方说的是晚上，不是上午，也不是下午，晚上的意思里有一个巨大的潜台词，那就是一起吃个饭。人家居然答应了，居然自己主动提出来了，异想天开的事情居然真的发生了。这趟北京，他算是来着了。

立刻给窦明翰打电话。

饭店就选在附近，不能太远，太远了下了班没法往这赶。也不能太近，太近了容易碰见熟人也不方便。但是档次得高。档次代表着诚意。第二天窦明亮上午就出门了，公司在北京的东北方位，他打了个车往西南走。没过起步价，最后选中的是一家粤菜，看门口两位迎宾姑娘的身段就知道便宜不了。订的是四个人的小包间。发短信告诉对方位置的时候，对方只回了个收到，其他没说。临出门才打电话通知他，说自己还有两个朋友。这是个突发情况，三个人一下变成了五个人。窦明亮赶紧打电话换房间，但是六个人的已经没有了，只剩下十个人的大包。十个人就十个人吧，桌子大显得菜少，不好看，但是没办法，狠狠心多点几个就是了。

房间换早了。结果不是五个，正好四个人。少了一个，窦明翰来不了了。

窦明亮在电话里跟窦明翰都说死了，务必要来，今天这顿饭很重要。这个夏助理对自己很重要。今天这个单要是签了，窦氏薄荷糖从此一步登天，畅销海内外，走向全世界。他窦明亮一辈子的大事。这么严肃的事当然得重视，窦明翰电话里也是频频点头，满口答应，放心放心，一定去。

"还有，你得喝酒，"这件事情也同样重要，必须得提前交代，"你知道我不能喝酒，从小肝不好。你替我喝，这个忙你得帮我，咱吃一条河水长大的。"

窦明翰继续表态："没问题。要我喝多少喝多少。"

计划不如变化快，去不了了。有事。窦明翰本来想在电话里解释一下的，窦明亮只顾走路没听到手机响，只好先发了一条短信过来，有会。其实不是会，大晚上的能有多急的事需要开会，就是开会也轮不到他。牌局。老人家心血来潮，晚上要打牌。老人家平时很少打牌的，但正因为打得少，偶尔张罗一次就比较隆重。当然也不是一定推不掉，有事的话可以请假，但分什么事。其实还是没把窦明亮的事太当回事，窦明亮说得天花乱坠，什么一步登天，什么海内外全世界，越是天花乱坠越是不靠谱。能有多大的事，说破了天，也就是卖个糖。

窦明亮看到短信之后第一时间把电话了打过来，有点急，一急话就有点没轻重："那不行，咱都说好了。"

事情到了这个地步窦明翰也只能硬着头皮推到底了，不然还真不太好下台。真有会。部长叫的。

部长一抬出来，窦明亮就知道没戏了。人家那才叫事，自己这事再大跟人家一比就不算什么了。心里一片冰凉，那冰凉自里向外把整个人瞬间速冻了一遍，两秒钟不到连声音都硬邦邦的，窦明亮说，你忙你的。

窦明翰有点不忍，尽可能地想挽回一些："要不明天吧，明天我请大家一起吃饭。”在这件事上，实话实说，窦明翰后来一直很内疚，很长一段时间里都没法原谅自己，如果要是知道会发生那样的事，那天晚上他无论如何都是要去的，赴汤蹈火也要去。但话又说回来，即便不知道也应该去，对方那么言之凿凿地告诉他，这是他窦明亮这一辈子的大事。

不过这些都不重要了，电话里传来了两位迎宾姑娘整齐甜美的声音：“先生您好！欢迎光临！”窦明亮挂了电话，该他上场了。

不吃猪肉，但是窦明亮经常见猪跑。自己不喝酒，多少也懂一点酒。价格贵的当然是好酒。五粮液、茅台当然是好酒。上午特意去京客隆买的五粮液，52 度一马当先。一马当先马到成功，彩头也好。本来买了两瓶，他不喝，窦明翰和夏助理两个人两瓶，足够了。那边临时通知加两个人，他赶紧打车回超市又拎了两瓶。结账时想想又另外加了一瓶干红。小五千。光酒。

三个人一起进来的，前后脚几乎同时出现在窦明亮面前。三张脸都是生脸，窦明亮没马上认出哪个是夏助理，人站起来，不知道该向哪个打招呼。第一个开口跟他说话的应该就是了。夏助理本人跟电话里出入有点大，看上去比声音年纪大一些，也胖了一些。斯文当然斯文，以为是那种很瘦的斯文，没想到是那种心宽体胖的斯文。胖一点好，亲切。夏助理进来之后环视一圈：“太客气啦窦总。”看他的表情，都不只是满意，还有惊喜。客气的意思主要是桌子大，房间也大，没想到这么大。“还有别人？”对方这么一说窦明亮就更确定了，一定是夏助理。赶紧把一双手伸过去：“没有了没有了，今天专门请夏主任。”

桌子确实大了，连一半都坐不满。

跟酒差不多，酒桌上的事情窦明亮多少也知道一些。酒桌上最大的事情，其实就是个怎么坐的问题。因为从来不喝酒，过去很少在这个问题上有探究，在村里，像窦明亮这种不喝酒的人在酒桌上从来没有地位和发言权的，叫坐哪里就坐哪里，重要的位置都是给喝酒的人的。这个跟辈分大小尊卑长序无关，酒最大。端了杯子就可以六亲不认了。书到用时方恨少，很后悔没有提前做一下功课，本来有窦明翰的，但是窦明翰没来。站了一会儿，意思差不多了，该入席了，三个人都看窦明亮。窦明亮没敢乱来，怕闹笑话，也怕闹不愉快，因为坐得不对一顿饭白请的冤大头多的是。他只能看夏助理，是征询的意思，也是求助的意思。对方一看就明白了，放开音量笑了笑。从一进门就看明白了，什么窦总，就是一个乡下的小业主，那口音那做派骗不了人的，一举一动都摆在那呢，刚见面不到两分钟，就看明白了。很可爱，果然农民都很可爱。不光可爱，还很阔绰，整这么大排场。

那就恭敬不如从命，既然让他来，他就不客气了。不好意思，反客为主了。夏助理大大方方地在正对着门的那一把椅子上坐下来，然后指指自己对面的座位，示意窦明亮："窦总今天坐副陪吧，你算半个东道主，人家下午才来北京。"也合理，二位下午才下飞机，他来好几天了。晚来为客。两位客人被夏助理一左一右摁在自己旁边。

关于二位的具体情况很快就明了了。右边那位是夏助理的大学同学，现在应该是下面省里的一个什么处长，来北京开会。另一位是他一个办公室的同事。这些都是窦明亮从他们三个人的对话中自己拼出来的，夏助理没有跟窦明亮介绍两位，但却很隆重地跟两位介绍了一下窦总。这是窦总，窦氏薄荷糖有限公司总经理。其实不严谨，应该是窦氏食品有限公司，但对方只记住了薄荷糖。也好，记住薄荷糖就行。两位也很隆重地笑了笑，然后端起酒杯来敬窦总。杯子就端了一下，敬了以后马上远之，重心还是回到同学情谊上。他乡遇同窗，不折不扣一大喜。现在都是处长了，以后还要多关照。哪敢关照，从来都是北京关照下面的人。酒确实是好东西，刚才还贾处长夏主任的，杯子端起来两下，马上就是哥哥长弟弟短了。

明明坐在一张桌子上，窦明亮却感觉像是坐在两张桌子上，像隔着一条河坐在河两岸。有点远。人家三个人酒喝得密不透风，话也说得密不透风。他孤家寡人坐在这边，隔着一条河看人家热闹。不怪他，确实有点远，有些话他听见都困难，更别说插进去了。对岸也是，想照顾他一下似乎也不容易，一句话得分好几截扔过来。干坐着不好看他就添茶倒水，可是也不能添得次数太多，每次倒茶人家都要抬手扶一下杯子，意思一下。他感觉自己好像每次都是故意跑过去要人家抬下手一样。手不重，抬多了也烦人。

幸亏又多买了两瓶，今天这三个人都是好酒量。第三瓶打开的时候掀起了一个小高潮，大杯换成了小杯。小杯更厉害，相当于肉搏，刚才是炮火覆盖，现在短兵相接。贾处长官场中人，很周到的，很无微不至的，杯子远远地端起来，一定要敬一下窦总。第一次见面，幸会。其实也不一定非敬不可，但酒喝到了这个程度，总要找一下花样。窦总就是现成的花样。窦明亮忙不迭地站起来，茶杯已经端在了手里，刚倒的茶，还很烫。对方看着窦明亮手上的一杯热气，脸上还笑着，但是眉头皱起来了："窦总今天没带司机呀？"

窦明亮愣了一下，马上明白过来了，赶紧解释："不是不是。我不喝酒。"

"不喝酒是什么意思？"

"身体不好，肝不好。喝不了酒。"

哦，对方幅度很大地点了点头，表示理解。但酒杯既然端起来了，总得有个说法。你倒一点，意思一下。

一旁的夏助理看在眼里，这个围他得解。他指挥服务员给窦总拿杯子来，亲眼看着酒杯满上。"肝不好？谁的肝好？我的肝也不好。肝不好就不喝啦？我们的肝就不是肝啦?!"

窦明亮有点蒙。还是第一次，在酒的问题上，还从来没遇到过这样的局面。都知道他肝不好，从小到大，从没人劝他喝过酒，从没人把酒杯像刀架在脖子上一样端到他面前。当然，他也从没有拒绝的机会和经验。不知道自己这一杯喝下去之后是什么结果，会不会还是像当年一样，一天一夜醒不过来。

这一犹豫，麻烦就来了。一口回绝是一回事，考虑了一番之后再回绝是另一回事。性质变了。贾处长乘虚而入，一口干掉了自己那杯。

那边杯子刚落地，旁边夏助理把自己的杯子也端了起来，两个人配合得那叫一个默契。“我陪一个。”说完也一饮而尽。

两个人分头喝完自己那杯就不看他了，脸对着脸继续说话，但其实目光还在他身上。都在等着他。窦明亮端着一杯热茶站在那里，感觉自己已经站了很长时间。酒还没喝，脑袋里已经有点恍惚了，感觉头顶上的吊灯瓦数突然一下大了好多，白花花刺眼，就像大晌午头的太阳。他不知道自己怎么就站在了这里，一副鹤立鸡群的样子。面前端着茶的那只手似乎是长在了别人的身体上，他看着它放下茶杯，然后端起了酒杯，抬起来。他觉得应该摁住它，但是摁不下去。那杯酒被五花大绑似的抬起来送到了他的嘴边。嘴也是别人的嘴，不知道怎么就张开了。一饮而尽。那酒挥着无数的拳头，呐喊着顺喉咙食管一路杀进胃里。二十多年没尝过的辣，密密麻麻的辣，千军万马的辣，那无数拳头张开变成了无数手指，在他的食管和胃壁上同时用力地一拧。他没忍住呻吟了一声。声音很大，不是装的，但听起来像装的。效果更好。一直等在对面的两位满意地笑了。就是，这才是窦总嘛，生意人得有个生意人的样子。

也没把他怎么样。窦明亮一动不敢动，筷子不拿，茶也不碰，就那么原地坐着，像刚喝了农药一样，等着发作。但没有发作。不过还是有点区别，刚才是恍惚，现在是晕，很具体的晕，在脑袋里。刚才是站在太阳底下，现在变成了站在水里，大水没过胸口，他被一双巨大的手推过来搡过去。等了差不多五分钟，应该有五分钟，夏助理在对面一左一右发烟，给窦总也远远扔了一根过来。窦明亮点上。一根烟抽完大概需要五分钟，烟抽完了，没把他怎么着。他倒了第二杯。自己给自己倒。

他今天是干吗来了呢？来都来了。钱舍不得花也花了，酒不能喝也喝了。已经到了这一步，干脆豁出去一回，必须豁出去一回。豁出去，这是一个态度，他要用自己的态度去换对方的一个态度。生意不就是这样嘛，他觉得他豁出去了，对方就应该给他一个交代。其实还是想简单了，把事情想简单了，也把人和人之间想简单了。其实他还是不太懂生意，马上就会有人给他上这一课，告诉他，不一定，两码事。要不怎么说就是个做糖的呢？做糖是做糖，卖糖是卖糖，光会做糖不行，这年头最重要的得是学会怎么把糖卖出去。做糖是手艺，卖糖才是生意。

端起了酒杯，就能说话了。今天干吗来了？得说。必须说。说他的窦氏薄荷糖。这叫吆喝，酒香也怕巷子深。现在不说什么时候说，错过这个村就没这个店了，得抓住机会。隔得太远，怕听不见，他就把酒端过去说。夏主任您多多关照，我们乡下小厂不容易。夏主任才是生意人，将近一瓶五粮液下了肚说话还是滴水不漏：“互相关照，关键还是看产品，顾客是上帝，产品行不行都是顾客说了算。对吧窦总？”窦总还当真了：“产品绝对没问题！百年老字号，无色素无添加，绝对绿色，绝对纯手工。清咽润喉，消暑祛火，居家旅行必备佳品。”酒真是好东西，喝了酒舌头明显比过去油了，广告词都出来了。光说还不够，下面还有实物展示环节。窦明亮放下杯子径直去沙发后面拎他的旅行包。旅行包来的时候就拎进来了，怕影响市容，一直藏在沙发后面。记不得这是喝了第五杯还是第六杯了，一杯和一杯区别似乎也不大，都没把他怎么样，光剩下了辣。窦明亮走路的样子已经严重变形了，只是他自己没意识到，明明是一条直线，他觉得自己花了好长时间才走完，然后再花好长时间走回来。拎着包走回来的，包啪地摔在夏助理脚下，拉链拉开，糖掏出来，窦氏薄荷糖，左一袋右一袋。每个人面前都放两袋，他亲自帮大家一一撕开，呲啦一下，呲啦又一下，满桌子花花绿绿。“你们尝尝。”卖糖就是这么卖的，过去在集上，在超市里，这么多年都是这么卖的。不光让别人尝，自己也尝。说着撕开一个。手使不上劲，直接用牙，撕开往自己嘴里塞，嘎嘣嘎嘣脆。口不离糖，现在这张嘴，除了说话就是吃糖：“这是纯手工，不然不会这么酥这么脆，你听，你听就知道了。”又用牙撕开一个，撕开了往夏助理嘴里塞。夏助理抬手挡，他不依，硬要塞，你尝尝，尝尝不要钱。

他都不知道自己是怎么结的账，居然一步步下了楼，那么多层楼梯，他不知道怎么下去的。脑袋有一千斤重。酒原来是这么个东西，先把你抽空，让你整个人轻飘飘，轻得仿佛踩在云彩上，然后再把你填满，用沙子填，用水泥填，死重死重的。脑袋重，舌头重，眼皮子也重，刷卡的时候连两根手指头都举不起来了。那个六位数的密码就像六只蛐蛐儿，半天找不到，脑袋里一下长出来一堆石头，得一块一块把它们搬开。

大概过了很久才回来，一步步上了楼。都等他呢，看来等了有一会了，人进来刚要坐，夏助理立刻起了身，差不多了，今天就到这里吧。幸会窦总，有机会的话一定合作，来日方长呢，以后肯定有机会。欢迎再来北京。窦明亮屁股刚挨到座位马上又站了起来，话是说不出来了，想在脸上笑一笑，也不知道笑出来没有。夏助理和贾处长搂搂抱抱地一起出门，在门口你让我我让你，拍拍打打搞得动静很大，到了楼梯上还能听见。他觉得应该送送，费了半天劲才把两只脚从座位前拔了起来。五粮液剩了一瓶，还有一瓶干红没动，得打包。还有旅行包，也得拎着。绕着桌子跌跌撞撞转了两圈，要出门的时候路过桌子上的一堆糖，目光停在上面。那么多糖，拆了的，没拆的，横七竖八躺在一堆骨头和脏兮兮的纸巾里，满桌子都是，尸横遍野一样。地上也有，比桌子上的更脏。窦明亮走过去，蹲下低头捡。妈的，一辈子还没这么低三下四过，一千多里地跑到北京来，人生地不熟，自己把自己喝成了这样，这么想着，鼻子冷不丁一酸。眼泪还没下来，胃里先扛不住了，一股更呛人的滚烫从嘴里喷涌而出，喷得满地满手都是。他用桌布擦擦嘴，也擦擦手，继续捡。手刚伸出去，头顶上那白花花的太阳不知道怎么突然一下黑了，那黑仿佛有重量的，天塌地陷一样砸下来。他腿一软，一头栽了下去。

出租车都叫好了，差一点。夏助理他们就上车走人了。服务员从酒店里玩命地追出来，一把拽住正要拉车门的夏助理。你朋友人不行了。谁？夏助理一时没反应过来。就是跟你们一起来的那个人，桌子底下躺着呢，脸都抽抽了，老板刚打了120。夏总酒醒了一大半，你别吓我！

没吓唬他。真差一点就不行了，幸亏120打得及时。其实不怪酒，一共才那么几杯，还是怪肝。怪窦明亮的肝不争气。在医院里躺了四天，夏助理吓掉的魂，一点点才找回来。这个窦总，毁人不利己，这是要跟他同归于尽啊！见识了，佩服了，还真有为了买卖不要命的，这才叫生意人。出院的时候他特意请窦明亮和仲芹两口子吃饭，菜一上齐窦明亮又要抢着去结账，他赶紧摁住他，老弟，你不用了，糖的事情，我心里有数。说实话窦氏薄荷糖他还真尝了，口感不错，薄荷味也地道。问题不大。回头让他把营业执照和财务报表传真过来，他在标包意见书上代表甲方签字。算是交了底。窦明亮眼睛里当时就唰地放出两道光来，不会吧？嘴巴张开半天合不上。现眼了。他在桌子下面抓住仲芹的手，想让对方掐他一下，别是做梦吧？天鹅肉居然真的让他这只癞蛤蟆吃到了嘴。

命是救了回来，但随时都有可能再还回去。医生原话。得当心了，除了肝，还有血糖，这玩意一样能要你的命。临出院时又查了一次血，一查吓一跳，单子上血糖那栏一排小箭头鲤鱼跳龙门似的争先恐后往上飙，数值高得吓人。

医生教训他时口气中居然有了一丝惋惜，才三十多，平时不查体的吗小伙子？

送走医生，仲芹一直黑着脸。从接到电话往北京赶的路上脸就一直黑着，前面是因为他的肝，现在是为糖。前几年听他总说好犯困，眼睛老看不清东西，觉得不对劲，带他去过一次医院。那时候仲芹就命令过他，按时吃药，把糖戒了。药倒是每天都吃，但看来糖是没戒。就知道他肯定没戒，卖一天糖他就一天戒不了，糖不离口，见人就嘎嘣嘎嘣，见人就要展示一下窦氏薄荷糖的酥脆空心纯手工。

仲芹眼圈红了："命都快搭进去了，为几块破糖！"

窦明亮不好意思笑笑，好像那命确实不是他自己的，好像是借了仲芹的命："下不为例。"

第三章

窦村

窦明翰

出村往南，顺河沿走，过大坝，二里半土路，上了大道之后一直向东，以向阳红农技站为界，过了农技站，就算进县城了。一共十七里地。这个数字是大队的刘会计说的。刘会计精通算盘以及各种数字，他嘴里说出来的，应该很权威。十七里，而不是十八里，也不是十六里，说明它不仅权威，而且确凿。十七里地，在宋让芬的生活里是一个有相当规模的距离了。除此之外最远就是去镇上中学，也才不过三四里地。它像一根笔直而粗壮的伞柄，撑开并绽放了宋让芬的整个少女时代。

去县城只能靠两条腿，家里没有任何带轮子的东西。整个大队一共才只有两个轮子，就是支书平时骑的一辆自行车。自行车不是支书自己家的，是公社配的，去公社开会领文件用。一开始是支书专用，后来扩大化了，你来借他来借，成公用了。没办法，抹不开面子，也不好得罪人。她只坐过一次。有一次去县城，刚下土路，正好支书骑自行车去县防疫站买老鼠药，顺带捎上了她。两脚腾空的感觉确实不一样，有一点点晕，本来没有风的，突然有了风，她在风里闻到了自己的汗味，还感觉到了有一绺没扎好的头发从汗水里逃逸了出来，她知道它的位置，但不用手去拢。那是宋让芬第一次坐带轮子的东西，同样是十七里地，分配在两条腿上和两个轮子上，感受完全是不一样的。只坐过那一次，自行车因为借出去太多，左一次修右一次修，越来越不听使唤。后来支书干脆把它报废了，用麻绳吊起来挂在墙上，一是避免占地方，另一个也是示众，不是不借，确实坏了。尸体为证。

规格再高一些，想坐四个轮子，就得到公社了。公社有拖拉机，拉肥料、耕地、抽水用的，七八辆呢。如果再高，那就只能去县城了，县城马路上有卡车、解放车、救护车、轿车，各种各样的四个轮子都有。自行车也多。

十七里地，听上去挺吓人，其实也就那么回事。拼的不是力气，是耐心。不着急的，一步一步来，两条腿就是两排牙齿，再远的路也能一口一口吃进肚子里。一大早吃过饭出门，到了城里离中午饭还有一大截时光，随便逛，各种热闹。当然人多是一方面，但热闹肯定不是光因为人多，乡里逢集的时候人也多，什么挑子筐子，往地上一撂，买的加卖的，挤都挤不动。但那种热闹是一时一地的热闹，是没章没法的热闹，县城里就不是，各种热闹都待在它们各自属于的地方，规规矩矩的，又各有千秋。人多和人多不一样，热闹和热闹它又不一样。

人一多就把马路挤窄了，把商店挤小了。宋让芬喜欢那种在人群里出来进去的感觉，像一条鱼，悠哉，自得其乐，可以随便看，还可以伸手摸，但是不用花钱。那么多花花绿绿琳琅满目，只能看和摸。钱不够。姥爷每次只给五毛钱。一个月逛两次县城，加起来就是一块。上了块的钱，不是小钱了。城里就是一个花钱的地方。

五毛钱不多，但也不少，能干不少事，关键看怎么搭配和组合。一碗胡辣汤，一笼小肉包，加起来是五毛；一场电影加上一碗胡辣汤也是五毛；一场电影加三个油煎毛鸡蛋，也是五毛；两个油煎毛鸡蛋加一碗酸梅汤，也是五毛。当然还有更多的组合，这是一遍遍权衡和取舍的结果，也是欲望和理性一次次较量的旅程。逛县城，这才是最有意思的。这意思都在组合和取舍里，这意思只有她自己才能体会，很私密的，必须得是一个人才行，有第二个人一掺和就全破坏了。兄妹五个，全是哥哥，她是宝贝疙瘩。大哥当兵，二哥在矿上上班，两个人每个月加起来往家里拿十五块钱。所以才有她这每个月的五毛。全村估计也就她有这个待遇，其他人没有这钱，也没有这闲，星期天不用上学，但是得干活，还有弟弟妹妹要带。她钱也有闲也有。开始是五毛，后来年纪大了一点，又加了五毛，变成了一块，最后涨到了两块，年龄大了，欲望和胃口也水涨船高。

每两个星期才一趟，就一天，除了钱，时间更得精打细算，必须最大化地利用。回来晚了不行，回来早了当然更不能原谅自己。如果看电影，吃过中午饭进电影院，电影散场出来马上往回赶，时间正好。如果不看电影的话，那就得看天色。天色就是时间，没有表，也不认得表，不会认表就得会认天色，乡下女孩有经验的。阴天也不要紧，晴天有晴天的天色，阴天有阴天的天色。宋让芬直到中学毕业以后才会认手表，那时候当兵的大哥在部队提了干，攒了几个月津贴买了一块上海牌手表，休假回来，宋让芬第一件事就是让大哥教自己这样本事。

每两个星期逛一趟县城，风雨无阻，雷打不动，这成了少女时代加年轻时代的宋让芬生活里的一项固定内容，一直延续了很多年，结婚以后都没中断，一直到窦明翰出生才被迫停了下来。怀孕五个多月的时候宋让芬还挺着大肚子去过一回县城。这一停就是小两年，窦明翰像一根绳子绑了她小两年，直到窦明翰断了奶，她才得以脱身。旧梦重温的感觉真好，而且不用外公给钱了，自己有。窦怀礼力气多，种地用不完，在乡里的农机具厂做工，吃喝拉撒之外手里还能富余一点。还是一个人去，从来不让人跟着。那时候去县城已经不用光靠两条腿了，有了四轮蹦蹦。一个人三毛钱，凑齐了八个人就走。十七里地一袋烟的工夫。这一笔赚大了，省出来的时间可以做更多的事情，还可以去更远的地方，比如市里，再加两毛，换另外一辆四轮蹦蹦就可以从县里再到市里。市里那才叫城里。县城是县城，城里是城里。城里的马路更宽，车更多，也更热闹，喇叭裤、掐腰裙、奶油蛋糕、磁带、墨镜、挂历、录像厅样样都有。这热闹花样多，变得也快，快得都来不及等她，这一次来和上一次来又不一样了。口袋里的那点钱还是少了，当一天城里人还行，回去又成了乡下人。但是即便没钱也愿意来，哪怕什么也不买，就逛一逛也满足，城里真好，天那么蓝，人那么多，胸口都发胀。

从不让别人跟着。儿子也不行。窦明翰从小性子文静，各方面都好，就是黏人，一个男孩比丫头家还黏人。才四岁多一点就甩不掉。每回一看见宋让芬梳头抹脸要出门，马上就往屁股后头一站，非跟着不可。宋让芬每回都得兜半天圈子才能偷偷溜出去。有一次没注意，不知道怎么追出来了，远远地一直跟在宋让芬后面，拐上土路，一直到了马路边上。宋让芬已经上了蹦蹦。到得有点早，还没凑够人，她一扭头从几个脑袋中间看见了不远处的窦明翰，四岁零两个月的窦明翰正不紧不慢地走过来。

宋让芬跳下车。窦明翰看见她的手腕在太阳下面雪亮地一闪，是手表。每次去城里她都要戴上手表。手表是结婚时买的，那个时候结婚很多女方都开始兴要"三转一响"了，宋让芬要求没那么苛刻，但必须得有一转，手表。专门给女士戴的那种手表，表带子细细的，表盘子小小的，指甲盖那么大。县城的百货大楼都见不到，城里才有。

宋让芬第一件事就是想找窦怀礼发一下火，这么大的人了，连个孩子都看不住。伸头朝儿子身后张望，看了半天也没看见窦怀礼。她把目光收回来，张嘴之前把脸先黑下来："谁叫你跟来的？"

窦明翰盯着他妈："我也想上城里。"

"不是跟你说了吗？"宋让芬有点烦，"城里不让小孩去，你现在太小，等长大了再带你去。回去！"

窦明翰还是不甘心，歪着头朝宋让芬身后的车厢里瞅，大概是想找找看有没有跟他年纪差不多大的小孩。

四轮蹦蹦发动了，发动机惊天动地地响。八个人凑够了，准备走。司机催她上车。

宋让芬的脸黑到了极限，黑得都不像个当妈的了。手一挥，挥刀一样，一脸快刀斩乱麻的着急和不耐烦："行了，赶紧回去，回去找你爸。"说完转身抬腿上了车。

窦明翰站在原地，眼睁睁地看着四轮蹦蹦冒着黑烟突突远去。宋让芬本来是坐在最里面的，现在成了最外面，外面颠，她一只胳膊伸出来使劲抓住车篷上吊下来的铁链，脸始终没朝这边看，没给他留一丝幻想。其实没必要了，都走那么远了。已经那么远了，露在外面那只手腕在太阳底下又是明晃晃地一闪，刺了一下他的眼睛。窦明翰意识到，那一定是个好东西。好东西就是这样，想看不见都不行，你眼睛找不到它的时候，它会主动来找你的眼睛。

天气越来越热，白天越来越长，但是宋让芬每趟从城里回来时天越来越黑。有一次进家门的时候一家人都上床睡觉了，问她，说蹦蹦坏了，半道走回来的。最后一次，干脆一夜都没回来。第二天窦怀礼带着小叔子两人去县城找，一天没找到。去派出所报了案，人家让等信。等到第三天的下午，信没等到，人自己回来了。坐车回来的，车门上一个大大的红十字，市防疫站的专车。车子一直开到村口，车门上的红十字就像胳膊上戴的红袖章一样牛气，没人敢往上凑。车里除了司机，还有一个人，后来知道是防疫站的一个会计，没下车，一直在车里抽烟，但是很多人在窗户里看见了，窦明翰也看见了，比他爸年龄要大，大很多。但是脸很白，戴着一副金框的眼镜。他还是第一次看见戴金框眼镜的人。

宋让芬一个人下的车，回来收拾东西，也通知一下窦怀礼，她要离婚。离婚两个字，轰动了全乡。

离了婚之后，窦怀礼还专门去找过一趟宋让芬。带着窦明翰去的，说儿子想他妈了，其实还是抱着最后一丝希望。窦怀礼这丈夫当得窝囊，没个男人的样子，又窝囊又可怜，活该被城里人欺负。那也是窦明翰第一次进城。七岁了，懂了不少事了，一开始坚决不去。但是窦怀礼非叫他去，答应他去了在城里给他买一把电子冲锋枪。电子冲锋枪的诱惑终于还是战胜了那点自尊。下了车，东打听西打听，快到中午才找到那个人的家。那是一栋四层的筒子楼，他们住在三楼，会计上班去了，宋让芬一个人在厨房里摘一把芹菜。这回没用窦怀礼叫，窦明翰自己主动进去的，好奇心驱使。最大的意外或者叫震惊，就是没想到屋子里居然那么干净，地上居然能反光，阳光从窗户照进来落在水泥地面上，亮晶晶的，看上去就像一处处水洼。没有土，一点土都没有。宋让芬是个爱干净的人，但是家里的地每天再怎么扫，也都会有土。过去只要有脚就会把土带进来，现在脚离开了地面。三楼的地上没有土，脚上也没有土。这就是城里。

宋让芬没让窦怀礼的那点侥幸得逞，很决绝，跟他们爷俩说话的时候手始终没离开那把芹菜，会计快下班了，中午要回来吃饭。客厅的茶几上有一盘洗干净的苹果，一进门时就看见了，送爷俩出门时宋让芬犹豫了一下，拿了最上面的一个，递给窦明翰。窦明翰没接，扭头就走。出门下楼梯的时候他看见有一只猫蜷在楼梯拐角的台阶上，眯着眼在晒太阳。那副懒散的样子，还有那雪白的爪子，一看就是城里的猫。农村的猫不会这么胖，也不会这么懒，见了人都不躲。他记得刚才在宋让芬的屋里看过一只猫，头上也顶着一朵白花，跟这只有点像，不过也不完全确定。猫蜷在楼梯台阶没有栏杆的一侧，尾巴悬空，身后就是深不见底的一楼。猫其实没有挡住路，但窦明翰停了下来，窦怀礼人都下去了，他还站在那里，看着猫，猫旁边就是自己的脚。脚很沉，过年刚买的大头翻毛皮鞋，还很新。他侧了一下身，把右脚亮出来，脚尖对好，用尽全身力气朝着猫的脑门一脚踢了过去。

后来宋让芬人还是回来了，不过跟爷俩这趟去没什么关系，一年以后才回来的。为什么回来，原因也不是很清楚，说是那个会计出车祸瘫了，也有的说没瘫，犯了错误，被抓起来了。还有的说不是瘫了也不是关起来了，原来的老婆回过头来闹，逼着他又离了一次婚。但不管什么原因，人反正是回来了，回来继续给窦怀礼当老婆，给窦明翰当妈。回来了还不如不回来。

一年时间，宋让芬可是出了大名了，跟着出名的还有她丈夫，还有窦明翰。窦明翰他妈跟城里人跑了，不要他了。有一次在学校，下午课外活动时间，操场上都是人，学校大门外有个人骑着一辆自行车正从门口进来。那个人戴着眼镜，穿着皮鞋，梳着一个很斯文的分头，没见过，不认识，但一看就是城里人。城里人很稀罕的，也很扎眼，大家齐刷刷地朝他看。也不知道谁喊了一句，窦明翰你城里的爹看你来了！四周轰的一下大笑。

人家说得不假，他妈就是跟城里人跑了，这不算什么，背着他还有更难听的。他不跟人赌气，也不哭，就是恨。委屈才哭，恨就哭不出来。那恨其实早就有了，四岁零两个月那年宋让芬挥手撵他回去那次，看见宋让芬坐在四轮蹦蹦上，一眼都没朝他这里看，他就把那哭忍了回去。他知道哭了也没用，离那么远，她就是想看也看不见了。

跑了就跑了，偏偏还回来。如果不回来，那恨就会一直留在宋让芬身上，有一个稳定的去处，但是宋让芬回来了，妈又成了妈，那恨也跟着重新回到了他的日子和呼吸里。妈回来了，他把自己钉在了耻辱柱上。

一钉就是好多年。上了高中以后情况才有所改善。高中是到县城上的，县一中，离窦村二十多里地，不算远，但也不近，起码不用每天都必须回家了。而且最主要的，身边的老师同学都是新的，和窦村八竿子打不着。那一年窦村也只有他一个考上了县一中。那恨还在，但是因为离开了窦村，复发的可能性就小了很多。但是不复发不等于不存在，一直都在，那是窦明翰从小就携带的一种病毒，一直潜伏在体内，随着环境和宿主机体的变化也在不断发生变异，从向外渐渐转成了向内，那恨里也有了越来越多其他的成分，比如耻辱，比如自卑。成分和比例都很复杂的，复杂得有时候连窦明翰自己都搞不清楚。

许多年来窦明翰就像一个病毒专家，一直小心观察着它在自己体内的活跃程度以及自身反应，怕它发作，怕它一发不可收拾。但是担心归担心，病毒其实也有它积极的一面，比如会让他在某些方面机能更强大。从小到大，凡是在与城里人的竞争和交手中，他几乎没有输掉的。高考的时候，他是班里的第二，第一名跟他一样，也是农村的，如果是城里的，估计第一还得是他。大学考到了武汉，武汉最好的大学，全国都数得着。他信念很坚定的，目标很明确的，出来了，就不会再回去。大学一毕业就报了省里的公务员招录，先去街道，然后区里、市里、省里，一步一步来，人往高处走。立业，之后成家。在姜枢眉的问题上，也是一脉相承的。就是她了，从认识姜枢眉第一天起他就明确了这一点，姜枢眉简直就是为他窦明翰的自卑量身定做的，必须拿下，姜枢眉就是他的疫苗。俗话说，鱼找鱼虾找虾，门当户对最重要，在别人看来最门不当户不对的，恰恰最般配，两个人堪称天造地设。

他是一条撇，姜枢眉就是那一根捺。

结婚前姜枢眉跟窦明翰回过一次老家。第一次。火车开到市里，汽车开到县里，再换城乡公交，下来之后离村还有二里半。这二里半是土路，一直说硬化，也没硬化，天晴的时候还好说，一到雨雪天就没法走了，二里半就像两万五。那次就是没赶巧，一直下雨，不大，但是断断续续好几天，路总也不干。窦怀礼开着家里那辆手扶拖拉机来接。拖拉机平时主要是拉货的，拉化肥，拉树苗，拉铝合金门窗，还拉过猪，很少拉人。姜枢眉没那么长的胳膊，坐在车帮子上够不到前面扶手，只好直接坐在车斗里，屁股下面垫着化肥袋子，脸朝后。儿媳妇第一次上门，就是这么拉回家来的。来之前姜枢眉是有思想准备的，还没来得及调动那些准备，就被一辆手扶拖拉机突如其来地搞了一下，脸色就没怎么调整好。一直到进了门，见到了宋让芬，也没恢复过来。就是想恢复也确实恢复不起来，晕车，真晕车，刚才在公共汽车上已经吐了一回。也幸亏晕车，不然双方还都不知道该拿那脸色怎么办。给姜枢眉递热水时窦明翰安慰对方，也是给自己一个台阶，以后咱们下了汽车就直接打车回来。说完自己心里都虚，还不知道有没有下次。

住了三天。原计划一个星期，到第四天实在坚持不下去了。当天晚上就感冒了，洗澡时着了凉。其实也不能怪窦明翰，之前他考虑过洗澡的问题，很早就跟家里交代过这件事。为了姜枢眉，窦怀礼特意改造了一下卫生间，把原来的太阳能改成了电加热，随时可以洗，热水想用多少用多少。但主要考虑的是夏天，卫生间里没装热风，没想到天气都这么凉了姜枢眉每天晚上还要洗一个澡。还有马桶也是。明明是个抽水马桶，奇怪了，只能小便不能大便，大号得去屋子后面的茅房。考虑再周全都没用，防不胜防。那天中午大伯家叫吃饭，顺着河沿过桥，往北走。桥下边有一家正在洗衣服，看见小两口，很亲热地打招呼，手上的搓衣板没停，一大家子的背心汗衫秋衣内裤，花花绿绿一大盆，三五米外另一家就在旁边淘米洗菜。那时候大部分家里其实已经通了自来水，但还是有人喜欢去河里洗菜淘米，一是习惯了，二也是为了省点水费。姜枢眉受惊的程度和反应之大不亚于亲自喝了一口那河里的水，尽管窦明翰再三发誓自己家的菜和米绝对是用自来水洗的，但还没能挽回。当场就吐了。三天不到吐了两回。

都没坚持到家，回去的火车上姜枢眉就摊牌了，她用眼泪说的话。不是故意哭给窦明翰看的，就是没忍住，需要流一流眼泪，不需要劝，甚至不需要让窦明翰看见。但也正是因为如此，窦明翰心里才难受，比那种难受更难受，难受得一声不吭。眼泪量不大，很快就收住了，张口第一句居然是对不起她爸。她爸这辈子挺不容易的，从小生在穷山村，拼了命考上一个市里的中专，出来上学时最贵的家当就是一双尼龙袜子，好不容易一步步走到今天。她爸对自己发过誓的，这辈子再也不回农村了，也不会让自己后代再回去，农村不容易，农村人太苦了，越是不容易越是苦才越不能回去，历史的车轮绝不能倒退。以前她爸说她还不信，现在信了，不见棺材不掉泪，现在真是见识了，谢谢窦明翰带她见识了。这话难听，是那种恩断义绝不留后路的难听。他还是一声没吭，但已经做好了思想准备，十之八九俩人要黄。

没想到没黄。眼看就要黄了，还是没有。姜枢眉把牌摊开了之后反而没了下文。因为他一声不吭。因为他一直就是这样，再难听的话，他都一声不吭。

说实话姜枢眉在这一点上还是不错的，话可以没轻没重地说，但脸不会不管不顾地摔，关键时刻有个底线的。大家闺秀有大家闺秀的毛病，大家闺秀也有大家闺秀的底线和分寸。口口声声再也不来了，但结了婚该回来还是得回来，脾气是脾气，义务是义务，分得开。窦怀礼那年到省立医院割疝气，做完手术窦明翰把他接到家里住了几天。随便住，住多少天她都没意见。该叫爸叫爸，脸上的颜色和温度都很正常。不自在的是当公公的，住在儿子家比住在医院还小心，生怕给儿子找麻烦。窦怀礼有自知之明，这自知之明的源头说到底还是自卑，这自卑尤其是在姜枢眉她爸面前的，作为亲家，他知道自己配不上姜院长，太配不上了，一个天上，一个地下，拖了儿子后腿了。

相比之下，倒是宋让芬显得不矜持了，看得出来她也是实心实意喜欢这个儿媳妇，心里喜欢，嘴上和脸上也喜欢，但又不知道该怎么喜欢。她的喜欢和她男人的自卑一样，既表里如一，又都不得要领，用的都是最笨的办法。每次回去，围裙一扎不声不响就是一大桌子，顿顿变着花样来。晚上洗澡姜枢眉脱下来的内衣和袜子，她都主动拿去洗了，第二天晒干了整整齐齐叠好，放在枕边上。到亲戚们家里吃饭，怕她人生地不熟，怕她找不到厕所，怕她听不懂他们的方言土话，影子一样跟在她身边。保镖、向导、翻译，还兼着保姆，就是没有个婆婆的样子。窦明翰一切都看在眼里，嘴上当然不会说什么，但心里还是感激的。

对宋让芬，窦明翰这么多年来感情一直有一点复杂，恨当然还是恨，但妈毕竟是妈，再多的恨在日子里都会被慢慢排挤干净。宋让芬身体一直不好，特别是胃，五十多岁的时候切了三分之二，人差点就没了。做过手术之后瘦下去的地方再也没有长出肉来，脸色也差。那恨早就没有了，即便是胃不切，也剩不下多少了。还没到彻底释怀的程度，但那病毒的剂量已经很小，小到基本无害，有时候他甚至在想，说到底，宋让芬也是受害者。当然，关于当年，关于自己年轻时的那一段荒唐和鬼迷心窍，宋让芬从来没有跟窦明翰交流过，提都不会提，儿子最亲，可这种事越是亲近就越是没法说，有一万个禁忌。也许连她自己也说不清楚，鬼迷心窍的事情怎么能说得清呢，比例和成分也是相当复杂的，那是属于她血液里的另一种病毒。对于窦明翰，她也从来没有过一句明确的歉意，当然那时候窦明翰年龄还小，没有能力去领受这种歉意。要说歉意，也应该是对窦怀礼的，或许是对丈夫的歉疚覆盖和兼容了对他的。但是窦明翰似乎也没有看到她对父亲有什么歉意，好像事情就这么过去了，过去就过去了，好像日子就跟日历一样，这一页和下一页没什么关系，回来继续过日子就是了，既然人都回来了。

起初窦明翰就是这么理解的，母亲对姜枢眉的“喜欢”，是在间接地向他表达一种歉意。她用对儿媳妇的“好”，来置换自己当妈的“不好”。这是她的方式，不同于对窦怀礼的，一个母亲的方式。宋让芬心明眼亮什么看不出来，从第一天就看出来了，小两口的这架天平，儿子这头分量轻了，两只脚落不到地上，腰也直不起来。这是她的一点心意，她要给儿子加一点重量上去。她用的是真心。真心不真心，女人能感觉得出来，即便是婆媳之间、天敌之间，那也是女人和女人之间。

那歉意到了后来，已经确凿无比，宋让芬下半辈子里干的最大的一件事就是这个，道歉和补偿。窦怀礼直肠癌去世后的第二年窦村赶上拆迁，省里农业大学和林业大学合并，想在镇上建一个“农业硅谷”，动静很大的，划了一千二百亩，一拆就是七八个村子，窦村也拆到了。安置房盖在县城，位置相当好，离城区不远，出门就是县医院的新东院。六层小楼，有阳台有车库，小区建的像花园。烧了高香了，一点力气没花就过上了城里人的生活。不用种地了不说，还住上了楼，手里还有了大把钞票。房子有大有小，要大要小随意，不愿意要房子的，折成钱。窦怀礼除了种地，一辈子最大的爱好就是盖房子，主房辅房加猪圈全村最大，一下就换了三套。两大一小。但是宋让芬一套也没留，全换了钱。自己现在在隔壁镇上二姐家住呢，以后打算就住这儿了，姐夫也不在了，二姐一个人，正好老姐妹俩做个伴。除了房子还征了六亩地，每个月都有养老金发，吃喝足够了。房子的钱都给了窦明翰。窦明翰结了婚这么多年一直住在老丈人单位的房改房里，早就说过想自己买一套大的。后来去了北京，这事就搁下了。姜院长退休的时候赶上了一个福利，单位集资盖房，最后一波，过了这个村就没这个店了。姜枢眉说好了，大头老两口出，小两口能拿多少算多少。宋让芬跟儿子说，不用老丈人家，这个钱她替儿子出。三套换一套，还差一点，基本够了。谁让他儿子娶了姜枢眉那样的人家呢。当妈的都死心眼，觉得儿子只有住在自己买的房子里腰才能直起来。

窦明翰跟她开玩笑，钱你还是自己留着吧，万一我跟姜枢眉过不下去了，房子还得分她一半。“分她一半就分她一半，”没想到宋让芬那般敞亮和豁达，想都没想就脱口而出，“这钱本来也不是给你一个人的，给你们的。”窦明翰一震。

一语成谶。即便是后来过了鞠小棉那一关，她和姜枢眉后来也还是差点走到了那一步。他从北京正式回来以后跟姜枢眉摊牌那会儿，回窦村待过一段日子。此窦村当然已经非彼窦村，大部分都拆了，就剩下了河东的七八户。原来的大片麦地全都统一连片种上了西蓝花和油菜，风吹过来，花海翻涌。过去的渣土路也都修成了乌青的观光公路，开车就像走在美国西部的农场。他跟母亲说，反正你也是一个人，要不就跟我到城里来住算了，以后离了婚我反正也是一个人。宋让芬的身体那时候已经不太好了，在原来的基础上瘦得更加厉害，人坐在院子里看上去像一只风筝，那种很轻巧的风筝，一点风就能吹起来。凭借着三分之一的胃一直能活到今天已经是个奇迹。她说她不去。

知道他跟姜枢眉走到了这一步，宋让芬似乎也并不多么意外，脸上看不到一点波澜，仿佛早就料到了会是这么一个结果。不去就是不去，跟姜枢眉没关系，跟他离婚不离婚也没关系。但他还是觉得有点内疚，觉得对不起母亲，愧对了她那一片用心良苦的歉意，母亲“喜欢”了姜枢眉这么多年，老了还无家可归，可他到底还是辜负了她。

直到那个时候他才意识到，自己早就原谅了母亲。在经历了婚姻、北京，以及与鞠小棉之间的种种之后，恨也好，耻辱也好，自卑也好，母亲留在他身上的那些，早就算不上什么了。比灰还轻。想起来小时候，跟在母亲身后看见她走在通往县城的土路上，那坐在蹦蹦车上义无反顾远去的身影，觉得自己就像看着一个孩子。对，那就是一个孩子，长长的跋涉，满心欢喜的旅程。一个欢天喜地心无旁骛的孩子。

日历上那一页，想必也早已被她撕下来塞进了岁月的下水道里，让它永不见天日。她从来没对他提过，窦明翰想当然地这样以为，她没对他提，当然也不会对任何人提，这是个秘密，而且极不光彩，知道的人当然越少越好。但是他错了。她提过，她曾自己主动打开过这个秘密。从北京回来之后一天晚上，姜枢眉对他说，她知道这件事，妈年轻的时候跟人跑过，妈跟她说的。那天晚上夫妻俩就着一瓶红酒说了不少从来没说过的心里话，这就是其中之一。姜枢眉说，是妈自己主动说的。窦明翰他爸去世后的第一个春节，两口子回去过年，那天中午窦明翰出去喝酒还没回来，婆媳两个在客厅里边看电视边聊天，不知道话题怎么就扯到了这上面，宋让芬很轻描淡写地就把自己年轻时的这段秘史告诉了她。窦明翰脸当时就红了，幸亏手里有杯酒，赶紧喝了一口。姜枢眉意味深长地盯着窦明翰，突然说，其实妈一点不觉得什么，一辈子抬不起头来的，只有你。

风烛残年，孤家寡人，没有任何拖累，也没有任何牵挂，可她就是不来。这里不仅仅是儿子家，这里也是真正的城市，名副其实的大城市，高楼大厦、车水马龙，热闹得繁华得不像个样子，比当年的县城，比戴金框眼镜的会计所在的那个城市不知道热闹了多少倍，繁华了多少倍。可无论窦明翰怎么劝，她都不为所动。

陈东城

拆迁是大喜事，是窦村历史上最大一件同时也是最后一件喜事。每个人脸上都洋溢着空前绝后的幸福。可喜可贺，替村子高兴，因为它没了。连房子带地，带地上的种的树、苗、菜，人家全要了。村里男女老少统统进楼房，房子在县城，正儿八经花园洋房，出门有医院有公交，养老金按月打到卡上。奶奶的，造化了。

先吹的风。断断续续吹了一年多。镇上吹过了，县里又来吹，小两年，好几次眼看都没指望了，火星子又冒了上来。刚过完年时间不长，有一拨人开着一辆面包车进了村，架着仪器拿着皮尺挨家挨户量，车牌号和几张面孔都很生，问他们，嘴很严的，一个字也不说。空气一下紧张了，该动的都动了起来，田间地头大兴土木。地里长得好好的麦苗拔了，拔了种菠菜，菠菜是经济作物，比麦苗值钱，而且长得快，不管不问，几天就见绿。屋前门后到处种树，管它能活不能活，长在自家地上就是钱。院子里也是，能搭就搭，把阳台全包上，包上阳台比不包要多算一倍的钱。还有很多都在托关系找路子把迁出去的户口往回迁，再不迁就迁不了了，户口随时要冻结，村里的户口现在成了金元宝。隔壁家大伯可惜了，闺女去年找了个二炮的军官，刚办了随军把户口迁走，部队在大连，大城市的人了，过年回来的时候还嘚瑟呢，这下肠子都悔青了，早知道再坚持两个月好了，一个户口就是八万，抵得上军官不吃不喝一年工资。户头有户头的钱，人口有人口的钱，逼着大家乱来，不该结的婚结了，不该离的婚离了，十万火急似的，把窦村忙坏了。拆迁办那边睁一只眼闭一只眼，农业硅谷是大手笔，省里很着急的，说搞马上必须搞起来，动作得快。比起硅谷来，这些都是九牛一毛，只要不太过分就行，顺顺利利把地腾出来才是大局。

老爹打电话叫陈东城回去，陈东城不干，说没工夫。确实没工夫，正好赶上小区那阵查违建，一拨业主联合起来要跟物业打官司，一堆麻烦，走不开。他爹又生气又心疼，都什么时候了，还操心人家的房子，自己家的房子还没人管呢，眼睁睁看着地上的钱不捡。签字的时候才回来的。必须得本人签字，陈东城这次没含糊，带着范红月和桥桥一起回来的。这趟没坐高铁，开车，开的就是田老板专门配给他的那辆雅阁。雅阁停在院子当口，屁股撅着正对大门。车一般，亮点在屁股，赫然一张京字头的牌照。一家三口，连车带人，有点衣锦还乡的意思。上次一家三口还是三年前，那时候陈桥还在他妈肚子里呢。

不想要房子的，可以把房子折算成钱。但是绝大多数都是要的房子，都是明白人，不管什么时代，越是动不了的才越值钱，不管什么时代，房子永远才是硬通货，不信下去十年八年看看，钱不一定还是自己的，但房子肯定还是自己的房子。事实证明这些人对了，都没用十年八年，两年之后县城的房价基本上都翻了一番。可是偏偏就有些脑袋有问题的，就是不要房子，一套都不要，要钱。一个是宋让芬，一个就是陈东城。宋让芬人家是为了给儿子在省城买房子，是另一回事；陈东城把钱拿在手里就莫名其妙了，脑袋让驴踢了。

正儿八经一大笔钱，七七八八加起来，六十多万呢。这是光他的，老爹的是老爹的，在另一张卡上。各人的卡各人拿着，自己的钱自己说了算。老爹要了一套，最小的户型，一个人住，大了也浪费。

“不要房子回来你住哪？”

“住哪？住大街上啊！”

陈东城根本懒得理会他爹。要你管呢。

说实话这个爹也确实没怎么管过他，有这个爹和没这个爹也没多少分别。从他懂事起就没人管他，早就一个人惯了。大街也不是没住过。

母亲喝农药那一年，他才七岁。母亲死的时候决心很大，一次买了三瓶农药，可能是听谁说喝过酒以后再喝农药死得快，还特意买了一瓶白酒。酒剩下了半瓶，三瓶农药一滴没剩，怕剂量不够，还用酒把瓶底子涮了涮。他把账一直算在他爹头上。这个爹除了闭眼睡觉，一天到晚就做两样事，一是酗酒，二是赌钱，输了钱回来打老婆，赢了钱喝酒，赢了也打。其实不全是因为这个，赌钱喝酒打老婆，村里许多男人也都有，他爹也没想把老婆逼上绝路。那时候陈东城还不知道，世界上有一种叫抑郁症的病，得了这个病最大的症状就是不想活。现在叫抑郁症，以前叫想不开。他妈就是得了这个病。一些事情在别人那里可能不算什么，到了她身上就像火焰山，就是过不去，就是得要命。后来陈东城到了北京之后才对上号，财富花园隔壁小区就有一个，也是当妈的，刚生完孩子，产后抑郁，跳了楼，带着刚满月的儿子一起跳的。庆幸的是他妈喝农药的时候没把他一起带上。

妈没了，爹的毛病还是照旧。赌钱和酗酒都是无底洞，烧钱，自己把肚子填饱都费劲，更别提顾孩子了。四个老辈里头就剩下了一个奶奶还在，奶奶身体也不好，一个腰快弯成了九十度，五十岁以后就没再抬起头看过自己头顶上的天空的老太太。还有一个姑姑，听说脾性倒还好，可惜嫁得太远，爱莫能助。不过也无所谓，七八岁了，饿不死了，东一口西一口，自己能把自己养活。都不待见他。自己亲爹亲妈都不待见，更别指望旁人了。关键也是不招人待见，小小年纪，可怜归可怜，有时候也确实可恨，没脸没皮的，手还贱。其实也不能怪他，主要是馋，馋得急了，难免脸皮就要厚一点，手脚就要贱一点，馋跟饿一样，不是那个年龄的陈东城自己能管得住的。有时候看见比他小的孩子手里有好吃的，就跟在后头，连哄带骗，不行就硬抢。或者趁人家下地的时候偷偷翻墙溜到厨房里，从菜橱里偷雪里蕻烧肉吃。上梁不正下梁歪，看出来了，长大了说不定还不如那个爹。有一次沿着河到下游村里一户卖卤肉的家里去碰运气，狗不认识他，扑上来就咬，那家人明明看见了，故意不拦。吓得陈东城屁滚尿流，真流了，一条裤子全湿了。也没第二条裤子换，回家来脱了光屁股在火上烤。边烤边哭。

范红月当初估计就是因为他可怜才相中他的。没妈的孩子像根草，一看到陈东城就想到歌里的这句词，一想到这歌词心里就涌出无尽的柔情，年龄本来就比他大，母性被激发出来了。老丈人家在十几里外的老董家村，早听说过这个陈东城的底细，一开始坚决不同意，不为范红月着想也得为自己的脸面着想，去到那样的人家，等着吧。后来不得已同意了之后也从来没给过这个姑爷好脸色，表里如一地坚决不待见。年纪轻轻的小伙子，别人都想方设法地学个手艺，没手艺舍得出出力气也行，他倒好，一天到晚游手好闲的，耳朵上夹着烟胳膊里夹着茶杯，两手插在裤兜里到处晃。没个正经饭碗，偶尔去县城打个工也是三天打鱼两天晒网，还动不动就回家，说胃不好，必须得按时吃一顿范红月做的炝锅面。活该范红月摊上这么一个活宝。就是鬼使神差，谁想到从小到大老实巴交的范红月做了那么一件出格的事，跟陈东城去县城看通宵录像，被联防队抓了。那种带包间的录像厅，再好的女孩进去了出来也说不清道不明了。

住大街上，那是玩笑话，其实根本就没打算回来。六十几万呢，跟范红月一人一半，也还有三十万。田老板有一次酒喝多了半真半假地跟他提过，打算把十六楼租的那套房子买下来。租，再怎么也是别人家，她可不想每次带着冉冉到别人家吃饭，用别人家的厨房，睡别人家的床。买了才是自己家。说者可能无心，但听者绝对有意。这个钱，田老板不知道，他也暂时不打算说，留着，真到了买房子那一天拿出来。算他的。三十万不多，但性质不一样了。房子有他的一股，户主谈不上，起码也算股东。三十万估计买一个卫生间够了。物业上有户型装修图，他专门找出来看过，卫生间4.46平方米，就算4.5，正好是整套房子面积的二十分之一。二十分之一个户主。那可是他的，他自己的。过了这个年就三十三了，当了三十多年的农民，连地带房子，换算到西五环的北京来，二十分之一个北京人。二十分之一呢，可以了。

确实如此，自从卡里有了这个二十分之一，底气都比之前足了，二十分之一个北京人的底气。再去浴缸里泡澡的时候感觉都不一样了，踏实，同样还是过去的温度，感觉那水的排斥比之前小了很多。自己跟北京之间距离又近了一步，更亲了。北京对他不错，他得回报，除了好好生活，还要有个实质性的态度。这就是态度。很明确的，很决绝的，从此之后他跟生他养他的村子一刀两断了，不回去了，他没有家了，从此之后他只有一个家，就是北京。

回北京之前，陈东城特意去了一趟地里。没别的，就看一眼，算告个别。虽说从来没打过交道，但临了，好歹得去见最后一面。他爹带他去的，一大早。天色有点阴，一股很厚的凉气压在头顶。地也潮，下了田垄脚底下明显变软，一步一个脚印。总共四亩，都在这了。爹远远地走在前头，站在一处田埂上不动了，眼睛不看他，两根指头夹着烟在身前划拉了一个半圆。就是它了。以前肯定无数次从这些田埂上走过，但不认识，也不知道自己跟它的关系，他不认识它，它也不认识他。地很普通，跟它旁边那些其他的地没什么两样，一副昏睡百年与世无争的样子。以前种麦子的时候田埂比现在要高一些，现在有的田埂已经不那么明显了。从去年开始不种麦子，改种核桃苗，年初政府统一搞的产业项目，种一棵核桃补助五十块钱。为了多挣补贴苗插得有点密，不知道成活率怎么样。树苗现在还小，显得地很秃，就像没有多少头发的脑袋，裸露着大量的头皮。陈东城点了一根烟，站在那里一直抽完才离身，没什么可看的，不抽一根烟就那么站着肯定显得古怪。回到大路上以后使劲跺脚，费了半天劲才把皮鞋上的泥弄干净，跺脚的声音啪啪啪沿着土路震出去很远。陈东城心里涌动着一种很复杂的情绪，说不清道不明的，说不上激动，更谈不上伤感，就是有点奇怪，这块土地，他从来没在上面耕耘过一天，却一次性给了他这么一大笔丰厚的馈赠。感觉像欠了谁的什么一样，却又不知道欠了谁的欠了什么。

临走之前陈东城还干了一件事，给爷爷奶奶重新立了一块碑。

老两口的坟原来在自家地里。爷爷读过私塾，周易也懂一点，临死前用罗盘自己给自己看的风水。后来搞新农村建设，地里的坟统一都迁去了公墓。公墓在镇西边，不远，五六公里。旧碑是爹当年立的，很马虎，一看就是应付差事，连行像样的碑文和落款都没有。陈东城每次跪在前面磕头半天都进入不了角色。正好清明快到了，干脆重新立一个，立块新的，把自己的名字刻到碑上。不光自己的名字，该在上面的都得刻上，包括当年喝农药早早就死掉了的儿媳妇。

黑碑白字，清一色魏体。

儿子：陈世贵　儿媳：窦玉珍

女儿：陈世芹　女婿：崔全刚

孙子：陈东城　孙媳：范红月　曾孙：陈桥

……

大多数人都用花岗岩，他用的是大理石。立碑当天专门请了六个人抬碑，每人一条中华。

天气也配合，很应景地下了点小雨，身上地上都湿漉漉的。陈东城带头，范红月抱着桥桥在旁边跟着，结结实实三个响头。

花了小两万。陈世贵心里不痛快，虽然是给他爹立碑，虽然现在各拿各的卡，还是有点心疼。不知道轮到他的时候这小子会不会这么大方，回去的路上，坐在副驾驶上一声没吭。爷俩还是第一次肩并肩坐得这么近。

车从公墓开出来，四个车轮甩甩泥上了马路，陈东城果断地压了一脚油门。车窗摇下，裹满泥草腥气的风从四面八方吹进来，他忽然觉得心里一阵轻松，好了，没有那种欠了谁的什么的感觉了。终于清了。

窦明亮

摄制组进村的时候，男女老少能动的基本都出动了，还有附近几个村的人，得到消息的也都跑来看热闹。窦明亮要上电视了。窦明亮没什么好看的，主要是看那些来拍窦明亮的。电视台的车停在村委会门口，离很远就能看见，车身上印着电视台的台标和栏目组那句家喻户晓的广告语："今晚八点半，周末来相见"，比村委会的喇叭还管用。女记者在车上化完妆才下来，下车就像下凡，四面八方的目光唰地一下就围了上来。电视上每个星期六晚上八点半都能见，但是不一样，第一次见到真的，眼睛都直了。眼神不知道躲，人也不躲躲，里一层外一层围着看，像花钱买了票似的。

村委会多少年没有过这么大动静了，多少年没有进来过这么多人了，像一个长期填不饱的肚子，一下塞进来这么多大鱼大肉，有点消化不了。连门口和路上都站满了人，伸头伸脑地想往里进，乱哄哄像赶集。导演没法拍，得疏散人群。窦支书一开始担心的就是这个局面，所以大铁门没开，不开反而显得人更多，人山人海。窦明亮上电视了。火的不是窦明亮，火的是窦村，村委会门口的牌子都让人挤歪了。

电视台是米副镇长联系的，半公半私。主要是想给窦明亮和他的糖吆喝吆喝。吆喝分很多种，这个吆喝当然比较高级，不花钱，效果还好。"走进农家院""寻访老字号"，这旗号现在很时尚的，媒体对这个感冒，一说人家就答应了。这是私。另外对镇上也有好处。镇上这两年想规划点旅游项目，说不定可以拿窦明亮的薄荷糖做点文章，窦明亮的百年老字号也是镇上的老字号，下一步还准备给窦氏薄荷糖申报个非遗。非遗，光这两个字就把窦明亮吓住了。这两个字，虽然不是很明白，但也不陌生，他第一时间就想到了长城、故宫、全聚德之类。全是高大上，无论如何也没法跟自己这烟熏火燎的薄荷糖联系起来。

上午十点到的，拍摄加采访，计划两个小时，午饭前收工。电话里已经提前沟通过，窦明亮按照导演的要求，把过去的老家伙们都搬出来了。支鏊子，架铁锅，点火烧柴，倒水加糖，熬、晾、抻、切，全是古法。展示的就是古法、老手艺，这老手艺别说城里人了，别说年轻人了，就是村里老一辈的亲眼见过的也没几个。导演打的是怀旧牌，越古越好，越土越好，越土越有小时候的味道。

窦明亮现场演示，边做边讲解。把步骤演示出来，要让观众们知其然还要知其所以然。做糖这活对技术要求很高的，锅里的水不能多不能少，少了砂糖溶解不了，多了糖液不清爽；火候也是，不能太小也不能太大，小了速度上不来，大了要粘锅。糖膏出锅的时机、冷却的程度、薄荷加入的早晚以及多少，这些都必须要很精准的。这精准主要靠的是眼睛和手感，没有说明书，全是基本应该差不多。老手艺就是这样，全凭经验，全凭感觉。经验和感觉这个东西很玄的，既模糊又精确，既有形也无形。比如说最后那一道关，抻拉，说是几十把，几十把到底是多少把，没有个具体数字，自己也从来没去数过，但是很奇怪，多一把不行，少一把也不行。少和不少之间有一个界限，那个界限具体不知道在哪里，但就是存在，含糊不过去的。

最关键的就这个抻拉。糖越拉越白，越抻越亮。抻一把，一条变两条；再抻一把，两条变四条；再抻，四条变八条，八条变十六。几十把之后就是千丝万缕，千丝万缕再合成一把自然就有了螺纹和蜂窝。无论如何不能少了这一关，少了品相和口感会大打折扣，外面没有螺纹，里面没有蜂窝，不酥不脆不好看。但必须是用手抻，机器不行。原来以为行，试过，从南方老板那里订设备的时候专门订过一台机械手，不行。也甜，也脆，但机器抻出来的甜和脆是死的，用力气拉出来的是活的，那甜和脆拐弯抹角地来，跟你的舌头和牙齿打情骂俏捉迷藏。没办法，机器代替不了胳膊。要么怎么叫纯手工呢，纯手工的纯就纯在这里。它吃力气。熬一天糖下来肩酸背痛，手连筷子都拿不起来，现在窦明亮吃饭还习惯用勺子。

刚做出来糖现场白送，边吃边采访。窦支书安排了几个人，都是年纪稍微大一点的，年纪大才有说服力。主持人问的问题基本都一样，让大家随便说，说说糖，说说窦明亮。脸对着电视台的话筒，嘴里吃着窦明亮的糖，当然朝好里说，夸糖甜，多少年没吃到过这么地道的薄荷糖了，确实是小时候的味道。窦明亮也是个好小伙，干净、踏实、勤快、脑瓜灵，关键是能吃苦，从小就能吃苦，不然也不会有今天，仿佛他们第一天认识窦明亮似的。那一天窦明亮很风光的，很灿烂的，镜头对着他一个多小时，是绝对的焦点，所有的目光都在他身上，把窦明亮弄得恍恍惚惚迷迷离离的，好多年没这么风光过了。

所有的人里头，最应该采访的，当然是窦明亮的师傅，他五伯。徒弟的场，师傅当然应该第一个捧。但是不允许了，五伯今年七十多了，人倒是也来了现场，但窦支书没有安排他，形象不行，半张脸瘫了，话都说不利索。不过好歹也算上了电视，采访窦明亮的时候有个镜头不小心扫到了他，后来节目播出来的时候都看见了，一把椅子坐在屁股底下，二郎腿跷得高高的，左胳膊肘支在膝盖上，两个核桃在手里嚓嚓作响。脸瘫了，那一身祖师爷的范儿还在。

当年的五伯，也是很风光的。他和窦明亮，还有他们的窦氏薄荷糖，那叫一个风光无限。

做糖是手艺，正经八百吃饭的手艺，祖辈传下来的，百十来年了。除了五伯，四十里外大桥东边的窦家湾还有个小伯伯，听说糖也做得不错，不过他不做薄荷糖，他的主打是糖瓜。二十三，糖瓜粘。糖瓜只有临过年的时候才做，小伯伯的主要营生是木匠，做糖瓜纯属客串，挣几个零花钱。当成家业的，只有五伯。指望它安身立命呢，自然就要全心全意，要全力以赴，是有很强烈的振兴诉求和品牌意识的。这糖确实也对得起他，那时候大多数户家种地，五伯除了种地还做糖，光景一下就比别人提上来一大截，吃喝不愁，人也体面。

这体面助长了五伯的底气，也滋生了五伯的自私。都想学，都来学，那不行，只教本家。也无可厚非，自古如此嘛，他遵循最基本的，也是最省事的原则，肥水不流外人田。

这里面有个例外，就是陈东城。窦村有两家姓，窦姓和陈姓。陈姓是小姓，人少，因为悬殊，两大家子这么多年来一直倒也相安无事，但也仅仅就是无事，其他也谈不上。收下陈东城倒不是因为他有什么过人之处，他唯一的过人之处就是可怜，小时候娘喝了农药，有爹跟没爹差不多，不是孤儿胜似孤儿，十二三岁了连条像样的裤子都没有。陈东城一天到晚叫花子一样贱兮兮地往上凑，叫人闹心。五伯做糖都是关上门在自家院子里，平时自己干，徒弟来了就让他们拉风箱打下手，顺便把手艺也就教了。糖快出锅的时候，那股焦甜的糊香味能一直能飘到河对岸去。好几次瞥见一张脏巴巴的脸扒着门缝往里瞅，左眼换右眼，右眼换左眼，都能听见咽口水的动静。五伯本来想给几块糖打发他走算了，没想到对方不甘心，陈东城打算得长远，想学做糖，光解解馋还不够，他想要一张长期饭票。

也许就是因为一无所有，才什么都舍不得，连力气都舍不得。做糖有各种讲究，但最大的讲究其实就是力气。做糖是力气活，你得舍得力气。这个其实不用教，骨子里自带，舍得就是舍得，舍不得就是舍不得。不一定需要你有多么大的力气，但你得舍得，不能偷工减料，尤其最后那一关抻拉。陈东城前前后后来了一二十趟，都没能扛到最后亲手切糖那一步。

干不了。不是懒，是舍不得。从小力气就不多，每天精打细算地用，做糖太挥霍力气了，十几斤糖带在手上，左一把右一把地抻，看着幅度不大，架不住一整天。累。伤筋动骨的累。

这一点五伯最有体会，自己也是，都一样。当年一起跟着老辈学做糖的也有兄弟好多个，为什么最后坚持下来的就他们一两个，主要还是因为舍得力气，能吃苦。说实话做糖一点不比种地轻松。种地当然也辛苦，但那辛苦是人人皆知的辛苦，也是当一天和尚撞一天钟的辛苦，手艺活就不一样了，你不走到底就不知道它的深浅，而且每个人有每个人自己要吃的苦，那苦不是现成的等着你去吃，你得主动去找。这就考验人了。那些扔掉锄头从田地里走出来的手艺人，最后风光的、尝到甜头的，不都是这么过来的吗？

熬、晾、抻、切，都是四道工序，但每个人做出来的糖不一样。糖做出来之后自己做不了主，必须得经过五伯本人鉴定，掰开了看，亲口尝，过关了，才能拿到供销社和集上去卖。过不了关的，自己吃没问题，带回家也没问题，谁做的谁带回家，但是不能拿去卖钱，不然就砸了牌子。起码也得五六十锅糖打底，才敢往集市上拿。那期间数窦明亮往家带的糖最多，自己不知道吃了多少糖，害得全家人跟着一块吃，每天扛着锄头下地嘴里嘎嘣嘎嘣响。不是白吃，劈柴砂糖薄荷，哪一样不是钱，学费就算了，但是成本得收。有的人舍不得的是那个力气，有的人舍不得的是掏这个钱，慢慢来的就少了。不光是钱和力气的问题，还遭罪，一早到晚烟熏火燎，刚出锅的糖膏一不留神烫得满手是泡。十天不来，半个月不来，一个月不来，以后就不来了。到最后就剩下了一个窦明亮。窦明亮一副力气永远使不完的样子，大冬天把棉袄一脱，吭哧吭哧，一下是一下，肩膀和后背上的肌肉在海军蓝的秋衣里面很起劲地一鼓一鼓。五伯看在眼里，知道那些肌肉早晚有一天会塌下去的，再鼓的肌肉用长了都会劳损。他自己的肩膀现在就是，早就抬不起来了。但是值。没有一样体面和风光是自己从天上掉下来的。

窦明亮差不多了，糖拿得出手了，五伯这两天就带他切糖，最后一道工序，切过之后就可以拿到集上去卖了。切糖其实最省事的，照模子来，三浅一深，一条四块，主要讲究的是个细致，每一条分量得均匀。刚要教还没教，窦明亮突然提出来，明天不来了，不切了，切了也用不上。二舅在铁路上机务段当副科长，找门路关照了一个钳工的名额，给他了。先算临时工，干两年能转正。

早就有了这事，口风还挺严，一个字都没透露，最后一趟来才说。这一趟是来道别的，说要去火车上上班了。

五伯这一阵胸口老发闷，哪怕不动弹，站得时间稍微长了一点就闷。闷得发硬，总想用拳头去砸一砸。看着窦明亮那木头一样的脸，也想拿拳头上去敲几下。问他你想不想去。

听人说了，钳工那活不轻快，蹲在机器间里，天天跟车跑，一天下来满身油满身泥不说，还有辐射。窦明亮把头低下去，点了点，说想去。他爹告诉他了，以后能转正。二舅也说了，弄个指标不容易，别人都是接班，他这算是破例。天大的人情。

到铁路上去是图个啥呢？

五伯从口袋里摸出一根烟点上，架势拉出来了，想多说几句。

窦明亮愣了一下，图啥？这个问题还真没想过，不过也不费劲，现想也来得及。五伯把烟点上了，就是给他现场想一想的时间的。“图能过上好日子呗。”

“啥叫好日子？”五伯又问。

不知道，也没有个比较，不好定义。每个人的标准和定义不一样，吃香的喝辣的、顿顿有酒有肉，那是他爹的标准。盖楼赶集逛茶馆，那是五伯的标准。他的标准是什么，还真说不上来。但肯定不止这些。

五伯一根烟眼看要抽完。看出来了，其实不想去。但是这个主，他不能替他做，他只能做他能做的那一部分主：“你好好做糖，把糖做好了，我保证你能过上好日子。”

窦明亮抬起头看五伯，脸上一点点亮起来，像一块云彩正从头顶上移开。

五伯目光没让：“你十七了，这事你自己定。”

那一刻五伯自己也做了一个决定，这个决定一点不比窦明亮的那个小，从今天起，糖他不做了，让给窦明亮。五伯做了三十多年的糖，把一个“窦氏”做成了金字招牌，这块招牌是他一块糖一块糖做出来的，那可是实打实的真金白银，谁扛着它都能像割韭菜一样吃现成的。为了窦明亮，也是为了这块牌子，他提前退休了。

只提了一个要求，不能砸了“窦氏”这两个字。万一砸了，五伯也不是不讲理，最后一条，无论如何得把这手艺传下去，窦氏薄荷糖不能断了香火。

五伯说话算话，窦氏薄荷糖从今天起正式交给窦明亮，为进一步表明态度，过去用了十几年的鏊子和卖糖的木箱也一并送给窦明亮了。窦明亮让他爹给他买了一辆自行车，驮着箱子去集上卖糖。箱盖上铺一块红布，红布上再铺一层塑料膜，糖一条条摆在外面，太阳底下白花花的像一堆银子。第一锅糖熬出来差不多十五六斤，窦明亮计划半个月卖完，最多不能超过二十天，天热，时间长了糖一吸潮，味道和口感就全变了。镇上的集逢三和八，四个集估计就差不多。就算十五斤，去掉砂糖和薄荷的成本，差不多每斤能赚四块钱，十五斤就是六十，三个月不到就能把自行车赚回来了。卖糖得吆喝，窦明亮最怕的就是吆喝。五伯跟他说过，其实关键就是那第一声，第一声只要利利索索甩出去了，下面就好办了。为这第一声窦明亮专门练了好几天，觉得差不多了才出的门。没想到就用了一次，以后再也没用过，用不着，根本不用吆喝。不吆喝都忙不过来，计划是四个集的，连半个集都没到，全部清仓。有其师必有其徒，果然还是窦怀德的味道。窦怀德就是五伯。牌子没糟蹋，对得起五伯了。五伯也对得起他，没骗他，好日子排着队在等着他过。

才十七。村里跟他一辈的、年纪差不多大的，都没他争气，小小年纪就能自食其力了。两年不到，家里原来的房子翻了新，旧瓦掀掉水泥封顶，上面又加了一层。另一块地基也打好了，这一间是给他自己盖的，娶媳妇用。二十还不到，把他爹的任务都完成了。瞧瞧人家这儿子。那几年他爹出门，专喜欢往人多的地方扎，五块钱一包的红梅，一散就是一圈，满脸写着四个字，光宗耀祖。

不光自食其力，还能养活别人呢。糖卖得好，自己做不过来，隔三岔五地就雇个人。院里的西边墙推了半扇，专门又隔了一间出来，当作坊用，泥上烟囱风箱，阴天下雨也不耽误。火候抻拉什么的技术活他负责，剩下的让人打打下手。村里的五保，或者腿脚不方便的，把他们叫过去劈劈柴、切个糖、封封袋子什么的没问题，腿脚不方便，手上有力气就行。他给他们发工资，日结。养了好几张嘴呢。这才多大，将来还了得，开大工厂当大老板的料。公认的，窦村年轻一辈里头有两个肯定错不了，一个是窦明翰，考的是名牌大学，将来那自是不用说；另一个，就是窦明亮。而且窦明亮比那个窦明翰还厉害，人家一直在村里，更有代表性，不然也不会选他代表窦村去北京参加窦氏家族联谊会。“窦氏糖王”四个字一直挂在他五伯堂屋里呢。铁证如山。

窦明亮是全村第一个买车的，就是那辆昌河。生意越做越大，进料送货得有辆车。买车是一个村的大事。有了这辆车，那些风光和底气就又增加了新的层面和内容。过去是嫉妒，现在是巴结。嫉妒是冷的，是绕着走；巴结是热的，是往上凑。谁家里也保不齐会有个什么事情，去趟医院，接个孩子，送个亲戚，拉样大件，都得用车。自己没有，就得问窦明亮借，再说了不光得借车，你还得借人，连窦明亮一起借，不然借回去也没人开。全是结结实实的人情和面子。在村里就是这样的，有钱你不一定牛，上了全国名牌大学你也不一定牛，但是你对别人有用，那就一定很牛。人活一世，活成一个对别人有用的人，才是终极的目标和追求，有多大用，你就有多牛。

所以他很感激五伯。这辈子除了爹妈，最感激的就是这个人了。爹妈给了他身体，五伯给了他饭碗，不光是饭碗，更重要的是风光和自信，一个男人的风光和自信。如果没有五伯，自己哪有今天，可能现在不知道在哪根铁路线上干机车工呢。没有五伯，仲芹也不会轮到他。

这感激和风光一直延续了十年。一个男人一生当中最好的十年。成家、生娃，当了男人当了爹，然后就开始走下坡路了。糖越来越难卖。本来以为问题出在糖身上，以为上了机器设备，会卖得好一点，其实不是，不是人工和成本的问题，机器买回来不长就基本闲下来了。不怪糖，不是糖出了问题，是人的嘴出了问题。过去好卖，是因为那时候人的嘴巴没见过世面；现在不行了，几乎一夜之间超市里一切的甜都有了，奶油的、椰子的、话梅的、巧克力的，韩国的、美国的、意大利的，变着花样刺激和招惹你的舌头。电视和广告上也是，还在不断地出新花样。糖太多，满世界的嘴巴都不够用。窦明亮的时代结束了。

木箱子和自行车早就闲置了，现在赶集都是直接开车。昌河车开到集上，找到摊位一停，铺块塑料布，花花绿绿一地。散装的按斤称，也可以成袋拿。车上还有成箱的。车当仓库用。昌河车现在早不稀罕了，村里买车的越来越多，货车轿车都有。

不过幸亏还是有辆车，有车才能跑远一点的集。光靠家门口这两个集肯定是不行了，卖不动，一个集从早上八点钟开始，到晌午头，最多卖半箱。往北唐王镇上有两个大集逢四逢九，再跑远一点，还有逢五逢十的。再远就不能去了，时间和力气倒不心疼，关键油钱也是成本。

该吆喝得吆喝了。不过不用嘴，有扩音器专门替他吆喝。专门花钱录的：“窦氏薄荷糖，祖传老手艺，香甜酥脆，风味独特，是您居家旅行的必备佳品。”美女的声音，比糖还甜。他坐在车屁股上，扩音器放在地上，声音开到最大，一遍又一遍循环播放。扩音器就是专门干这个的，比人强多了，不知道累，也不用换班，声音还永远那么甜。有一次去南边白桥镇赶一个逢九的集，正好星期天，八点钟开集，他七点半就到了，把车停在镇政府门前十字街一棵老杨树下头。这位置不错，清爽，还阴凉。卸货、铺摊，摆秤，看人差不多了，就把扩音器打开，那个比糖还甜的美女开始上班：“窦氏薄荷糖，祖传老手艺，香甜酥脆，风味独特，是您居家旅行的必备佳品。”十分钟不到，就有人上门了。不是来买糖的，来骂人的，两只皮鞋当拖鞋在脚上趿着，啪嗒啪嗒，直奔窦氏薄荷糖。对方是县审计组来镇上检查的，昨天晚上在招待所熬夜对账搞材料，好不容易补个觉，“窦氏薄荷糖、祖传老手艺”一遍遍在窗户跟前鬼叫，脑袋都被它叫炸了。鞋都没提好就冲了出来，觉没睡好，脾气当然也好不到哪去：“喂喂喂，卖糖的！”

一连三个“喂”，叫的是他。

那人用鞋尖指指地上的扩音器：“赶紧关了！大清早的你窦氏窦氏窦氏，窦氏个毛啊窦氏?!”

窦明亮看见对方头发上有一圈长期被大檐帽压过的痕迹，知道是有来头的。没来头也不会这么大的嗓门，这么黑的脸。窦明亮看了一下手表，八点半了，他很想跟对方理论一下，八点半究竟算不算大清早。但也就那么在心里想了一下，嘴没动。对他来说，动嘴向来是一件很难的事，当年的第一声吆喝，他花了好几天工夫。嘴不动，人就得动，只好蹲下去把扩音器捡起来。捡起来关了。

“卖个破糖，也不看看什么地方！”

对方把皮鞋又啪嗒啪嗒地趿拉了回去，气还没消。

整个一上午，一直到收摊走人，窦明亮都没再打开过扩音器。

其实打开了又怎么样呢，也不见得就能多卖两袋，吆喝不吆喝，意义不大。天不太好，一早来的时候日头还挺足，十点多天阴下来，太阳往云堆里躲。白白浪费了一个树荫，没用上。天一阴风也变凉了，一道一道地从马路对面往这刮，卷起路牙上的树叶往人脚上打。旁边卖烤地瓜和塑料凉鞋的，都在犹豫要不要收摊，天不好，赶集的人不多，还不如提前撤。这边窦明亮已经在收拾了，蹲下把地上的糖一袋袋捡起来往纸箱里收。包装袋上一层土，一抹一手。撤吧，也别等散集了，该撤撤吧。他觉得有点累，糖也比往常沉，半箱抱起来都有点勉强。他直起腰来站了一会儿，歇歇。风越刮越大，地上还没来得及收的塑料布有一块砖头没压好，一角被风吹了起来，一掀一掀的，像一张不断张开又不断合上的嘴。他听见自己对自己说，要不就算了。

回去的路上车开得很慢，四条轮胎里像灌满了铅。房子到现在还没买。答应仲芹两年的，两个两年都过去了，房子现在连一片瓦都没见着。要不就算了。

仲芹肚子里已经有了老二，下一步到处都是花钱的地方。仲芹现在也不提买房不买房的事了，每天闷头上下班。在镇上一家食品厂找的活，镇上村子两头跑。上个月说觉得不舒服，去医院查了，心跳有点缓，让她多休息。没听医生的。离月底没几天了，得坚持一下，一个全勤奖三百多块钱呢。硬撑了两天，下午从车棚里推出电动车来腿刚要骑，眼前忽然一黑，人被电动车带出去好几米，一屁股摔在地上。幸亏离医院近，五个多月的肚子，差一点就没保住。好端端的日子不知道怎么就让他过成了这样。

第二天还有个集，他没去。不想去了，累，昨天的累今天还在，身上没力气。这种情况不多见，仲芹盯着他的脸色，看了半天没看出什么端倪，估计是让风吹着了，昨天风大。不去也好，正好给她们娘俩当把司机，她带闺女去镇上卫生院打流脑疫苗，预约了这个月二十号之前，已经超了一天。窦明亮一听日子，正好是给五伯取养老金的时间。养老金按月打在卡上，每个月打一次，钱也是每个月取，二十号到账，二十一号取出来，五婶最多让钱在银行里住一夜。

五婶和五伯下面只有一个闺女，早早嫁到了县城，平时五伯有什么事都是叫窦明亮。一个徒弟半个儿，又是亲侄，比儿子还好使。取了钱窦明亮一般都不回家，直接送到五婶手里。这趟有点晚，进门时快晌午了，五婶正在忙活午饭。看出来生闺女的好处了，午饭那叫一个丰盛，有肉，有鱼，还有酒。五伯不抽烟不打牌，再不喝点酒，真对不起这份家底了。平常都是自己喝，今天好不容易碰见个人，非要把窦明亮留下。窦明亮滴酒不沾，要是平常就找借口走人了，但是今天想留下。酒不喝，筷子也不怎么动，五伯端杯子，他也端，拿铁观音陪。他等着五伯主动问他，问问糖，问问生意，问问他当下的景况。他顺理成章地就可以叹一口气，摇一摇头了，不行啦，卖不动了，现在没人吃这种老糖了。他不想做糖了，换个事情做做，换什么事情还没想好，但是想换一换。人挪活，五伯也不能眼睁睁看他在一棵树上吊死。一直等着五伯开口，可五伯一直不问。五伯酒杯子一端，眼睛就开始放光，就开始忆往昔峥嵘岁月稠。往昔好啊，窦氏薄荷糖那叫一个风光，人家饭都吃不上，他们家吃糖。这些话平常也常说的，今天喝了酒更要说，只对窦明亮说，没有比窦明亮更合适的对象了。不光他，还有他的上一辈，他师傅，他三叔，窦明亮喊三爷爷，也风光。三叔也是好手艺，当年一个担子走八乡，走到哪屁股后面都跟着一大串孩子，大人也来凑热闹，拿鸡蛋换，拿麦子换，拿猪骨头、牛骨头换。一担子糖挑出去，半个月的生计挑回来。挑回来的不光是生计，也是一家人过日子的自信。三叔跟他讲过一件事，是真事。闹饥荒那年，没粮食吃，一家人到窦家湾去投亲戚，四五张嘴去要饭，唯一的见面礼就是半袋砂糖。砂糖是头一年做糖时没留神落在柜角的，袋口破了，已经招了黑乎乎一堆蚂蚁。看见时像发现了宝贝，花了一个上午才把蚂蚁捡干净。糖是好东西，越是吃不上饭的时候越是好东西。亲戚家嘴也不少，半袋糖舔嘴抹舌分了一个月。每次每人就一小撮，两只手掌接起来去捧，舍不得往嘴里倒，拿舌头舔，每条掌纹每根指头都舔得干干净净。三叔自己俩孩子一口没碰。半袋砂糖，给了一家人寄人篱下的尊严，也给了一家人撑下去的底气。靠着那点尊严和底气一直坚持了下来，渡过难关继续做糖。

五伯是坐在堂屋饭桌上对他说这些话的，头上就是“窦氏糖王”四个字。五伯说话的时候它就像五伯的另一双眼睛，也在对着他熠熠发亮。越亮窦明亮越开不了口了，怎么着，不做了？祖辈留下来的饭碗说扔就扔了？救过命的饭碗说扔就扔了？扔可以，但你得有个理由。其实理由很简单，现成的，但是窦明亮说不出口。做人比做糖难多了。

就剩他一个了。他要是一扔，窦氏薄荷糖自此就算绝了，断了，没了。一百多年没断，在他这里断了。他答应过五伯的，得往下传，可是他传不下去，传给谁呢。没人愿意学，白教白送都没人学，连傻子都不学。

入了伏一天比一天潮，三天两头下雨。一热一潮，都是糖的天敌，得停一停。正好也去去存量。集一般是不去了，偶尔到农贸市场或者其他镇上碰碰运气，有些小店兴许会要一点，没证没标的，说白了就是三无产品，稍微正规点的超市都不敢进他的货。仲芹肚子一天天大起来，这次窦明亮压力很大。上次出事把他吓得掉了魂，他也不敢跑远了，万一有动静用车来不及。那天下午刚出门没几分钟，还真有动静了，电话是五婶打来的。出动静的不是仲芹，是五伯。五婶在电话里声音都变了，叫他快回来，你五伯不行了。

脑栓塞，也就是通常说的脑梗。五伯顿顿大鱼大肉，没事还喜欢喝两口，血管迟早会出问题，这一次就梗住了。之前就有点征兆，跟五婶说这两天胳膊里老感觉有蚂蚁爬。天热，加上三两酒，午饭吃出一身汗，想冲个澡。卫生间刚装的太阳能，怕浪费那点暖风，门窗关得那叫一个严实。冲完澡淋浴头还没来得及关，一头倒在浴室的推拉门上。幸亏撞在门上，撞在别处还不一定听得见。五婶被吓坏了，衣服都没顾上给他穿就打电话叫人。电视机旁边墙上贴了一张救急用的电话号码表，第一个是闺女，第二个就是窦明亮。幸亏没走远，刚出门。

给闺女也打了电话。女儿女婿从家往县医院赶，直接到急救中心去等着。窦明亮拉着五婶五伯十万火急往县医院开。县道拐下来过了桥就算进了城，要经过一个大十字路口，县医院在县政府南边的青年路上，直走也行，右拐也行，距离差不多。但是路况不一样，往右拐要经过实验小学，现在应该正好赶上上学时间，以前这个点走过的，送孩子的电动车三轮车把路塞得比五伯的血管还堵。红灯开始倒计时，10，9，8……窦明亮在后视镜里看了一眼躺在后座上的五伯，脸煞白，眼睛嘴巴能闭的地方都闭得铁紧，那种白是很吓人的，白外面又镶了一层青，一只脚已经踏进鬼门关的那种。窦明亮脑子里突然跳出来一个念头，如果五伯的眼睛一直这么闭下去，就永远不会冲着他放光了，五伯闭了眼，挂在他堂屋的那四个字就可以揭下来了，那四个字每次进门都压在他头顶上，就像如来的封印，压得他喘不过气来。

红灯熄灭，绿灯亮起。完全是鬼使神差，窦明亮把方向盘往右使劲一打，脚下松掉了刹车。

幸亏送得及时，捡回来一条命。路过小学时耽误了几分钟，送孩子上学的三轮和电动车把路口挤得水泄不通。窦明亮疯了似的狂按喇叭，炸了一整条街。五婶坐在副驾驶上吓傻了眼，亲爹死了都没有这么玩命的。

捡回来的这条命其实还剩下半条命。人年纪大了命就不结实了，头一天还大口吃肉大口喝酒，洗个澡出来就成了废人。一边的胳膊和腿不听使唤了，从堂屋走到院子里花半个钟头，走回来再花半个钟头。半张脸也不是自己的了，总也挂不住似的往下掉，说一句话能淌半斤口水。闺女回来伺候了两个月，两个月已经是极限，儿子马上要高考。闺女也不是长久之计，主要还是靠五婶，五婶加窦明亮。五伯造化了，窦明亮比亲儿子还亲。

舌头费劲，就得常常拿眼珠子帮忙说话。身体瘫了以后五伯的眼珠子倒是越来越灵活了，有什么事情，都是拿眼睛指挥，着急了，生气了，水烫了，药瓶子找不到了，要窦明亮搬把椅子递个茶壶什么的，吃喝拉撒全在一双眼睛里。但是没有亮光了。没办法，酒不让喝，就是让喝杯子也端不起来了，没有酒那亮光就出不来。只有一次例外，就是省台《今晚八点半》摄制组到村里来拍窦明亮的那次。那次叫一个热闹，窦村上百年的历史里估计还从来没这么热闹过。《今晚八点半》是黄金档，打热线回答问题送电动车，每个星期六晚上都看。过去是在电视外面看，这次是在电视里面看。窦明亮那天忙不开，是五婶帮五伯把椅子拖到村委会的，找了个太阳最好的位置，钉子一样往那一扎。话筒摄像机主持人一齐对准了窦明亮，窦明亮围上围裙，架锅烧火，窦氏薄荷糖第七代传人大展身手，里三圈外三圈围满了人。转身时无意间看见了五伯，五伯梗着脖子从人缝里看他，口水淌了一下巴都不擦，两只眼睛里明晃晃地全是光。从来没见过他这么直这么亮的眼珠子，瘫痪之前没见过，瘫痪了之后更没见过。窦明亮转过身来，感觉那目光一直都在，盯得他后脊梁发烫。可能距离太近了，以为离得远了可能会好一点，也不行。还是烫。天气渐渐凉了，糖停下的时间不短了，也该重新开张了。正好，就从今天开始。

节目是半个月以后播出来的，名字起得很炫——《“糖王”传奇——农家院里走出了百年老字号》。窦支书一大早就在广播里下了通知，今天晚上八点半，家家户户必须看。窦氏薄荷糖上卫星电视了。

不光窦村，镇上给每个村都下了通知，都要看。

窦明亮一夜之间名扬天下。“窦氏薄荷糖第七代传人”，屏幕上专门打了字幕，听上去像个功夫明星。窦氏薄荷糖金光闪闪五个大字刻在了窦明亮脑门上。县长都惊动了。分管招商引资的商副县长来镇上调研，米镇长专门把窦明亮也叫去开会。在会议室里面对面坐下来，米镇长刚要介绍，商副县长笑呵呵地说，这位就不用介绍了，全县谁不认识，窦氏薄荷糖嘛。

五伯是节目播出以后第二天去世的，不知道算不算一个巧合。可以瞑目了。在电视里把窦明亮和他们的窦氏薄荷糖从头看到了尾，五婶可以作证。老头子盯着电视机一动不动，裤子尿湿了半天自己都不知道，两个眼珠子瞪得像两颗夜明珠。他带着风光进的棺材，五伯这一辈子值了，该赶的都赶上了，一样都没落下。给五伯摔盆的时候窦明亮听见自己心里一片片碎裂的声音，满地碎片，捡都捡不起来。他知道，那道封印他这辈子是别想揭下来了。

五伯是在自己床上咽的气，这次连窦明亮的车都省了。闺女不在家，带儿子去南京报到去了。外孙很争气，考上了一所985高校，接到电话赶回来怎么也得一天。窦明亮放的炮。放单数，七响。七声炮响接二连三，响彻云霄。人死是个很艰辛的过程，好不容易才死了，所以迫不及待地要让所有人都知道。

揭不下来了，就只有继续压在头顶。压他一辈子，他一寸都别想动。不仅不能动，还得扛起来，再重的一座山也得扛起来。扛不起来也得扛。债要还，罪得赎，他欠五伯的。

没想到转机说来就来了。转机这个东西就是这样，很多时候就是往前再多走一步的事。就一步。头一秒还山穷水尽呢，下一秒说柳暗花明就柳暗花明了。这转机就是“今晚八点半”。不得不承认，电视的影响就是大，有多少台电视，就有多少个窦明亮和他的窦氏薄荷糖。米镇长很有心的，特意跟节目组提了个要求，节目末尾在屏幕下面滚上几条窦明亮的地址和电话，让主持人帮着打一下广告。管用，第二天就有人打电话来了，说想尝尝小时候的味道。三袋两袋要不多，先尝尝。仓库里压着一堆，窦明亮不嫌蚊子肉少，两袋也寄，一袋也寄。反馈不错，都说好吃，继续再要，自己吃，也送送同事朋友。回头客越来越多，慢慢居然有了点小气候，雇了俩人还供不过来。在这个事情上窦明亮搞明白了一个道理，不是糖的问题，也不是嘴巴的问题，其实是人的脑袋的问题、观念的问题。东西是同样一件东西，关键在你怎么看待。不怕它过时，不怕它土，物极必反，土到极致便是洋。现在遍地都是机器，都是加工，没有任何一家还像他这么个土法，还是纯手工。机器是机器的味道，手工是手工的味道，窦氏薄荷糖是老糖，老就是它的特色，反而成了一块最时尚的招牌。米镇长带着他往文化局跑了几次，非遗很快就批下来了。第六批县级的，这是第一步，以后还有市级的、省级的。又上了一回电视。这次是新闻频道，商副县长亲自把证书和金色牌匾发到窦明亮手里。第二天上午新闻又重播了一遍，下午就有超市和商场打电话联系他，让他抓紧办证。食品卫生许可证。有了证，糖有多少他们要多少。

销量打开了，产量也得跟上来。趁热打铁，下一步就是扩大生产，闲了那么久的机器该用得用起来了。马上还得注册商标，成立公司。现在村里办企业上面给政策，镇上支持。仲芹也支持。天时地利人和，窦明亮摇身一变成了窦总。原来是纯手工，现在是机器加纯手工，他是总经理，兼技术总监，兼业务员，还兼司机。厂房也比之前扩了两倍，还是在自家院子里，西墙已经推了，南墙再推倒，又加了一间，车间兼仓库。

公司开业那天，又热闹了一把。鞭炮、花篮、剪彩，各种花样一个不缺，还把商副县长请来讲了话。尝过上电视的甜头，这次窦明亮专门花钱找了县教育电视台的一个编导，私活公干，帮他拍了一条视频，新厂房新车间新设备，得亮亮相。刚趁热打了铁，火上再浇一把油。

火越烧越旺，年底又传来小道消息：省里刚下了文件，明年搞乡村振兴示范村，第一批全省一百个名额，每个镇推荐一个。都用不着上会，第一个就想到了窦村，因为有个窦氏薄荷糖。乡村振兴嘛，主要是产业振兴，起码得有个像样的产业，窦氏薄荷糖就很像样，还是现成的。示范村有资金配套扶持的，很吓人的一笔，如果能批下来，窦氏薄荷糖那就造化了。

大好事。米镇长两杯酒之后没忍住，给窦明亮把风透了，让他有个准备，自己偷着乐就行，先别外传。好事还没来得及传千里，更大的一件喜事又传出来了。这就不光是他窦明亮一个人的喜事了，是全村，乃至全镇的喜事。要拆迁。省里两家大学要合并，准备建“农业硅谷”，相中了这里的一千二百亩地。要拆七八个村子呢，有窦村。

喜事很靠谱，八九不离十，全村都激动，激动加憧憬，好日子就要来了。尤其仲芹。过去拼了命要买房子，没买成，这下好，省了，有安置房，直接进城，连根拔了。窦明亮当初坚持把南墙推了扩厂房，也幸亏没拦着他，厂房也算面积，赔偿款比盖它的时候不知翻了多少倍。这两年运气一直背，终于时来运转了一把。这是命。窦明亮也很激动，窦明亮的激动有和仲芹重叠的部分，也有属于自己的那一部分。重叠的地方是在县城买房的问题终于解决了，给仲芹和俩闺女总算有了个交代。属于自己的那部分，还是他的薄荷糖，专门咨询过，自己这是公司，拆的时候赔偿标准另算，又是一大笔真金白银。有了这一笔，以后到了县城厂房随便租，地点随便挑。公司到了县城才真正有个公司的样子，在村里叫个什么公司呢，连地址都拿不出手。窦村，一个窦村把糖的身价拉到了墙根底下。身价很重要的，位置很重要的，什么位置决定了你什么身价。前段时间他在县城饭桌上听一个搞建筑的老板说，正在托人，想在市里租两间办公室开公司，最好是那种机关事业单位出租的办公楼。明明是县里的公司，非开在市里，然后把人再调回县里来上班，这么折腾一下，就一个目的，为了好招人。同样的公司，开在市里就是跟开在县里不一样。身价不一样。一个道理，人往高处走。

窦明亮一家跟着全村一起激动，一起憧憬，没想到半路上被扔下了车。一千二百亩，从高速往东沿县道一路南下，横扫七八个村庄，最后一个是窦村。但是窦村没用完，还剩下了河东边的一小绺尾巴，尾巴上没几户人家，全村五分之一不到。这五分之一只征了田地，宅基和房子就不要了，一千二百亩到这条河这里戛然而止。一河之隔，天上地下，就是这么残酷。拆迁办把规划图拿给镇上看了，让镇上做工作，等下次吧，还有二期。二期还不知道猴年马月。天上掉下来那么大一个馅饼，还没挨上边，接着就换了一盆凉水，兜头盖脸浇下来。

那五分之一里头就有窦明亮家，他的家和他的公司。仲芹肿着眼睛一个星期没出门，不能看见那河，一头扎下去死了的心都有。

河水很黄，有点脏的那种黄。过去半个村的人吃喝拉撒都在里面，水看上去倒比现在清。水就是这样，越用越干净，这几年家家户户通了自来水，河用不着了，反而越来越脏。对于孩子来说，这河还有别的用途，天热了可以下去游泳。河面够宽，水也够凉，一个来回下来每个毛孔都通透清爽。窦明亮水性不太好，读小学二年级的时候跟着大孩子下过一次水。刚下过几天暴雨，水涨得有点满，以前从来没觉得这河这么大，水这么凶，大得没边没界的，在岸上从来不觉得，你不下到水里来，你就永远不知道它是这个样子。心里一慌就呛了水。幸亏被岸上路过的大人发现，捡回来一条命。从那以后再也没敢下去过，但是不下去不代表它能饶过你，你逃不掉的。终归是没逃掉，窦明亮心里想，这是命。

第四章

窦明翰

留京这种事，说难很难，说容易其实也容易，可能就是老人家一句话。

难的是怎么才能让老人家把那句话从嘴里说出来。看他愿不愿意开这个口，舍不舍得开这个口了。临退了才从省里上来，前面还有个副字，而且是所有副字里头最靠后的，每次开会座席牌都摆在最边上，说出口的话分量毕竟有限。

窦明翰理解，因为有限，所以得尽量省着点用，好钢要用在刀刃上。窦明翰有自知之明的，知道自己在老人家那里根本算不上刀刃，连个刀把都算不上，指望他主动开口就免了，自己还是得多哭两声。有两次和老人家过去在北京时的几个部下接触，酒喝到一定程度对方都跟他流露过差不多同一个意思：也不完全是什么有限不有限的问题，主要还在部长这个人。部长下到省里前在司里当一把手，也一样，手下那些跟着他鞍前马后的，那些有功劳也有苦劳的，关键时刻指望他主动开口说句话也没戏，不使劲哭几声绝对没戏。当然，现在风气不一样了，这个时候当然不能再像过去那样搞庸俗，但实质是一样的。得会哭。会哭的孩子才能有奶吃，那个时候有那个时候的哭法，现在有现在的哭法。

所言极是。还是那句话，部长就是这么个人，能挡则挡，能推就推，太极拳打得那叫一个好。偏偏让他遇上了。来北京一晃五年了，他自己不提，部长从来也不主动问，一个字都没有。回来两年多就退了，退下来之后第二年提过一次。那次属于不得不提，省里机关定岗定编，窦明翰借调时间已经超过三年，要么正式调走，要么回来，二选一。球踢到了老人家脚底下，逼着他替他做这个主。当时窦明翰还小小快意了一把，终于有了将他一军的机会。没想到姜还是老的辣，不服不行，这种情况下居然还能折个中。部里岗位紧张，上上下下多少双眼睛盯着，敏感，不如换个思路想问题，现在正好有个机会，大兴开发区那边管委会升格，正在抽调人，岗位也多，还有的选。问愿不愿意去。轻轻松松就把球又踢了回来。窦明翰心都碎了，撇家舍业辛辛苦苦五年，临了这是把他当要饭的打发了，宁可再回省里。当然心里这么想，话不会这么说出来。咬着牙不表态，说再考虑考虑。

他去找庞哥。只能找庞哥，也必须得找他。庞哥那次不小心酒后吐了真言，老人家之所以带他来北京，当初就是他拍的板。谁支的摊儿谁自己收。庞哥每个星期五下午都要固定地打几局台球，然后健身，或者游个4×800米。其他的都好办，台球这活必须得俩人，窦明翰脱不了身。庞哥的技术确实不错，不用他让，正常发挥甩他三五个球很轻松。庞哥开球，惊天动地一声巨响，满桌子花花绿绿四面八方炸开。一左一后，两个花球徐徐入洞。庞哥等第二个球落了袋才直起腰来，“去呀！”口气轻描淡写，眼睛没看他，在找下一个目标，“为什么不去？”

“去管委会？”

“去。但是人可以不去。”

窦明翰没领会过来。什么意思？

先留下再说。一步步来。人事落在管委会，人来部里帮忙。

这一点上庞哥比他老爷子强，最起码敢替他做这个主。窦明翰在很短的时间里飞速地权衡再三。确实，似乎也没有比这个更好的选择。副部级退休之后不配秘书，自己任满结束，留在老人家身边碍眼，回去似乎更不妥，回去之后好多事情就不是自己能左右的了，毕竟出来已经五年多，毕竟身上已经贴上了“庞副省长秘书”的标签。说到底这些还都是其次，最主要的，当初自己是为的什么来的北京呢？既然决定出来了，就没打算回去，根本没给自己留退路。既然不能回去，那就只好先这样，换个思路天地宽，曲线救国。走一步算一步。

庞哥好人做到底，表示可以一手包办。“想通了？”

窦明翰有一种走投无路的解脱感，点点头。

“好，”庞哥痛快，“回头我去跟老爷子说。”

台球室幽暗如洞穴，吊灯低得几乎就压在头顶，一只吊灯只照亮一张球桌。光线越暗档次越高。庞哥是会员，充值一万以上就有一张白金卡，雅座，茶几上有火龙果、湿巾、雪碧和红酒，服务生随叫随到。四比一。最后一局，桌面上庞哥只剩下一个黑球，其余都是他的，满桌都是，惨不忍睹，一看就是心不在焉。轮到庞哥了，庞哥架杆、瞄准，为了把劲铆足一只脚后跟都翘了起来。他志在必得，听的就是临门一脚最后那声响。窦明翰一只手把球杆拄在地上，远远地看着。他觉得自己现在就是那个黑球，离袋口一步之遥，就差白球来撞一下，庞哥就是那根球杆。

就按庞哥说的办。人到部里去，去工会。工会人杂，权轻，多张脸少张脸不显眼。说是帮忙，其实也就时不时地点个卯，有名无实的，重心大部分还是在老人家这里，在庞哥这里。窦明翰有一种不上不下的感觉，自己仿佛游离于三界之外，三不管，成不了仙，也投不了胎。开始的时候还觉得新鲜，慢慢地就不行了，还是焦虑，这焦虑比之前的更甚，像砂纸一样每天打磨他。事情还是那些事情，但是比以前累，心累，鼻子上拴了一根绳子，绳子那头以前是老人家，现在换成了庞哥，庞哥自己拿着绳子，牵起来更方便，手往哪儿拽他就得跟着往哪走。

累一点倒无所谓，关键是看不到出口，什么时候才是个头呢。说得好听一步步来，下一步还不知道在哪里。他落不下来，姜枢眉就得跟着往后推。老丈人有点不耐烦了，几次在饭桌上都挂了脸子，五六年了就这么两头跑，家不家业不业的，算怎么回事？闺女眼看就三十五，跟她差不多大的二胎都要上了。到底还有没有戏，不行就回来，别硬撑。窦明翰脸上赔着笑，不争辩，心里却隐隐地生出点幸灾乐祸，当初不是你闺女自己非说三十五的吗？这样也挺好，一个月一趟，这频率跟他们婚姻的温度正好也匹配。

此外还有一层顾虑倒是真的，不用老丈人提醒他也有数，部长退休一年又一年，茶本来就不热，现在更凉，一年比一年凉，怕就怕到时候老人家就算是真的愿意开口，已经心有余力不足了。越拖下去越被动，还得找庞哥。

要找还没找，出事了。

春节后第二轮巡视组下到省文化厅，歌舞剧院有人举报，一年多前剧院进京演出那次，承办方把从澳门定制的20套名牌西服算在了服装费开支里头。经手人两个，一个是剧院艺术生产部的主任，另一个就是窦明翰、前庞副省长的秘书。这事确实有，庞哥安排的，说有些方面需要“打点”一下，交代他务必亲自办妥。虽然西装自己没拿，但是经手的性质已经构成，另外拔萝卜带出了泥，“吃空饷”的事情也扯了进来。

编制在管委会，人在部里帮忙，但是两头见不到人。事情说大不大，但是说小也不小，全国范围内的专项清理检查还没收尾，正好在风口上。数过并罚，管委会上报的处理意见偏重了一些，主要也是给巡视组一个交代：留党察看一年，职级降两级。因为调动手续也不合规定，人事关系暂退回原调出单位。

回去后第一件事就是申请休假。报告一打就是一个月。假休完也上不了几天班，年底有一个下去挂职的指标，他提前争取到了手。去西南山区的一个贫困县扶贫，很远，不开车的话就只能坐火车。越远越好。三年。

一个月的时间，离个婚足够了。其实根本用不了一个月。他铁了心。离婚这种事一点都不复杂，已经有过两次经验了，照原样再来一遍就是。

这次他铁了心。上次没离成，但是这次不一样。出了这种事，他不可能再继续跟姜枢眉，还有姜枢眉父母待在同一个屋檐下。单位那边有个三年差不多了，三年时间走掉一部分，再进来一部分，会换掉许多面孔，但是家里不行，除非离婚，否则那几张脸永远都换不掉。

其实有点奇怪的，很悖论的。不奇怪吗？不悖论吗？以前姜枢眉再不冷不热也好，再往外推他、叫他“滚”也好，不管她和她一家多么不待见他，自己都能忍受，现在他像一堆烂泥一样掉在了地上，反而不能忍受了。这题无解。就是这样，他知道，在他和姜枢眉的问题上，从第一天开始他就在这无解和悖论里转来转去，永远找不到出口。

这一次，窦明翰反而没解释什么，没有理由，她也没要他的理由，不需要，仿佛对他的决定早已有准备似的，她表示理解，一点也不意外，当然也没打算怎么挽回。谢谢她的理解、平静以及仁慈。他要的只是一个结果，已经迫不及待，除了离婚别无所求。

说好了，手续随时去办，等她的时间。

学校马上期末考试，她是班主任，怎么也得忙完这几天。也不差这几天，协议书已经签好字，剩下的就是去趟民政局盖个章而已。那几天她确实很忙，他都看见了。原来的四点半下课延长到了五点半，会也多，每次回到家最早七点，晚上还要改卷子。窦明翰也只有在饭桌上才能碰见她。潦潦草草说几句话，不咸不淡的话，万不得已的话。终于考完试，离正式放假有三四天，学生要返一次校。姜枢眉还是很忙，脱不开身地忙，在饭桌上都见不到她了，这几天全在外面吃。同事叫。家长叫。领导叫。回来更晚，八九点才进门。她忙得密不透风，一张脸铁板一块，窦明翰无缝可钻。等不着她人，也不愿意总在家待着，他想出趟远门，脑子里转了一圈才发现没什么地方可去，这么多年居然都没有一个这种时候能用得上的朋友。实在无聊，他开车回了一趟老家，看看母亲。母亲这些年一直在二姨家跟二姨一起住，老姐俩年轻时感情一般，没想到老了这么大的缘分，一起养老送终。二姨老气管炎，一到冬天胸口里就像装了个鼓风机，女儿过来照顾，顺便把母亲也一起料理了。倒也令人放心。待了一天，也没找到什么事让他孝敬的，就回来了。到家是星期天晚上。姜枢眉在家，早早就洗过澡躺在床上，卧室的门关得严严实实的。第二天是个星期一，窦明翰本来想发个微信给她的，又觉得没必要，过去敲敲门，说，明天去趟民政局吧。

从摊了牌之后，窦明翰就没再上过她的床。一结婚两个人就是分开睡的，去了北京以后也是如此，需要的时候，窦明翰才从自己的书房到卧室的那张大床上去，完事之后回书房睡觉。上床是上床，睡觉是睡觉，截然分开的。

姜枢眉隔着门半天才回话，声音遥远得像是另一家的人，明天学校有会。

窦明翰不甘心，上午有会下午有会？

姜枢眉说，可能上午。

窦明翰加大了音量："那咱们下午，"趁着对方不作声，抓住机会一锤定音，"明天下午两点半，我到学校接你。就这么定了。"

通常情况，十二点是一道槛。十二点前如果睡着了，就问题不大。如果过了十二点还没睡着，这一夜基本上就废了，越睡越清醒。这个晚上还不错，开了一下午的车也确实有点累，刚躺下眼皮子就开始发沉，拖泥带水的那种沉，这是最好的状态，自己都能听见自己的鼾声。时隐时现的鼾声像摇篮曲一样抚慰和压迫着他，很舒服的，整个人像罩在一床不太重的羽绒被里。他是被另外一层重量弄醒的，那力量七手八脚地爬上来，很轻易地就压碎了睡眠那薄薄的外壳，他瞬间醒了过来。

姜枢眉上了他的单人床。床很窄，她叠上来，像一只软体动物尽可能地展开自己，覆盖他。先是身体，然后是嘴，她用自己的嘴不顾一切地想要撬开他的嘴，坚硬的舌头犹如铁棍。窦明翰攒足力气，朝床沿一侧使劲转了一下身体，单人床确实太小，姜枢眉被甩了下去，直接掉在地板上。地暖热气很足，一点不凉，但她还是立刻从地上爬了起来，再次上床。这一次脚先上，两只脚一先一后，整个人拦腰坐在他身上。窦明翰刚伸手想推，两只手腕被她的两只手分别抓住摁了回去，她的蛮横加上体重，很有些分量，两条胳膊像两枚钉子，窦明翰感觉自己被钉在了床上，两臂展开，如同受难的耶稣。眼前全是她的头发，发梢打在脸上，湿的。她已经泣不成声，她说，我不。

然后她开始脱自己，脱完自己脱窦明翰，发了疯似的喘着粗气，她说，我要怀孕！窦明翰用两只手抵挡着她的两只手，对方用嘴来帮忙，嘴加上舌头。从脖子向下，胸口、肚子、小腹，一路向下，所向披靡，窦明翰都能听见自己那些部位的神经和肌肉纷纷痉挛加倒毙的声音。最后她停在他的两腿之间，不动了，像饥不择食的蛇终于找到了猎物，她把他一口吞了下去。他两只手使劲推她的脑袋，试图把她推开，但是推不动，她抱紧了他，像死死抱住一个炸药包，她等着他的最后一刻，等着跟他一起同归于尽。那令人绝望的喷射终于还是忍无可忍地来了，他痛楚地哎哟了一声，巨大的战栗让身体两头都翘了起来。他哭了，背对着她，被抽干的身体蜷成一团，眼泪无边无际地泛滥上来，满脸都是，都溢到了床单和胸口上。她这才从他身上起来，下了床，两只光脚砸在地板上惊天动地。他听见她光着脚出门，直奔卫生间，然后是马桶抽水的声音，然后脚步声重新回来，停在门口。人没进来，她站在门外再次宣布了她的决定，我不！

中秋节前两天庞哥回来了一次，特意回来的，有个项目要启动。这次合作的对象是省里一家影视集团的潘总。过去老爷子在这里当副省长的时候就认识，关系一直没断。这两年行业大洗牌，北京的日子也不好混，逼得庞哥不得不吃回头草。飞机落地之后没通知窦明翰，吃饭的时候庞哥才打电话叫的他，来凑个桌，不嫌人多，热闹，反正都认识。另外，还有一个惊喜，得当面告诉他。

一桌子人果然一大半都脸熟。除了庞哥，还有祁总，一起从北京来的。庞老弟以前战斗过的地方，得来转转，庞老爷子退下来时间不短了，再不来可能真就没机会来了。看见祁总，窦明翰就想起第一次见他时他衬衫胸口上那朵硕大的墨菊，漆黑的花瓣从远处看上去就像浓密的胸毛。窦明翰坐在祁总旁边，庞哥跟祁总端杯子时嘴和脸都朝着自己这边，三五杯就听出了原委，庞哥这趟人情不白送，有另一个项目在祁总手里，更大的项目。早就听庞哥说过，祁总这个人很有些背景和影响的，那些背景和影响远在庞副省长之上。提到窦明翰的时候怕祁总没印象，庞哥特意多提醒了两句，就是他，老爷子退休前的秘书，窦秘书，以前见过面的，上半年刚从北京回来。说到这里才把惊喜宣布给窦明翰，调北京的事差不多了，他庞哥说话算话，答应过兄弟的事情一定办到。这次一步到位，多亏了祁总帮忙。还不快谢谢祁总？

窦明翰心里倏地一动，花了好几秒钟才稳住神。以为自己早就心如止水了，没想到真到了这一刻还是没端住。明明不想张嘴的，觉得还是要说一句，他端起杯子："谢谢祁总。我还在察看期呢。"

祁总嗤之以鼻："小意思。"

这三个字把庞哥弄得很舒服，很有面子，二话没说端起自己面前的酒杯，一口干了，翻翻空杯子和白眼，示意窦明翰也干。窦明翰仰头也是一杯。祁总这才把自己的杯子端起来，二两五的杯子到腰线，一饮而尽，表情很轻松，看来是有些酒量。他三根指头转转桌子，把一盘腰果转到自己跟窦明翰之间，脑袋朝前探了一下，示意窦明翰俯耳过来。他压低声音，现在有两个部委可以让他选一选，考虑一下之后尽快告诉他，他抓紧安排。不要跟任何人声张，装作一切不知道。调令最快下个月就到。

正事说完他才把音量放开，笑笑："还是得到北京来，兄弟们一起玩。"

分头照面时庞哥端着杯子专门到窦明翰这里来了一趟。旁边有个空位，庞哥没坐，一只手插在裤兜里，一只手端着酒杯。庞哥不坐窦明翰只好也站起来。一年多没见，庞哥胖了一圈。听司机小杜电话里有一次提到他，说快结婚了。婚还没结提前进入了状态。庞哥今天心情大好，两个项目都很有把握。心情一好就要跟你推心置腹，裤兜里的手掏出来，五个指头抠住窦明翰的肩膀，张口就是兄弟："可以啊兄弟，够意思。"他一脸暧昧地用杯子指了指身后的祁总，嘴里的酒气成堆地哈在他耳朵上：“兄弟之间才是一辈子，跟兄弟比，女人算什么？舍不得孩子套不着狼，眼光长远才能做大事。”

窦明翰心口里很剧烈地一晃，他听懂了，庞哥其实早就知道他和鞠小棉的关系。从一开始就知道。

为了表示诚意，祁总主动和窦明翰加了微信。酒端得差不多了，窦明翰扶着脑袋坐回到外厅的沙发上，很专注地抓着手机，装作有事情的样子。他在翻朋友圈。祁总的朋友圈。意料之中，所有高端人士的朋友圈都无一例外的干净和乏味，你找不到任何对自己有用的。他不放弃，一张也不放过，很耐心地一直往前翻，终于找到了，果然撒过狗粮，再高端的人也免不了这个俗。就一张，两个人的大脸占满屏幕的五分之四，两张脸挤成了一张脸，尤其是对方，撅起的嘴巴和眼睛拼命朝两个方向使劲。脸蛋很好，下巴很尖，要么模特要么演员的那种。他不认识，从没见过。不是鞠小棉。然后他特别留意了一下发布的时间。

十点多才从酒店出来，还没尽兴，要去唱歌。去海天一色，潘总安排。潘总自己带一辆车，他和庞哥，加上祁总一辆车。庞哥和祁总坐后排，他坐副驾驶。酒其实已经喝得不少，庞哥和祁总在后面隔着扶手勾肩搭背，你拍我一下，我搂你一把，像一对狗男女一样肉麻，所有人喝多了他妈的都一样。正皱着眉头闭目醒神，冷不丁后面一只巴掌拍到脖子上，啪的一下，很重，耳光一样，火辣辣得疼。“听好了窦秘书，你妈的给我竖起耳朵听好了。”庞哥大着舌头，拍了一巴掌接着又拍了第二下，第三下，一下比一下重。“我和祁总好兄弟，苍天作证，一辈子好兄弟。”祁总酒量和雅量都比对方强一些，把窦明翰脖子上的那只巴掌拽了下来：“都是好兄弟。”

海天一色果然名不虚传，陪唱个顶个都是极品美女，费了半天劲才从一排眼花缭乱里挑出来四个。当然陪唱是其次的，主要是陪酒。庞哥差不多了，主要是陪祁总。祁总刚才没用完的酒量到这里没几下就交代了，酒量一用完，雅量自然跟着也玩完，还是那句话，喝多了都他妈一个德性，都成了动物，说咬人就咬人。陪祁总的那个年龄最小，小花猫一样被祁总抱在腿上，喂酒喂西瓜，公主待遇。祁总一首《精忠报国》唱完，公主把满满一杯啤酒举到他嘴边，敬祁哥。必须得干，不干不给妹妹面子。祁总没喝完，还留了一口，妹妹不干了，推了一下，劲可能使得稍微大了一点，祁总没防备，酒洒了一胸口。潘总和庞哥见状大笑，边笑边起哄。祁总的脸色一秒钟内就变了，当场把公主从腿上掀下来，鼻子不是鼻子脸不是脸："玩玩而已，还他妈当真了，你他妈还真把自己当根葱啊?"女孩一看就是刚出道，没什么经验，掉在地上的脸不知道怎么捡起来，一声没吭，爬起来坐回到沙发一角。潘总过来和稀泥，带着自己的公主一起来敬酒，祁总消消气，一口一杯。祁总投桃报李，叫妹妹过来回敬，回敬得升格，直接拿瓶吹。说着拿起一瓶递给对方，干，不干就是不给他祁哥面子。女孩有些为难，但还是犹豫着举起了瓶子，嘴巴对准瓶口，脸朝天，小小的喉结像只水泵似的拼命发动，咕咚咕咚，喝到一半实在喝不下去了，刚想放下瓶子，祁总以其人之道还治其人之身，伸手摁了回去，不行，必须喝完。屏幕上《东风破》来了，祁总点的歌。祁总一手摁着酒瓶，另一只手伸过来要话筒。窦明翰一直坐在最靠里的沙发一角，和自己的那位有一搭没一搭地喝，也喝了不少，但头脑还算清醒。越是清醒才越是管不住它，里面有一整条河的水在汹涌，哗啦哗啦的，浪头一个接一个往外撞，拼了命似的，拦都拦不住，一次次往外冲。他低头看见话筒正好就在手旁，随手就把它拎了起来，然后像扔手榴弹一样一把摔了过去："给，你妈的《东风破》——"话筒开着，大头朝下直接砸在茶几上，满世界五雷轰顶似的一声巨响，几个女人捂着耳朵齐声尖叫。都蒙了，半天才反应过来怎么回事。音乐还在继续，似乎比刚才小了许多，到处嗡嗡嗡，爆炸的余音缭绕，四面八方都是回声。窦明翰站了起来，以便所有的人都能看到他："操你妈的，玩玩而已！你们他妈的一个个都挺会玩啊！"

过了元旦去报的到。刚正式入冬，冷着呢。此去千里，山里的冬天可不是闹着玩的。窦明翰有充分的思想准备，物质准备也尽量跟上，能带的都带上了，车后座光被子就堆了三床，一床羽绒被，还有两床结婚时母亲专门给他做的棉被。棉被压风，到农村用得着。又买了个油酊备着。还是出乎了意料。住的地方安排在镇上的幸福院，当地最好的建筑，暖气倒是有，但是有基本等于没有，一天供暖两次，早上五点到七点，晚上八点到十点，一次两个小时。热气金贵，舍不得浪费，八点一过就赶紧上床。负责烧暖气的是幸福院的一个五保户，岁数不大早早地就缺了好几颗牙，张嘴就漏风，说跟着窦镇长沾光了。以前光晚上俩小时，现在早上也有了，翻了一番。

确实穷，比起窦村来差远了。要不是来挂职，他都不知道农村和农村之间原来也有如此大的区别。他挂的是副镇长，窦镇长。办公室好多人还没改过嘴来，一张嘴就是窦乡长。一年前这里还叫乡。

挺好。穷就穷点，清净。再说了不穷叫他来干吗呢。三年。

镇上的一把手姓郭，刚下车就见了第一面，他带着党委一帮人在大门口亲自等着他。看对方头发都白了，以为年纪挺大，问过之后吓一跳，比自己才大两岁。原来不是白头发，是奶奶灰。后来办公室小穆主任告诉他一个情况，又吓了一跳：居然是个博士。农学博士。

第二面是在晚饭前。晚上给窦镇长接个风。条件再差，这点心意该表达还是要表达，越是条件差才越要表达。镇上自己有个小接待室，大菜没有，两三样特色还拿得出手。带着司机开车专门到幸福院来接他，接人是一方面，也是有心特意跑这一趟，到现场来嘘寒问暖。确实有些简陋，委屈窦镇长了，暖气差点劲，只能在其他地方多尽尽心意，褥子两条被子三床，全是新的。热水器、电热锅、电磁炉、热得快、手套、棉口罩、棉拖鞋，冬天用得着的，能想到的都想到了。屋子里有点乱，还没安顿好，后备箱里刚搬出的一摞书还没来得及插到书架上，在办公桌上摊着，郭书记的目光在上面停了一下。最上面的一本很薄，费孝通的《乡土中国》。郭书记半开玩笑地说："离过年不到一个月了，过了年来也一样。大机关办事就是认真。"虽然没有外人，但毕竟也才第一天见面，第一天见面就说这么没有原则的话，这人不难处。

倒也是实话。乡镇最忙的是年底，忙得最没价值的也是年底。各种检查验收考核走访慰问万箭齐发似的来，其他再大的事，都可以往年后推。窦明翰初来乍到插不上手，正好腾出身来下去熟悉情况。已经到了镇上了，再下去实在无处可下，只能到田间地头农户家里。小穆陪着他，也不着急，一天一个村。腊八那天最后去的那一家五保户，老人八十一了，长得有点像老家村里做糖的五伯。一个人住。腿不好，一辈子没娶上媳妇，无儿无女，但是日子挺滋润，腰上挂着个尿袋，拿着锅铲在煤炉子上热一碗红烧肉，黄盈盈的尿袋就在锅沿前头晃。小穆跟他介绍，这是新来的窦乡长。还以为又是上面来了领导，背书似的一大堆，什么五保金多少、小麦直补多少、老人费多少，末了还要总结性地感慨一下，花不完，日子好啊，政策好啊。小穆忍着笑，说，确实是好，天天有肉吃有酒喝，年纪一大把了记性还不赖，一点不糊涂。这话是说给窦镇长听的。窦明翰也笑了笑，现在的贫困户都是见过大世面的。一上午七八家，都差不多，富肯定是富不到哪里去，但也没他想象中那么穷，都挺滋润，红光满面的。也不全都因为他来，确实心情好，快过年了嘛。

早晨或者傍晚，碰上天气好的时候，窦明翰就去湖边走走。从幸福院出来往东两公里有一个湖，面积不小，走一圈下来身心通泰。湖是野湖，湖边上基本没什么像样的路，周边有半人多高的风车草和斑茅，怕有孩子到湖里溜冰洗澡，茅草堆里还拉了一截铁丝网。样子不咋样，名字倒挺诗意，鹤栖湖，传说有受伤的仙鹤曾经飞来这里养过伤。走累了，窦明翰就在湖边随便找个地方坐一坐，看着眼前跟对面庄稼地差不多颜色的冰面，琢磨着等开了春搞一根钓竿。

和在北京距离其实差不多，但感觉离家远了不少。这感觉主要还是来自环境和交通条件。北京再远，但最多也就是一个半小时的远，这里不一样，开车四个多小时，高速、国道、省道、县道、无名路，全挨着来一遍，一大早出发，车上得放上干粮垫肚子。也有火车，没坐过，听说更麻烦，绿皮车走走停停七八个钟头。下了火车还得倒汽车，城乡公交，承包营运的那种，一个多小时一趟，心情不好还不一定准时来。第一天晚上姜枢眉给他打电话，连续通话五分钟之后才松了口气，还以为连手机信号也没有呢。

基本上两三天一个电话，比在北京的时候强了一些，但也没多少实质性的内容，吃的啥穿的啥睡得咋样，稀汤寡水的。民政局没去成，但两个人似乎也没有什么反转的迹象。窦明翰像只皮球，一辈子都靠那么一股子气撑着，气漏了，很难再拍起来。不知道怎么才能恢复到以前。其实也没什么好恢复的，以前也好不到哪里去。俩人其实不合适，性格、习性、三观，各方面都不合适，越来越不合适，也不光是门不当户不对的事，从根儿上就不合适。窦明翰现在想想，有时候觉得挺不真实的，他和姜枢眉怎么就成了一家人呢，而且稀里糊涂一直过到了现在。尤其是现在，一只拍不起来的皮球，一只有事没事非要过来拍两下的手。怕的就是这样的手，明知拍不起来还硬拍，越拍死得越快。有时候实在无聊电话里除了吃喝拉撒也会多说两句，问他心情怎么样。他半开玩笑，心情不错啊，都舍不得走了，不如干脆申请以后留在这里算了。

有一半是玩笑，另一半是心里话。那头听出来了，张嘴就把玩笑接了过去，留下就留下，这事不难。电话挂了，微信发来，问窦乡长什么时候回家过年？窦明翰很认真地在脑子里排了排，腊月二十七县里市里还有两拨走访，回复对方说，怎么也得二十八九了。姜枢眉文不对题地又提到了那件事，这次是商量的口气，这种口气过去很少用在他和她之间的，她说，要个孩子吧。

市里的走访临时调整，推迟了一天。其实不是非要他在的，一个挂职的副镇长，路不好提前走两天，解释一下都能理解。郭书记也是这个意思，让他早点回家。但是窦明翰考虑到机会不错，市里有两个重要部门的领导来，照个面，提前接触一下，过了年工作好开展。他有个思路，跟郭书记也商量过，镇上可以考虑拿那个鹤栖湖做做文章。湖四周那么一大片湿地，种庄稼可惜了，他找专业人员咨询过，种湿地葡萄合适，非食用的那种，专门酿酒的一个品种。那种葡萄对地下水位的要求比较苛刻，1.5米到2米之间，这里正好。只是初步设想，还有好多事需要论证协调，少不了往上跑。执意留了下来。腊月二十九才走的。天不太好，天气预报说有雪，中雪，中午到。怕城郊的小加油站放假早，午饭前窦明翰提前把车开出去加满了油。天气预报果然靠不住，说是雪中午到，下午还没来，但是有了很明显的迹象，天色进一步由蜡黄转成铅灰，是大兵压境的架势。在屋子里看了一会儿电视，没注意外面。手机响了，是小穆。食堂晚上炖了羊肉汤，一会儿叫人送过来，路滑，让他别跑了，晚上也没什么事，在宿舍喝几碗肉汤暖暖身子。这才抬眼看窗外，路上已经见白。

睡得早，最后一趟裹着大衣到院子里撒尿时地上还没多少起色。雪是后半夜正式下起来的。磨蹭了一天，力气都攒到了后边，一口气下到天亮还没停。窗帘没拉严实，窦明翰一觉醒来睁开眼感觉好像天亮得比平常早，以为起晚了，其实不早，是雪。哗啦一下窗帘彻底拉开，四野茫茫，天地皆白。好大一场雪，第一反应居然是有点激动。好多年没见过这么大的雪了，城市里的雪再大也不会下到这么大，下到天和地都没有了界限，世界一片混沌，你中有我，我中有你，不分彼此。还在下，雪花很沉，隔着玻璃都能听见雪落在雪上的声音。

窦明翰打开手机看路况信息，其实不用看也知道，这么大的雪，高速肯定要封，今天铁定是走不了了。不光今天，明天也够呛。国道也不会乐观，而且上国道之前还有一段二十多公里的山路，这会儿估计连路基都看不见了。要不就等等，初一再说，还省了一笔过路费。三十是年，初一也是年，不就是过个年嘛，在哪儿过还不是过。拿起手机来给姜枢眉发了个微信。发完之后心里突然一下就空了，直接见底的那种空。本来忙忙活活的，突然没事可干了。就是空，也没多少难过，正是因为不难过才难过，没想到这么轻易地就做了这个决定，眼看快四十岁了，连个值得迫切赶回去过的年都没有。暖气管正在变凉，本来打算趁着热乎气还在赶紧起来刷牙洗脸，暖气一停隔壁的水管就要上冻。但是不想动弹了。屋里的气温一度一度地降了下来，越冷越不想起来，把油酊打开，一直拉到床头，和它脸对着脸。有点可怜自己。父亲已经没了，母亲这么多年来也不亲近，没孩子，老婆现在也就这样，自己孤家寡人一个。冷不丁地突然想起了鞠小棉，不知道这个年她是在哪里过的，但这个念头刚冒出来就被摁下去了，窦明翰赶紧制止了它，就像小心翼翼地制止一个刀片的伤害。

姜枢眉微信没回。一整天没回，一直都没回。不回挺好。

这边雪断断续续又是半天。第二天吃过中午饭才彻底停下来。厨房里传来剁肉的声音，咣咣咣，动静很大，昨天下午看见炊事员老管推了一小推车的鸡和排骨进厨房，年夜饭含糊不得，必须敞开了搞。条件有限，幸福院一年到头也敞开不了几次，厨房里难得有油水，窦明翰有时外面应酬，经常会额外多点个菜打包带回来，拿给院子里几个老伙计改善一下。关系处得不错，看来今天要跟他们一起过年了。他专门去了趟超市，酒不敢给他们买，拿了几条烟，一人发一条，这是他个人的心意。回来时看见办公室的司机小崔正带着几个人在院子里贴春联，窦明翰问他们要了一副，把自己宿舍也贴上了。没事干就窝回屋里继续看电视。电视上的年味已经很浓，全国各地的主持人都在紧锣密鼓地忙着催促大家过年。

知道他没走成郭书记死活非要拉他去自己家。家在县城，暖气是有的，起码能过一个热乎年。听说郭书记父亲今年刚去世，这个年肯定是要回乡下陪母亲过的。郭书记也不遮掩，我把我妈接来就是了，正好咱哥俩借这个年好好喝一顿。窦明翰在电话里也跟着笑，说不用，这事我一个人也能办。

跟郭书记通话的时候有个未接来电，明知打不进来还硬打，嘟嘟嘟响了好几遍。挂了电话翻出来看，是姜枢眉。正要回过去，微信来了。通知他接站，火车，今天，20 点 23 分。

第五章

陈东城

最早发现范红月情况不对的，是对门周姨。

城里人关起门来过日子，本来谁也不认识谁，但是对门周姨家的门白天基本不关，天再热也不关，家里不开空调，得保持空气流通。防盗门是那种栅栏式的，一条旧床单拦腰一挡，稍微踮下脚客厅便一览无余。当然每次陈东城和范红月出来进去，她在床单下面也一样都看在眼里。见的次数多了，人也就熟了，在楼道或者小区里碰上，不自觉地就要打个招呼。姓周。看年龄得叫姨，周姨。认识了才知道，原来也是租户，过来帮儿子带孙女的。

大学南墙与相邻医院北墙之间有一条小巷，一排简易房依墙而建，过去学校拓建时民工临时睡觉的地方，一直说拆也没拆掉，现在成了小吃一条街。挤满了各种地摊小炒，专做学生生意。周姨的儿子在这里租了一个四平方米的小隔间炒饭，也炒河粉和米线。大学里南方学生不少，生意还不错。炒的时间不短了，六七年前就在这了，除了学生，学校里教师职工什么的也认识两个熟人，范红月在学校食堂干勤杂的活就是他帮忙介绍的，工资过得去，还不耽误去幼儿园接桥桥。为了还人情，陈东城拎了一只烤鸭和两瓶牛栏山专门去对门喝过一次酒，把对方的一个表弟安排进了自己的保安队当保安。这一来一往就有了交情。有了交情是好事，出门在外不容易，互相之间能多个照应。有时候范红月临时有事出门，就把桥桥送到对门去。周姨也欢迎，桥桥很懂事的，很认真地摆积木、看动画片，半天不吃不喝不上厕所，跟在幼儿园表现一样好。

以前都是有事才送，后来有两次桥桥自己敲门过来。问他妈妈呢，说妈妈在家。桥桥在这一待就是半天，到饭点范红月才来接。有一次到了饭点也没来，周姨排骨都炖好了，多盛了一碗米饭让桥桥在自己家吃。桥桥不肯，说回家吃，妈妈答应了做好饭来接他。打范红月的手机，不接，周姨觉得不对劲，一手抱着孙女一手拉着桥桥过来敲门。半天门才开。已经七点多了，屋子里黑灯瞎火，饭也没做，门一推屋子里往外蹿凉气，像多少年没住人。吓了周姨一跳。

几天没见，瘦了一大圈。

问怎么不接电话？范红月从床上拿起手机看看，脸上一点像样的表情也没有。说没听见。开了静音。还有其他好几个未接电话，她都懒得一一打开看，随手把手机扔回床上。

不想说话。任周姨再怎么问，就是不想开口，仿佛那嘴有一千斤沉，张一下嘴得准备半天。周姨把客厅和卧室的灯都打开，当姥姥的架势端出来了，不依不饶，穷追猛打，这才开了口。嘴一张眼泪成串地往下掉，陈东城要离婚，已经半个月不回家了。

周姨倒松了口气，还以为多大的事。

离个婚而已。有的婚，该离就离。周姨知道陈东城的底细，范红月跟她说过，知道他们当初为什么来的北京。现在看来，狗改不了吃屎，不过是换了一个地方吃屎。周姨说，离了拉倒，为这么个畜生想不开不值得。

其实也不是想不开，她都答应陈东城了。可就是怕，像突然被关进了一间黑屋子，眼前一团漆黑，一步都不敢迈。知道陈东城绝对有问题，但他只要不说离婚，就还能凑合，现在想凑合也凑合不了了，人家摊牌了，对方还是田老板那样的女人。桥桥归她。桥桥长这么大几乎所有的事情都是陈东城做主，在哪家医院生，来不来北京，吃什么牌子的奶粉，买什么玩具，上哪家幼儿园，周末去哪玩，都是陈东城做主。她也习惯了让陈东城做主。现在陈东城撤走了，天一下塌下来两寸，脑袋里有成百上千吨石头往下掉。范红月也说不清楚自己是不是想死，就是觉得不想活了，觉得活着没意思，连吃饭喝水都没意思，她自己也不知道这两者之间有多少区别，距离有多远。

窗户开着，不能往窗户那儿看，看了就忍不住要过去，往下跳。“跳下去算了，一了百了。”三楼，摔死个人不成问题。

范红月说这话的时候不看周姨，直勾勾地望着周姨身后的那面墙，眼神很吓人的。

远亲不如近邻。周姨那天晚上一直在范红月家待到下半夜才回去，排骨汤也端到了这边来，亲眼看着范红月喝了一碗下去。脸都瘦脱相了，再这么熬上两天，就是不跳窗户估计也活不成。陈东城的事情放一边，先救命。第二天带她专门去了趟医院，检查报告单好几张，身体指标问题不大，主要是精神状况，很坏，中度抑郁。开回来一大堆药。医生专门交代，药必须按时吃。吃药说明这是病，不是想开想不开的问题了。

但周姨不这么觉得，就算是病也是心病，心病主要还得靠心药来医。那口恶气得吐出来。医生有医生的方子，她有她的方子，她给范红月出主意，你怎么不去闹呢？那个女的不是老板吗，老板都要脸，到她公司去，看她脸往哪搁！

范红月的眼神还是没什么起色，她说她不敢。

也是，她要是敢她就不是范红月了。她要是敢，这个陈东城也不会是今天的陈东城。都是她惯的。

周姨恨铁不成钢，那你就活该！

骂归骂，人还是得帮。要是不知道就算了，但是现在知道了，有义务了。自己没有陈东城的手机号，她等儿子回来让儿子给陈东城打电话。儿子问清楚状况，当场警告她，这事最好别掺和，说到底都是人家的家务事，清官难断家务事。多一事不如少一事。但也不能眼睁睁看着范红月就这么一天天下去呀，说不定哪天真跳了窗户，她也不能像看犯人一样二十四小时看着她。儿子给她出了个主意，通知她家里。

陈东城接到老丈人的电话时吓了一跳，让他现在就回家，见面说话。人已经到北京了，刚下火车。没想到这么严重。

陈东城把事情想简单了，把范红月也想简单了，无论如何没料到她会到寻死觅活那一步。不至于啊，从俩人第一天认识到现在，一切都是他说了算，她只负责听安排就行了。这次也一样。本来很有把握的，现在局面有点麻烦了。硬着头皮打电话给田老板请假，本来计划好晚上带冉冉去旱冰馆的，去不了了，而且这一阵子自己还得搬回去住。再给他几天时间，他能处理好。

田老板告诉他，这几天不用上班了，什么时候解决好自己的问题什么时候再来。

不是赌气，田老板从不赌气。她说的是实话，她不能让陈东城屁股上冒着烟钻到她这堆稻草里来。

下午社区组织了一拨志愿者来小区搞活动，又是拉横幅又是拽着保洁保安拍照，好不容易把他们送走。他去了一趟办公室，简单交代了几句，连衣服都没换就直奔公交站，还是晚了一步，进门时老丈人已经坐在桌子旁边了。打车过来的。

范红月的问题在他进门之前已经解决了。同意。没什么好说的，必须离，这个主，当爹的替她做了，当初就是因为太由着她才导致了今天。六十万，一人一半，一分也不能少。桥桥归范红月也行，每个月再加两千块钱抚养费，要么一次性。一次性更好，还可以优惠。

也幸亏有这三十万，不然老账旧账一起算了。

有爹全权代表，范红月自始至终都没话一句话，也没看陈东城一眼，她的眼神现在不看人。那么大一张床就坐了一个角，像坐在别人家的床上似的，半个月没见，都快不认识了。桥桥的头发很油，一看就是好几天没洗澡的样子。陈东城心里一股说不出的滋味，才半个月，这个女人就废了，因为他废的。抑郁症，他知道，自己把自己关进了一间黑屋子里，走不出来了，这是个病，自己主动去找死的病。这个病跟当年他妈得的那个病一样。小时候是妈，长大了是老婆，不知道烧了哪柱高香，全都让自己摊上了。

老丈人只待了一晚上，让陈东城打印了两份离婚协议，亲眼看着范红月在上面签了字才走的。第二天就走了，就请了两天假，去年刚到镇上茶厂上班，请一天假少一天的工钱。没办法，儿子在县城买房借了一屁股债，每个月还得替他还房贷。说好了，一个星期，最多半个月，他们就回去，把手续办了，顺便把娘俩送回家。

桥桥偷偷问陈东城，能不能送他去一趟幼儿园，跟老师和小朋友说声再见。已经快一个月没去幼儿园了。那天早上他妈给老师打电话，说家里有事，没人送他，请两天假，没想到两天假一直请到现在。

陈东城赶忙点了点头，眼圈当场就红了。对不起桥桥，没能把他留在北京。

桥桥还是挺喜欢北京的，能看出来，他把这喜欢挂在嘴上。马上六岁了，有一些小虚荣小骄傲了，每次路过天安门都要很激动地嚎两嗓子，出去玩见到背着旅行包的外地人动不动就“北京欢迎你”。但只能到六岁。这就是他和北京的缘分，这也是他们爷俩的缘分。就这么多，他尽力了。

有时候他会有种感觉，很奇异的一种感觉，觉得桥桥不是他跟范红月生的儿子，是自己跟北京生的儿子。这话他对范红月说过。这辈子，他没什么能拿得出手的作品，儿子算一件。别的不说，就长相吧，长得那叫一个帅，漂亮。像他，尤其是下巴和鼻梁，无论是单拎还是组合，都至少九十分。

桥桥虽然没能生在北京，但也跟生在北京差不多，还没断奶就过来了。幼儿园也是在北京上的，公办的上不了，上私立的，私立的更好，只要舍得花钱。田老板帮他找的，钱不用他操心。班上大部分都是当地的孩子，近墨者黑，他的北京话学得比陈东城快多了，一张口舌头像吃了麻辣烫似的满嘴打卷。越来越北京了。北京长大的孩子，就是不一样。这种不一样，在北京你感觉不到，但是一回老家，一到村里你就感觉到了。在北京的这些年，没带他回过几次窦村，加起来一共也就两三回。每趟回去，陈东城都很有底气的，这底气一是院子里京字头的车牌，再有一个就是桥桥，是桥桥的卷舌头，不是跟他一样的那种为卷而卷，自来卷，跟他那张漂亮帅气的小脸蛋浑然一体。学不来的。陈东城开着车带着桥桥在镇上、村里到处逛，碰到熟悉的就让桥桥叫人。车窗摇下来，副驾驶上的桥桥怀里抱着京城名犬圆圆，卷着舌头向他们问好。叔叔好。伯伯好。阿姨好。婶子好。爷爷好。奶奶好。桥桥一张嘴就是他陈东城的人生巅峰，张一次嘴他就巅峰一次。

不承认不行，卷起来的舌头说话就是好听，洋气，特别洋气，尤其是背诗。桥桥四岁就会背唐诗了。唐诗三百首，好多诗人的名字陈东城从来都没听过，但是在桥桥嘴里就像隔壁家的叔叔伯伯们一样熟悉。还上过一次电视，中班的时候，六一儿童节北京卫视搞了一个活动，一群小朋友在天安门旗杆下面朗诵《少年强》。幼儿园一百多个小朋友，精挑细选了二十多个，第一个被选中的就是桥桥。桥桥领诵，站在中心位置，和主持人离得最近。少年强则中国强，诗好听，景也好，背后就是人山人海的天安门。天很蓝，云朵又白又厚，像一床床大棉被，站得笔直的武警叔叔威武雄壮。这是什么地方？是祖国心脏的心脏，他站在这里代表北京把少年的声音传出去，传遍祖国的四面八方。

大学位置在西郊，已经出了五环。再往北就是山。星期六或者星期天，天气好的时候，他就带着桥桥去爬山。山其实是个公园，从正门进去要买门票的，大学在自家围墙上开了一个小后门，公园管理处睁一只眼闭一只眼，等于默许了这个送给大学老师们的福利。他也是被默许的其中一员，每次爬山爷俩必须要换上运动服、运动鞋，很正式的，爷俩身后跟着圆圆，圆圆也很正式的，犀牛项圈、米兰裤衩。爬山要有个爬山的样子。桥桥身体不错，比冉冉结实多了，都不用他停下来专门等。前面一个半小时全是上坡。先是水泥路，七拐八折，后来路没有了，但还能继续上，上面还有一个八角亭，亭子是整座山的制高点，站在亭子上整个北京从西北向东南方向尽收眼底。从这个高度看上去，北京就像个大盆景，高楼大厦也没那么稠密了，很宽敞，再装个一千万人一点问题没有。山风猎猎，头发都被薅起来了，陈东城伸直了胳膊把桥桥举起来，两腿叉开架在自己的脖子上，然后一步登上水泥护栏，这是他所能穷尽的最后高度，桥桥代表他在这个高度上俯瞰了北京。脖子上是儿子两瓣热乎乎的小屁股，他在儿子的裤裆里仰着头问，看见北京了吗？

桥桥高高在上地告诉他，看见了。

下山以后必须是一顿肯德基或者必胜客，在餐桌上，陈东城经常要问一问他，北京好不好？

桥桥嘴里塞满吃的，很费力地腾出舌头来，大声说，好。

想不想永远留在北京？

想。

问得有底气，答得也有底气。可是现实很残酷，哪里有什么永远，过了今天明天都不一定。北京是好，待他陈东城有如亲生，但是容不下他的亲生骨肉桥桥。

送走范红月她爸陈东城就没再去公司，哪也没去。范红月身边离不了人。

他答应桥桥的要求，带他去了一趟幼儿园，让他跟老师和小朋友们当面告了个别，顺便办了退园手续。大班了，还差一个月就毕业。等于提前毕了业。

还有两天就是五一，说是小长假，其实就比周末多了一天，但是仍然挡不住全国各地的人往北京跑。长安街、鸟巢、故宫、北海、颐和园，每一个地方突然都多出来好多的人，都是大包小包的外地人，生活在北京的人从来不会选择小长假这样的时间出来凑热闹，没必要跟全国人民抢。但是不行，来不及了，还有几个地方桥桥还没去过，欢乐谷一定要去的，还有火车博物馆，桥桥喜欢火车，到现在还没坐过火车。还有北大。本来想等放了暑假带他去的，上小学之前无论如何得在北京大学四个字下面照一张相。也得提前了。

本来想带范红月一起去，但是范红月不想去，哪也不想去。抑郁症就是这样的，出个门比登天还难。跟她说句话半天才有反应，饭也吃不了几口，像是帮别人吃的，催一催就多吃两口，不催就忘了。没办法，陈东城每天都是看着她吃过了药才出门。不说跳窗户的事了，估计还是药起了作用，每天除了发呆就是睡觉。陈东城把家里所有的窗户都用铁丝拧死，出门之前把厨房的菜刀剪刀什么的都收起来锁到抽屉里，电视打开，随便哪一个台，不管她看不看，屋里必须得有点动静。3 号那天她突然自己主动提出来，说想去故宫看看。来北京五六年了，还没去过故宫。故宫只在电视上见过，小燕子和阿哥们打打闹闹的漱芳斋就在故宫里。想去看看。

从故宫出来本打算就在王府井吃肯德基的，桥桥突然说想吃羊排。一家三口上了地铁，从北宫门站下来正好到饭店。西贝莜面的烤羊排和黄面馍馍，以前带他吃过一次，超级棒，一直惦记着呢。过了饭点时间很长了，肚子肯定饿得够呛，但桥桥吃得很斯文，每一根都啃得很仔细很到位，啃完一根去抽一张纸，擦干净嘴巴和手指缝里的油，再去拿起下一根。范红月要了一碗鸡蛋汤，喝了半个多小时也没见少，后来她起身去了一趟厕所，从厕所回来就没再坐回到那碗汤面前，换了靠窗户的一张桌子，都五月了，两只手还怕冷似的抄进袖筒里，扭头很专注地看着窗外，脸上没有任何表情，现在那张脸上最稀缺的就是表情。桥桥眼看着啃完最后一根羊排，动作渐渐慢了下来。

他冷不丁问陈东城，爸，以后我还能来北京吗？

陈东城愣了一下，能啊。当然能了。

“真的？”桥桥抬头看了一眼陈东城，脸上浮现出一副很夸张的欢呼雀跃的表情，这个年龄的孩子都这样，似乎屁大点事都值得欢呼雀跃一下。

欢呼完了，放下心来。还有第二个问题。

“为什么一个大人不能同时给两个孩子当爸爸呢？我们班的李卓琦就不是，她跟我说过，她和她弟弟不是一个妈妈，但是现在都管同一个人叫爸爸。”

“什么意思?”有点蒙，陈东城皱起眉头，觉得不对劲。桥桥的眼皮又垂了下去：

“我知道，你要给别人当爸爸了，不能给我当爸爸了。”

陈东城吃了一惊：“谁说的?”

桥桥偷偷瞥了一眼旁边的范红月，压低声音，他说他看见他了。

陈东城问他：“看见谁了?”

“那个弟弟。”

桥桥的表情仿佛是在宣布一个秘密。他说，那天是对门周奶奶带着我和妈妈一起去的。你上班的地方。我还是第一次去你上班的地方，很漂亮，有好多水和石头，还有假山。像公园。我一直在假山后面的亭子里玩，天快黑了，才看见你们。你们开车回来的。弟弟睡着了，我看见你把他从车里抱出来，一直抱到楼底下。那个阿姨拎着好多东西跟在你们后面。

“我知道，”桥桥说，“那里其实不是你上班的地方，周奶奶告诉我了，她说那是你爸爸的另外一个家。”

以为会有很多行李，其实没多少，娘俩加起来，三只箱子就够了。头天晚上就收拾好了，两大一小立在餐桌旁边。小箱子是米黄色的，上面印着粉红色的小猪佩奇，金色撒花的拉杆很漂亮。带桥桥逛商场的时候他自己看中的，非要买，说要推着它去旅行。一直没机会用上，这次总算用上了。范红月的药一直没停，精神稍好了一些，但手脚还是有些慢，上一个动作和下一个动作之间隔得很远。桥桥的玩具和零食都是他自己收拾的，抽屉、衣柜之间来回跑，一个人忙来忙去，一副要出远门的样子。最舍不得的就是圆圆，火车上不让带狗，这次不能带它回去了，陈东城答应下次什么时候开车回家一定把圆圆带回去。六岁了。陈东城突然想起来，那一年他妈死的时候，他也六岁。

回去只待了一天。

村子已经拆了，房子也早没了影。娘俩回岳父家住，他不能真住大街上，在镇上开了一间宾馆。约好了第二天十点在民政局门口碰面。范红月一个人来的。手续办得很顺利，总共加起来不到半个小时，连队都没排。从民政局出来，范红月问他，要不要再回去看一眼桥桥，爷俩告个别，早上出门早，桥桥还没起床，就没带他过来。陈东城掏出手机看看时间，说算了，票都买好了，十二点的火车，一会儿直接去车站。说着手伸到西装口袋里往外掏，范红月以为他在掏火车票，没想到掏出来的是一张银行卡。他把卡递到范红月面前，范红月没明白过来，眼珠子盯着陈东城慢慢转了两下，手没动。“这是我的三十万，”陈东城把卡直接塞到对方手里，“给桥桥的。”

无牵无挂的感觉真好。

一身清爽。像卫星终于回到了自己的轨道，每个人都有自己的轨道，只有回到自己的轨道上才有正确的生活，剩下的事情就是全力以赴。一刀两断的感觉真好，全力以赴的感觉真好。每天早晨醒来第一件事，就是深吸一口气，把胸口里所有空出来的地方填满，然后精神抖擞地面对新生活。只有精神抖擞，才配得上现在的一身清爽。

重新上班之前，他特意跑了一趟燕莎，给自己挑了一套西装，报喜鸟，皮鞋也换了，洗心还得革面。不用田老板，都是自己花钱。再回到公司里，气质就不一样了。这气质不光是报喜鸟和皮鞋带来的，身份不一样了，现在跟田总俩人已经彻底公开，光明正大，车都换了，好几次出来进去开的都是田总的那辆宝马 X5。明里暗里，现在都叫他陈总。公司的业务现在发展得不错，蒸蒸日上，咬咬牙田老板还准备再拿下几个门面。陈总年轻体面，早晚会接管整个公司，以后跟田总一样，也是当家的。

开学以后冉冉就一直吵着要去海南。班里一个同学暑假去过，在他面前炫耀了好几天。最热的时候过去了，去海边有点晚了，田老板答应放寒假的时候给他补上，冬天去海南更好玩。不行。等不及，必须马上就要去。离得最近的一个假期是国庆黄金周，好不容易才挨到，田老板给陈东城放了十天的假，专门陪冉冉。爷俩还是第一次单独出远门，田老板用心良苦，主要是让两个人多培养培养感情。陈东城开玩笑，你不怕我把冉冉拐跑了？田老板说，要拐连大人一起拐，买一送一。陈东城心口里一热，拉着冉冉进检票口的时候默默地对自己说，现在就只有冉冉一个儿子了，这个爸，他一定得当好。

海南四天，跟团。下一站是青岛，嫌旅行团包的酒店环境不好，在网上重新订了一间，刚下过单，田老板打来电话，让他们回北京。马上回。出事了。

“冉冉爸爸出事了。”

陈东城一时没反应过来，谁？

冉冉爸爸。田老板顿了一下，低声又解释了一遍，冉冉他爸。

电话里说不清楚，回来才知道原委。事情大了。冉冉他爸生意赔了，赔得倾家荡产。净水阀去年就不做了，转产去了老家天津。口袋里有钱，又是在家门口，胆子也越来越大，这次投资玉石期货，和田玉、蜜蜡、翡翠什么的都做，注册了好几个平台。这个投资其实跟赌博差不多，大风大浪，大进大出，很合他的胃口，这个人骨子里就是个喜欢赌的人。刚开始几笔都很顺，钱来得太快太容易，再想撤出来就难了。慢慢地开始往里砸，窟窿越砸越大，公司加两套房子都押了进去，孤注一掷，最后一把赔了个精光。外面还欠了一大笔，债主现在都上了门。婆婆专门从老家来的，豁出一张老脸来求田老板，想让她回去帮他渡过这一劫。也只有她能帮他了，这时候不指望她指望谁呢。一日夫妻百日恩，当年两个人白手起家相依为命，那么多大风大浪都一起扛过来了，这次一定能绝处逢生。

婆婆身体不好，七十多岁的人，差点就扑通跪在了她面前。这趟也是来替儿子认错的，都是让那个小妖精害的。小妖精信道士，找大师算过，说他命里有玉缘，做玉器肯定发财。狗屁玉缘，玉劫还差不多。后悔也来不及了。希望能再给儿子一个机会，毕竟也是冉冉的亲爸爸。

“小妖精”一定是婆婆叫的，陈东城听到她嘴里也跟着一起喊“小妖精”，心里一紧。问，你打算怎么办？

田老板被问住了，她说不知道。他看出来了，她确实不知道，很纠结，那纠结都写在脸上。田老板是一个有主见的人，她说不知道就一定是真不知道。不知道的话就只能凭着直觉去做事了。他猜不准田老板的直觉是什么，但有预感。一种很不好的预感。

那预感很快就被证实了，她带着冉冉去了天津。没通知他。

知道已经是两天以后了，陈东城尽量保持平静，说，有什么需要帮忙的尽管说。那头说好，一定，很仓促挂了电话，两句话不到。此后没有任何动静，也没什么需要他帮忙的，不可思议的安静。过了两天他又把电话打过去，没接，一直等到晚上十点多又打了一次，对方直接摁了。发微信，也没回。

一个月之后才见到田老板。中间其实回来过一趟，没带冉冉，自己回来的，但是没告诉他，也没和他见面，回来得很匆忙，一回来就忙着找律师和朋友，处理公司抵押和转让的事情。这趟主要是处理房子，中介做事很靠谱，半个月不到就有了着落，价格上吃了点亏，不吃亏也不会这么快。当务之急是先把那些天天堵在门口的债主打发了，然后做破产清算，人和公司都不能出什么问题，留得青山在，不愁没柴烧。浪子回头金不换，有时候坏事到了头其实也是好事，要不是遇到这一劫，还回不了头呢。到底夫妻一场，另外，还是那句话，毕竟是冉冉的爸爸，亲爸爸。

田老板跟他就是这么说的，能拿到桌面上的理由就是这个，也只有这个。一切都是为了冉冉。希望他能理解。但陈东城心里清楚，一定不止冉冉，毕竟两个人一起相依为命过的，一起拼过命的，他们才是同一条轨道上的人。他们有他们的轨道。其中一个不小心偏离了轨道，现在回来了。冉冉爸爸还是比较幸运的，还能回得来，回来还有轨道等着他，不是每个男人都能有这样的待遇和造化。她希望他理解，田老板是在车里说这句话的，在车里可以不用面对面，费了半天周折才把那两个字说出来，居然用了成全这个词。好像决定权在他。其实更准确地，应该是接受。因为一切都已经是事实。事实是用来接受的，不是成全的。

冉冉留在家里保姆带着，这次是他俩单独出来。田老板带他去见一个很重要的客户，过去合作多年了，有些事情需要交接一下。开的是她的那辆宝马 X5，回来的时候司机换成了她，坐在方向盘前面说话或许更有驾驭感。

陈东城点点头，表示理解，理解了她拿出来的那一部分。因为冉冉。的确是，当初找到他是为了冉冉，现在甩掉他也是为了冉冉。他理解，母亲嘛。明知道多余，还是问了一句，还回北京吗?

田老板没马上回答。前面有个红灯，她一直抵到白线把车停住才开口，早就准备好了，等着他问。对陈东城她有安排："以后你可以继续留在公司，新老总是冉冉爸爸以前的朋友，我跟他打过招呼，没问题。你还干你的经理，待遇什么都不变。雅阁车你也继续开着吧。还有——"

田老板犹豫了一下，似乎在决定用哪一种口气好，是开门见山好还是闪烁其词一些更合适："十六楼的房子，我暂时就不退了，租金交到年底。你先住着，如果想接着住就继续住，租金还可以续——"没说出来的意思，他也听出来了，还是要请他理解，没法兑现了，她现在需要钱。

她误解了陈东城的问题，陈东城问她还回不回北京，其实不是这个意思。但是已经没办法解释了，路已走到尽头。想抽根烟。还有一个街口就到小区了，手已经摸进了口袋，还是没掏出来，他摆了摆那只空空如也的手，说："不用了，就到年底。"

离年底还有一个月。秋天还没怎么像样地来，马上又要走了。一场雨比一场雨凉，一场凉比一场凉紧迫，紧迫而阴沉，是随时要翻脸的架势。小区主干道上两排银杏每年到了这个时候是最好看的，满树金黄，地上也是，金黄的落叶铺满水泥路，满城尽带黄金甲。脚踩上去声音也好听，闭上眼睛像踩在厚厚的人民币上。但是保洁大妈们不喜欢，每天早上扫院子工作量比过去大了好几倍。其实铺满落叶的小区感觉很好，有意境，秋天就应该有个秋天的样子。好好的意境必须得扫掉，有些业主不好伺候，觉得花了钱就应该享受到应有的服务，不能惯那些拿钱不干活的毛病。

公司转让之后第二天陈东城就辞了职，辞得很彻底，公司上下很长时间都没见陈经理露过面，也没人听到他什么消息，连门口的保安都没见过他几面。新老板上任之后给每个员工发了一张恒源祥专柜的礼品券，也有他的一份，保安队的小蔡，对门周姨儿子的那个表弟，替他领了，打电话给他，问怎么给他。他说不要了，送他了。

周姨儿子后来见过他一次。先看见的车。车认识，雅阁，停在楼道单元门对面，脏兮兮的，一看就是很多天没洗了。娘俩走的时间不短了，以为房子早就退了，没想到还没退。好长时间没见，怎么也得过去打个招呼。敲了半天门才开，见着人吃了一惊，差点不认识了，两个多月没见，没想到头发长了那么长，头发一长整个人的气质都变了，不像是物业经理，像每天半夜坐在他马扎上吃夜宵的美术系的那些学生。脸色也不好，跟停在下面的那辆雅阁颜色差不多，长期睡眠不足的样子。周姨儿子站在门口伸头朝屋里打量了一圈，一片狼藉，满地垃圾，几个纸箱子张牙舞爪躺在客厅中央。准备退房子的，给房东来打扫一下卫生。“怎么样，晚上喝两杯？”周姨儿子朝身后自己家努努嘴。

陈东城摆摆手说，不行了，喝不了酒了。心坏了。

周姨儿子嘿嘿乐，这玩笑开得有水平。

他很认真地皱了一下眉头，皱完眉头才笑了笑，拍拍自己左边的胸口，不是开玩笑，心脏真坏了："左心室破了一根毛细血管。医生交代了不让喝酒。"

酒不喝，但人还是过来了一趟。怀里抱着一个大纸箱往地上一搁，都是用得着的：厨房里几瓶还没开封的味达美、冰箱里的冻排骨、大半袋稻花香大米，扔了可惜。还有一套西装。下半年才买的，报喜鸟，穿了没两次。经理反正不干了，以后也穿不着，送给周姨儿子了。周姨儿子比陈东城胖好几圈，估计穿不上。穿不上也是个心意，一家人照顾了娘俩那么长时间，加上圆圆。

周姨问他什么时候回老家。

陈东城说："不回去了。"

周姨低头瞅了一眼地上的纸箱子："不回家你住哪？"

陈东城说："有地方住。"

"还在北京？"

他点点头："还在北京。"

转身准备要出门，转过去一半又停住了，回过头来，一脸欲言又止的样子。折腾半天才终于支支吾吾地开了口，他问周姨有没有范红月的电话。原来的号码换了，打不通。联系不上了。

周姨没反应过来，谁？

陈东城连忙重复了一遍，范红月。桥桥妈。

"哦，"对方目光中慢慢升上来一些警惕，上下打量他，"你找她干啥？"

陈东城说："没事，就问问。"

周姨刚刚放下去的架子又端起来了，一副正义化身的口气，说不用问了，挺好的，放心吧。

陈东城脸上飞速地一红，马上转过身去，说："没有就算了。"

气温跟着银杏叶子一起一天天往下掉，冬天有了冬天的迹象，年底有了年底的样子。还有两天就是圣诞节了。以往每到这个时候是最热闹的，狂欢夜、平安夜、跨年夜，一个接一个，糖葫芦一样扎成了串地热闹。这两年有点不景气，电视上朋友圈里都在提弘扬传统文化，要抵制洋节，大街上商场里也没了大张旗鼓的氛围。陈东城记得刚来北京那两年，狂欢夜那叫一个热烈，那叫一个疯狂，大小酒吧迪厅KTV绝对家家爆满，每个人都恨不能把自己撕碎了重新拼一次，你仔细看夜空都是紫的，充了血似的。绝对比过年热闹。一到过年北京反而冷清得不行，还没一个村庄像回事。去年的狂欢夜是跟田老板和冉冉一起过的，先去吃银鳕鱼，然后去三里屯听了德云社的夜场相声，出来时已经十二点了。那时候范红月还不知道他跟田老板的事，他跟范红月说晚上不回家了，住在公司，值班，每年的狂欢夜最怕有人喝多了闹事。范红月和桥桥也习惯了，他的这份工作有点像警察，每到重要的日子都要值班。陈东城答应桥桥第二天回来跟他一起过平安夜，保证有礼物。一个平安夜，一个狂欢夜，两个儿子都有份，他这个爸够忙的。

翻朋友圈时又看到窦支书儿子，这两天就数他忙活，左一条右一条地发，他和他的电动车在疯狂刷屏。别人抵制别人的，他眼里只有商机，圣诞节加元旦，双节大促销。买卖越做越大了，市里交通频道的主持人在抖音里亲自帮他带货。陈东城随手在下面点了个赞，想了想，干脆转发了一下。每次回去人家都叫喝酒，说以后来北京玩要麻烦他，一直也没来，自己也没机会还人情，这就算是还了。陈东城的朋友圈一向空空荡荡，这一转显得很隆重，窦支书儿子专门打了个电话过来。离婚的事情他也知道了，一直还没机会亲自慰问一下。提到了范红月。刚嫁了人，县城干装修的自家二叔给介绍的，男方条件还可以，就是年纪大点。家里有地，平时在县城工地上干点防水外墙什么的。下面一个男孩一个女孩，都比桥桥大。

这个圣诞节谁也不用陪了，消停，清净。他一个人过。一直在床上躺到九点，窗户外面天色很阴，天一阴就显得这个早上特别漫长。花了好长时间才起来。第一件事就是开车带圆圆去宠物店，跟店主说自己要出趟远门，把狗放在这里寄养一个月。狗已经很老了，在人的年龄中相当于七十多岁，从第一次见到它并把它带回来差不多四五年了，大半辈子都是跟着陈东城一家过的。狗老了跟人老了差不多，对于分别似乎已经很淡然，陈东城出店门的时候它都没怎么像样地叫两声，脑袋趴在前腿上，歪着头，两只昏花的狗眼湿漉漉地看着他。狗年纪大了，需要多费点心，陈东城坚持多给了一倍的钱。从宠物店出来车继续向北开，十分钟多一点就到了他和桥桥过去经常去的那座山体公园。以前都是走后门，第一次买门票从正门进去。沿着那些规规矩矩的台阶往上爬，感觉比以前慢了许多，不像爬山，像是赶路。天气不好，又是中午，公园里没几个人。陈东城一直爬到了顶，台阶从另一个方向一直通到了山顶的制高点八角亭。每次桥桥都是在这里骑在他脖子上俯瞰整个北京的。风比在山下大了好多，羽绒服都被撑得鼓了起来。亭柱上挂着禁止吸烟的牌子，他还是点了一支。这支烟抽得比平常快了一倍，火星子做贼心虚似的嗖嗖往上跑，烟刚从嘴里出来就仿佛被一双大手抓走，扯得东一块西一块。

从山上下来已经三点多了，早饭吃得晚，一点不觉得饿。回小区之前拐了个弯去了一趟街对面的红酒店，专卖进口红酒的，以前跟田老板来过。想挑一瓶，不太懂红酒，只能看价格。越贵越好。店长给他推荐的玛歌，法国的。名字也好听。就是它了。然后到旁边超市买了一瓶橄榄菜、半只周黑鸭。然后才把车开回小区。进小区的时间大概是五点十分左右，天已经黑下来，但是监控上看得很清楚，包括他上午出门的时间，这些监控上都会有记录。停车场里车位很空，很多车都开出去过节了，他倒车入库的时候很认真，耐心地调整了好几把方向，四个轮子停得分毫不差，完美得近乎苛刻。他一只手拎着红酒和周黑鸭，另一只手打开后备厢，从里面抱出一盒木炭。木炭是在网上买的，去年夏天带田老板和冉冉去水库边烧烤没用完，还剩下一大半。

他一直抱着木炭走进单元门，进了电梯。手有点酸了，木炭放在地上，电梯指示灯数字从一层一直到十六层，一路没停。电梯门打开，他用脚把木炭踢出电梯。这些监控上也都会有记录。确凿无疑，铁证如山，他进了楼就再也没出来。

进屋脱下外套之后他打了个电话给小蔡，交代他明天早上叫他起床。

小蔡得了命令似的满口答应，好的，陈总。

陈东城开了个玩笑，今天是狂欢夜，晚上肯定得喝大。电话叫不醒就过来踹门，多踹几脚，门踹坏了不用他赔。

天完全黑下来，夜色如漆如墨。所有的节日都是这样，天黑下来才算正式开始。陈东城把房间里所有的灯全打开，灯火通明，如同白昼。电视也打开，换到北京卫视，八点以后鸟巢有一个韩国明星的演唱会，全球直播，世界同嗨。圣诞节，上帝诞生的日子，耶稣当年就是在这一天生在马槽里的，他比耶稣强多了，他有这么大一间。卫生间的浴缸已经放满了水。门一关，4.46 平方米，二十分之一个北京，以后就永远是他的了。离年底没两天了，最后的期限马上来临，但是他还可以照样在这里住下去，永远在这里住下去，没人来跟他抢。现在人都忌讳。连坐月子都忌讳，别说死人了，死过人的房子十年八载别想租出去了，更卖不出去。

水很烫。烫一点才正好，由表及里的刺激最是享受。他搬了一把椅子放在浴缸旁边，玛歌和杯子搁在上面，伸手就能够到。然后是火盆，盆底铺一层报纸，把木炭倒上去。可以了，一切准备就绪。他用打火机把报纸点着，一股浓烟很快弥漫了卫生间，有点呛。卫生间的门开着，等浓烟散出去。外面的大门也开着，开了一半，给小蔡留的门，不指望他真敢踹。报纸烧完了之后是木炭，比报纸冒出来的烟要细，要柔顺一些。他关上卫生间的门，然后脱光衣服，下水。

刚入水的时候身体很硬，一点点慢慢变软，肌肉和肌肉之间、骨头与骨头之间一点点松开，都能听见水从那些缝隙中流过的声音。红酒口感不错，玛歌，名副其实，果香和酒精就像女人的歌声在血管里回旋缭绕。他躺在水里，脑袋里逐渐爬上来一些重量，感觉水在变凉。水其实没有凉，浴缸是恒温的，就像母亲的子宫，永远保持在38度，觉得凉是因为身体的温度在升高。头上天花板顶灯很亮，无遮无拦。闭上眼睛有了错觉，仿佛自己不是躺在一只浴缸里，而是在老家村子的那条河里。白花花的日头晒在头顶，河面大得没有边际，肥厚结实的水流一遍遍抽打着他的耳膜，大水泱泱，全世界似乎就剩下了他一个人。红酒已经下去半瓶，脑袋里的重量持续地往上加，身体正在变轻，整个人从水里逐渐往上浮，一直浮，离头顶上那团浓稠的亮光越来越近。眼窝有点发胀，他迷迷糊糊记得好像在网上看到过，人在临死的时候都会流眼泪，他拼命控制住自己，不让那眼泪流下来。

全世界就剩下了他一个人，一种彻骨的孤单和寂静。太寂静了，他忽然有些想念那些众声喧哗。他忍不住想最后再看一眼身后的世界，就算告别。他还没有跟它正式告别，一个字都没有。手机就在酒瓶旁边，他试着抬了抬手，手还能动。手机拿在手里，打开，翻到通话记录，从第一个名字开始往下滑。滑下来长长的一串，唯一认识的一个就是下午刚通过话的小蔡，那个明天一早负责给自己收尸并通知全世界的人。再往下，都是那些主动送上门来的各种广告推销和骚扰电话，移动客服、小额贷款的、推销保险的、办宽带的、卖公寓的、炒股票的。空气里充斥着一股果香和焦木混合的味道，意识正在模糊和涣散，就像一根根海草毫无规则地四处漂荡，他努力把它们攒起来，全部集中在左手的指头上，不甘心似的一路往下。

看到了田老板。田蕊。一个美丽的名字，每次看到这两个字心口深处都会柔软地一陷。他看见自己的拇指停在了她旁边，就像一个老人弓腰站在自家门前，走了很远的路，没有埋怨，也没有屈辱，就是想坐下来歇歇。他拨了过去。

电话是通的。里头在响，一声接着一声，认认真真地在响。一直响到了最后。没人接听。

陈东城感觉到喉咙里涌上来一口清凉的苦水，没有力气再拨通第二次了。他知道，死亡正在来临。有点快。其实还可以更快，步骤不是很严谨，门缝用胶带封死就更好了。跟他预想中的不太一样，死亡不是从大脑开始的，而是从手和脚，从头发、耳朵、皮肤，死亡一点点缩小着它的包围圈，四面八方地爬上来。他能清晰地感觉到自己的身体正在一部分一部分地失去重量，越来越轻。还剩下二分之一，三分之一，五分之一，十分之一，他的生命正在变成一片树叶。死亡不是无数张锋利的嘴，也不是硕大无朋的黑影，而是一双手，缓缓地将你托举。破水而出的一刹那，一定天光万丈、云蒸霞蔚。

没有天光，也没有云霞，是一张脸孔，一张女人的面孔，没见过，但是似曾相识。脖子上那条绿围巾很熟悉。他努力想。有个喑哑的声音突然跳出来，城。这辈子只有一个女人叫过他的小名。她还是当年喝农药时的那个年纪，翠绿的围巾、红扑扑的脸蛋。在笑。他也笑了，妈。

电话在手里突然响了。他都已经不指望了，它却在最后一刻响了起来，在他正在跟这个世界做最后诀别的时候，像一声呼唤，叫住了他。响了一遍，又响了第二遍，认认真真地在响，不屈不挠地在响。他想动，但是手指已经抬不起来了，他能看见它们，仿佛别人的手指，他命令它们，既是命令也是祈求，微弱的意志沿着手臂正一点点艰难地爬过去。第四遍了，还在响。他几乎是拼尽了最后一丝力气点开了接听，但是已经没法拿到耳边。

是冉冉。

对方在叫他，声音就在头顶，犹如来自天堂。冉冉在电话里响亮地说：

“陈叔叔，圣诞快乐！”

那拼命兜住的眼泪终于破眶而出，一边一颗，滚出眼角。陈东城知道自己已经发不出声音了，但还是喊了一声，圣诞快乐。

门在响，有人在敲门。他听见了。大门没关，他听见了小蔡在外面叫他，陈总，是你家的狗吧？进小区时被拦住了，估计是跑丢了自己又找回来的。陈总，陈总！门被推开了，人和狗都进来了。小蔡在找他，陈总，在不陈总？圆圆也在找他，汪汪汪，汪汪汪。

第六章

窦明亮

每天上午上班前点一次名，下午下班前点一次名。上午八点半，西头大会议室，全员参加。星期一这个名点得时间格外长，镇长和书记都得讲两句。米副镇长回到办公室已经快十点了，在群里回了两条通知刚准备出门撒个尿，有人敲门。窦明亮。

门开着，窦明亮把身子探进来敲的，没想到米副镇长居然起身过来迎他，受宠若惊坏了，刚张罗出一脸笑，对方擦着他的肩膀出去了。一分钟后才回来，一路甩着手上的水，瞥见茶几上多了两包糖，米副镇长问他："又出新品啦?"

窦明亮站在茶几旁点头。每次来都不空手，变着花样地带糖。有时候两包，有时候一包；有时候是带包装的，有时候是散装；有加了姜丝的，有加了芝麻的。红的，绿的，蓝的。米副镇长的办公桌上常年备着糖，有人来随手拈一块，剥一颗塞嘴里，嘎嘣脆。省得递烟倒水了。

窦明亮不抽烟，糖就相当于他的烟，进门见面就要递一根。即便有两袋糖开路，嘴一张也毫无必要地开门见山，寒暄和委婉不是窦明亮的强项，幸亏对面是米副镇长。来问贷款的事。能不能赶紧给他批，越快越好。

低息贷款。上半年米副镇长在微信上转给过他一个红头文件。县里农业农村局牵头张罗的，专门扶持他们这种"小庭院""小作坊"之类的五小。窦明亮当时眼珠子就一亮。

"合同签了?"

窦明亮点点头："签了。"

"签了多少?"

窦明亮伸出右手两根指头，一个掌心朝内"耶"的手势。两万斤。

"操!"米副镇长一激动嘴里就得吐出点脏话。毕竟是个副的，这方面跟镇长书记比还是差一截。他拉开办公桌抽屉随手掏出来半袋拆过封的糖，不知道哪次窦明亮捎来的，拈出两颗，一人一颗，甩给对面的窦明亮。甩糖的动作就像甩烟。去年老婆逼着他戒烟，戒了大半年，烟没少抽几根，血糖倒上来不少。窦明亮血糖更高，但这个糖得接着。米镇长鼓起来一边的腮帮子："行啊窦明亮，天鹅肉还真让你吃到嘴了！"

刚签的。前天才从北京回来。这个星期四又去了一趟北京，专门去签合同。跟他签合同的不是夏主任本人，但报告上是夏主任签的字。夏主任没食言，跟他说了问题不大，还真就问题不大。两万斤。还是第一单，明年看情况，采购部在年底会做一个小比例的抽样回馈，如果满意度可以，长期合作也不是没有可能。大公司做事讲究，合同很正规，窦明亮把原件带过来了。甲方乙方的，密密麻麻好几页。

米镇长好事做到底，现场办公，在电脑上一项项亲自帮他填。知道他的文化程度，初中都没念完，有些表别说填能看懂就不错了。项目很复杂，好多页，一个申请书，一个企业推荐表，一个合作社推荐表。窦明亮不好意思了，人家一个镇长，给他当秘书使了。

多长时间能批下来？起身准备出门的时候他问。

米镇长刚打电话交代了办公室，叫他拿过去盖章。"很快，"米镇长目光一直在电脑上，"回头我再跟县里催催，争取一个星期之内。特事嘛，可以特办。"

过电一样，窦明亮从头到脚嗖地一酥。又受宠若惊了一下。自己的事情，在县里现在都已经成了特事了，借钱都能插队。就是不一样。糖还没上天，人已经先离地了。要飘。飘起来的感觉挺好，身轻如燕，一览众山小。

米镇长突然想起来什么，临出门了又把他叫住，交代他，下一步贷款下来以后扩大生产，需要雇人，尽量用建档立卡的贫困户，自己村里不够，从别的村雇也行。"反正你那活也不需要什么技术含量，我给你报一个产业扶贫，还能给你再搞点扶持。"

窦明亮嘴巴上连续动了好几下，明明有好听的话，但是没说出来，感谢和表白也不是窦明亮的强项。糖在嘴里还剩下一大半，他三下五除二全部嚼碎，腾出嘴巴来，咧开，笑出来两排白牙。

米镇长知道了，全镇上下基本也就都知道了。都知道窦明亮吃上天鹅肉了，跟北京的几百架飞机签了合同，窦氏薄荷糖要飞过太平洋大西洋，卖到英国美国法国加拿大，走向全世界了。消息转了几圈从上面下来，传遍全村的时候已经很吓人了。传遍的是窦村。拆迁以后，窦明亮跟河东剩下的那十几户一起并入了隔壁的树家村，地理上归过去了，但心理上还是属于窦村，连风也是往窦村那边刮的。有什么事，不管是好事还是坏事，都往金谷家园传。

金谷家园就是拆迁后统一盖的安置房小区。小区在县城。虽然拆了，但窦村还是窦村，现在的金谷家园一区 7 号楼和 8 号楼就是窦村。说是小区，除了把房子跟房子摞了起来，其实跟村庄也差不多，以前是门前门后，现在是楼上楼下。小区环境不错，当初的承诺多少打了些折扣，但在这巨大的变化和反差面前，这折扣可以忽略不计了。有停车场，有小花园，有健身广场，小区门口有 24 小时图书馆、公共卫生间。出门有公交车站，33 路，五站到县人民医院，九站到长途汽车站。窦明亮去过金谷家园好多趟，有时候到县城办事，顺便去看看五婶。仲芹一次没去过，都是听窦明亮说的，听了心里像刀割一样。窦明亮只跟仲芹说了一次，以后就再也不说了。7 号楼 8 号楼的人每次见了窦明亮都很热情，这热情里除了念旧，还掺杂了不少同情的成分，像见了乡下来的亲戚。窦明亮这孩子挺好的，就是运气差了点，这两年生意一直不顺，刚转过点运来，兜头又是一盆凉水，人家都进城了，他窦总还在村里。窦总别看年纪轻轻但是对村子有感情，别人都往外跑就他不往外跑。老天爷知道他有感情，所以不叫他离开村子，一辈子都叫他守在村子里。

但是听说这次厉害了，比上电视那次更厉害，航空公司指定供货商。糖卖到了天上。还真应了之前那句话："你窦明亮能，那么能你咋不上天呢?”人家还真就上了天。从北京第一趟回来以后窦明亮守口如瓶，合同一天没签他就一天只字不提。相当低调，但刻意的低调很是令人痛苦，他忍了，为了效果。他要一飞冲天，一鸣惊人，一雪前耻。两万斤的订单，像一层金镀在了身上。这就是区别，以前每次去金谷家园都是躲着人，现在专门朝人多的地方走，走起路来金光闪闪、腾云驾雾。

热火朝天忙做糖。两万斤不是个小数目，窦氏食品有限公司开足了马力，机器带人连轴转。真正的热火朝天，还是头一回，夏天这么忙。

窦明亮也忙。除了忙着埋头做糖，还得忙着抬起头来风光。乡村振兴示范点正搞得如火如荼，各路领导下来得勤，听成果看规划抓样板，只要有可能，米镇长就把他们往窦明亮的公司领。小作坊登上了大航班，这题目本身就是一个亮点。窦明亮和他的薄荷糖这张名片越叫越响。连省长都惊动了。每月一次的省长会客厅，专门请窦明亮去。这次省长会客的对象主要是乡镇企业尤其是小微企业的代表，层层推荐，精挑细选，一共才十个人，正好一间小会客室坐满。省长亲自接待，一一握手。五六台机器对着他们，一通咔咔咔。轮到窦明亮发言，主持人介绍，这是非物质文化遗产窦氏薄荷糖的第七代传人，产品远销海内外。窦明亮磕磕碰碰地把稿子背完，省长还没结束的意思，让他谈谈体会，一路走到今天，酸甜苦辣一定都有，最大的体会是什么，说心里话。窦明亮愣了愣，脑子里短暂地空白了一下。体会他当然有，动不动就在心底里翻腾一下，这么多年，最大的一个体会就是五个字：风水轮流转。百年老字号，败也败在这个“老”字上，成也成在这个“老”字上，但是这个道理不是很上台面，也不是很通俗易懂，他的语言组织不了这样的体会。一紧张就有点文不对题，太直白了，像表态，说，一定把窦氏薄荷糖发扬光大，不能砸了老辈留下来的牌子。好家伙，发扬光大四个字都出来了，全场都笑。省长也笑笑，说，你好好做你的糖，酒香不怕巷子深，剩下的事情我们来干。

会客厅本来安排在上午，完事吃过午饭正好走人。因为省长活动日程临时有变化，改在了下午，结束的时候已经快五点了，又住了一晚。希尔顿，五星级，米镇长也是生平第一次住五星级酒店，大呼赚了，连窦明亮的呼噜声都忍了。第二天吃过早饭出发，原路返回。路不熟，早下了一个路口，重新绕回国道上比原计划耽误了一个小时。马上十二点了，离县城还早。早就听说这段国道上的驴肉有名，正好赶上，不吃都说不过去了。窦明亮很坚决地提出说要请米镇长一顿。米镇长看看时间，倒也痛快，说行。驴肉、驴宝、驴板肠点了一大桌，这么丰盛，不喝点酒也说不过去了。窦明亮去对面超市拎回来两瓶扳倒井。知道米镇长好酒量，一瓶不一定够。窦明亮自己肯定是不喝了，别说喝，闻都不行，看都不行，现在看到酒就像看到毒药，闻一下酒味就肝胆俱裂。米镇长一个人喝，正好换他开车。这趟出来因为要在外面过夜，公车不好派，米镇长是开自己的私家车出来的，私车公用，当了秘书又给他当司机，确实过意不去。窦明亮以茶代酒，很是骁勇，左一杯右一杯眼看着就把米镇长喝红了，从脸红到脖子。

镇上的几把手里头，米镇长算是个粗人，这个公认的。但也不是那种大老粗的粗，属于遇粗则粗，遇细则细，在窦明亮面前酒喝到一定时候，反而越喝越斯文。叫他窦总："窦总，这顿我请。"

窦明亮吓得一口热茶忙咽下去，边咽边摆手："那怎么行?!"

肯定不行，不合适，叫窦总不合适，他请更不合适。

米镇长一点不通融，捂住酒杯不让窦明亮倒，脸板起来了："不然这就是你我兄弟之间的最后一顿了。"

这一招管用，窦明亮还在坚持，但气焰明显低下去一截："那也不行。"

米镇长从窦明亮手里拿过酒瓶自己给自己倒，倒满，拿起筷子夹了一口驴肉，塞进嘴里，筷子放下，伸手抹了一圈嘴巴。不叫窦总了，改叫老弟，边嚼边老弟：“这趟跟着老弟沾光了，头一回坐得离省长这么近。明亮老弟好好干，干出名堂来，我下一步就指望你了。”

知道他有这个意思，但是没想到能把话说出来，说得这么直白，这么不顾体面，一点镇长的样子都没有。

基本板上钉钉的事，下半年镇上班子调整，镇长明确高就，换到隔壁镇去当书记。米镇长分管企业和扶贫，副镇长干了六年多，终于等到了机会。扶正当算名正言顺，但是需要一个文章。窦明亮、窦氏薄荷糖就是他的文章。米镇长其实早就盯上这个文章了，这两年这个文章没少做。不光是扶正，下一步兴许还有别的可能。前一阵子去窦支书家吃水饺，窦支书帮他分析过的。支书没别的意思，就是让他心里有数，感谢归感谢，但心里得有数。以为窦明亮听了会不舒服，没想到错了，分析完了窦明亮心里反而舒坦了，亮堂了，之前还总不踏实呢。人都是这样，无利不起早。他自己得了多少利他管不着，窦明亮看在眼里的都是米镇长怎么不遗余力帮自己的。事实的确如此，没有米镇长，窦氏薄荷糖就没有今天。该怎么感激还是怎么感激，为了米镇长，也得好好干，干出点名堂。他这个人就是这样，不管到了哪个阶段都必须得有一个要感激的人，心里头不感激着个人日子都没法过了。这是病。窦明亮端起茶杯来，投桃报李，一脸迫不及待要表白的架势：“米镇，这顿还是我请。”

茶还没来得及喝进嘴里，桌子上的手机在一堆蒜皮里震动，窦明亮放下茶杯拿起手机来，接了。又是什么展销会，盛邀窦总加盟。窦明亮的手机号印在包装袋上，每天接十几个这种电话，尤其是这一阵子，名气大了，惦记的也人多了，什么参展的、加盟的、入会的、上线的，一口一个窦总，都很可疑。米镇长一脸警惕地看着他在电话里周旋完毕，目光瞪在他脸上：“窦明亮，省长都帮你站过台了，以后要有点出息，别又鬼迷了心窍。想发扬光大也不是那么个发扬光大法。”

窦明亮脸腾地一红，手机装进口袋："放心，米镇。吃一堑长一智嘛。"

知道，说的是去年那件事。去年年底，市里和省报业集团合作搞了一个"年货大集"，主题是扶贫，米镇长打了个擦边球，把窦氏薄荷糖也报上了。大集在市政广场办的，搭了四排大帐篷，生意不是一般地火，第一个上午流水就八九百。大集一共三天，最后一天下午，胸前挂着一个蓝牌子的宋总走过来给他递了一根烟。宋总自称宋总，不是总经理的总，是总编的总，报业集团民生栏目组的副总编。宋总声音浑厚，大背头，一张红光满面的脸。烟也气派。窦明亮不抽烟，但是认得烟盒上的那个牌子。窦明亮摆摆手，那根烟调转方向叼在了宋总自己嘴上，手上换了一张名片重新递过来，窦总是吧？认识一下。

那字正腔圆的一声窦总，叫得窦明亮心里一热。刚当上窦总没几天，还不太习惯别人这么叫，不习惯，但是舒服。宋总不兜圈子，直接开门见山，晚上省报和商务局准备一起搞一个小座谈，座谈加联谊，邀请的都是这次展销会上有头有脸的企业，商务局的领导也参加，还有市里一些商超的采购和门店经理也在。他手上还有一个名额，问窦总有没有兴趣。窦明亮很没礼节地当着人家的面低头盯着名片看，心里怦怦直跳，这是个体面人，光头衔就好几排。

有兴趣，当然有兴趣。做生意靠的就是人脉、平台、商机，这些个词米镇长经常挂在嘴上的，糖是老式的，但生意得往新里做。这些道理他最近体会特别深。谢谢宋总。座谈很成功，联谊得很到位。再次谢谢宋总。回去之后多了一桩心事，得请宋总吃个饭。怕请不动，忐忑了半天才拨了名片上的那个号码，没想到人家一口答应了。窦明亮心里又是一阵暖风吹过，这个宋总跟米镇长一样，也是痛快人。一顿饭的工夫里宋总充分展示了自己更为广阔的人脉和平台，光展示，没提正事。宋总老油条了，沉得住气，放长线钓大鱼。

一来二去就成了熟人。过年的时候窦明亮特意转了个红包过去，给孩子的压岁钱，一点心意。宋总很痛快地收了。但是不白收，年一过完特意来了一趟，带着栏目组来的，加上司机三个人。三个人围着公司和厂房出来进去好多趟，边参观边拍照。

临走时才开的口。人都已经到车门跟前了，宋总转过头来："下一季《舌尖上的中国》，争取一下，回头我跟周导说。"他说这话的时候，眼睛没看窦明亮，话是对身边另两个人说的，口气随意得就像在交代一件工作上的事情。

然后才把目光落在窦明亮脸上："窦总你回头把资料留给我们小余。先报个脚本送初审。"

窦明亮听得心惊肉跳，人都傻了，宋总一条腿都迈进车里去了才反应过来，非要把人留下来吃顿饭。死活要留，就差跑到车头前面拦车了。

前前后后一共五万多，最后一笔八千还没来得及转。其实都是老套路，一点不高明：总局那边有个什么处长需要疏通一下，咱意思意思；周导下星期来采风，得意思意思；小样出来了，剪辑费辛苦费什么的，还得意思意思。到派出所报案的时候，看到转账和聊天记录连办案的民警都唏嘘，这叫一个有求必应啊，亲爹都没这么痛快的。

米镇说得没错，就是鬼迷了心窍。自己几斤几两没数吗？还想上《舌尖》，想出名想疯了吧？想发财想疯了吧？人家其实就是看准了他这一点。贪，还蠢，又贪又蠢。送上嘴的肥肉，不咬一口都对不起他。活该了。

一瓶扳倒井没喝完。没敢放开，下午还要去镇上。米镇长脸红脖子粗地上了车，一屁股坐在副驾驶上。车里空调开到了最大，没开出两公里米镇长就打起了呼噜，脑袋直往前拱。安全带捆在肚子上，一个觉睡得点头哈腰鞠躬尽瘁。

仲芹算过一笔账。两万斤订单，光这一笔，就是小二十万，加上正常超市和淘宝上的那些，到年底，三十万没问题。房子还是得买。到处都在盖房子，房子越盖越多，也越卖越贵。越贵越得买。这次她赵仲芹绝对不会再手软了，等这一单做完，款一到账立刻交首付。不光是为闺女，也为了她自己。亡羊补牢，她认了。

有政府牵头加担保，银行做事效率出奇高，说一个星期就一个星期，七个工作日不到贷款就批下来了。万事俱备，连东风也不欠。两万斤，连轴转的话，最多一个半月。数量、规格、包装、供货时间、验收标准、货款结算，合同上一条条都写得明明白白，除了这些，对方额外又多提了两条：一是乙方不得把此项专供业务用于商业宣传。乙方就是窦氏食品有限公司。为什么不得，没解释。还有一条，就是包装的问题。其实也不是什么问题，什么都不变，包括公司地址、配方、产地，都不用动，把“窦氏”两个字去掉就行了。这一条解释了，夏主任说的，说大当家专门提了意见，字都签完了临时想起来，补充了一点，“窦氏”两个字不舒服，土了，放在农村集市上可以，但到了大洋彼岸就不太好了。不光土，还有那么点封建色彩，影响公司形象。

别说两条，十条都答应。窦明亮想都没想就签了字。

当时没感觉。当时主要是心切，迟一秒怕煮熟的鸭子飞了，根本顾不上那么多。慢慢才觉得不对劲，人家一句话，手起刀落，一刀把窦氏两个字挖掉了，挖掉窦氏之后留下了两个大窟窿，那窟窿挖在窦明亮胸口上，整个人都漏了风。

其实区别不大，不仔细看根本看不出区别。窦氏两个字本来就不显眼，一块糖才多大。区别只在于有没有。但是有和没有，大不一样了。

刚签了合同，大功告成，本来整个人应该是很饱满的，很鼓胀的，但是现在有一点点撒气。他亲手签的字，白纸黑字，窟窿已经没有挽回的余地了，只能任由它在那里撒气漏风。越漏越厉害，从头到脚凉飕飕，凉得钻心。他谁也不能说，也说不出口。仲芹也不行。

连窦明亮自己都没料着，也没防着，那股不甘就像岩浆一样慢慢拱了上来。滋啦一下，滋啦一下，往上拱，往上顶，热气腾腾，热浪滚滚。那个决定终于横空出世的时候，窦明亮自己都被自己吓了一跳，脑袋里轰的一下，火山爆发。爆发了之后，那颗心就再也没有回到原地，悬在半空中了，每天都在那里，居高临下，热血沸腾。胸口里新长出来两排牙，咬牙切齿，与身体悲壮地对峙。

干吧，不干也得干了。那牙已经长了出来，就再也摁不回去了。

马力全开，一分钟都没耽搁，连轴转了一个多月，两万斤如数完成，比原计划还提前了两天。全是新包装，按合同要求重新定做的新包装。还没计件，起码几百箱。箱子把仓库都堆满了，仓库不大，从盖好到现在还从来没被这么重用过，门一开，就是左右两座山，只留了中间一排站人的空当。箱子摞着箱子，摞得比人都高，快堆到了房顶，从没见过这么大规模和体积的糖堆集在一起，很震撼的，也很压抑的。抬头就是糖，压得人喘不过气来。

还剩下最后的工序：封箱，然后喷胶，发走。联系好物流公司之后窦明亮特意给工人们放了一天假，歇一歇，最后一哆嗦，休息一天大家一鼓作气。完事领钱、放大假，过完中秋再说。自己也要好好地放一个假，趁着暑假还剩几天，带仲芹和俩闺女出去转一转，北京就不去了，这次往南走，去南京。逛逛中山陵和总统府，当然夫子庙、秦淮河也是一定要看的，吃最正宗的水西门咸水鸭。

五点不到就起来了，天还没亮。仲芹和俩闺女睡得正香。他起身的时候仲芹兴许知道，但是没在意，他平常起得就早，睁开眼睛不超过五分钟必须下床。今天更早一点，也不会有什么反常。院子里静悄悄的，只有空调外机在轰隆隆作响。糖怕热，仓库里原来有一个柜机，这次又加了个台式机，两台空调全力以赴昼夜不息。

一切都待在它们应该待着的地方。那些糖也是，昨天什么样，今天还是什么样。天热，空气潮，仓库的门有点发胀，费了一点力气才推开，一股凉气顿时扑面而来。满世界黑魆魆，凉飕飕，像站在一条峡谷里，两边都是山。他没仔细数过，算算就知道，一箱糖四十斤，起码五百箱。五百箱里兑进去一箱，这比例很低了，他不贪心，就一箱，一箱就够了。这一箱都是旧包装，糖是新糖，但包装还是以前的，每一块上都有“窦氏”两个字。上个星期六他趁工人休息自己偷偷在包装机前加了个班。一箱“窦氏”兑在五百箱里，就像把一碗酒倒进了一缸水里，就像把一缸水倒进了一个湖里，就像把一个湖倒进了一条河里，就像把一条河倒进了一片海里。水还是水，湖还是湖，河还是河，海还是海，风险很小的，他愿意赌上这一把。人生其实不就是个赌吗？又鬼迷心窍了，对，就是鬼迷心窍，腿和脚还有胳膊仿佛都不是自己的，是另一个人的，他爬到糖山上去，把那些纸箱一只一只打开，争取每只箱子里都撒一把“窦氏”。这一把撒到上海，这一把撒到深圳；这一把撒到加拿大，这一把撒到美国。哗，一下；哗，又一下。像水浪的声音，水浪撵着水浪，水花拍着水花，汤汤泱泱，流淌不息。不是鬼迷心窍是什么？这么多年，就是被鬼迷住了心窍，不被迷住也不会一直出不来。那个鬼到底是什么？原来不知道，今天终于知道了，这个鬼，原来就是这两个字。

终于干完了，一身的汗，衣服都湿透了，像淋了场雨。很好，雨过天晴，不漏风了，窟窿补上了。天色正在渐渐变亮，麦田对面不知谁家的养鸡场第一只公鸡正嘹亮地打鸣，一声之后接二连三，此起彼伏，很快就打成了一片，新的一天铺天盖地来临了。

他一直等着，像干了坏事的人在等背后的那声枪响。没有动静。验收合格，货款很快打了过来，仲芹第二天就拿着卡去售楼处交了首付，房子还剩不到十套，再晚就来不及了。他还在等。中秋节过后，厂子重新开工，那股焦香的糖味重新弥漫了整个院子。他继续等。一直没有消息。没有消息就是好消息。

那天上午去东郊装饰城看窗帘，夏主任的电话打过来了。仲芹就在旁边，他慢下来两步，故意拉开了距离才接的。对方叫他速来一趟北京。越快越好。

窦明亮心脏猛地一抖，嗓子都硬了，问什么事情。

“好事情！来了就知道了。”夏主任很忙的样子，应该是在办公室，身边人来人往的，还有另外一台座机在办公桌上响，顾不上跟他多废话。“见面再说，下了火车直接来公司找我。”

听口气不像，应该是好事。夏主任这个人接触了几回之后他也基本了解了，尽管说话做事有时喜欢装个腔拿个谱，但总体上还是属于那种直来直去的风格。心慢慢地放回了原处。到底是什么好事情？本来想打个电话给米镇长的，想想还是算了。手机刚放回口袋又掏了出来，打的是窦明翰。

电话接了，但是人不在北京。上个月刚从北京回来，已经正式回来了，还没去单位，在休假。问窦明亮事情大不大。窦明亮含糊了一句，还没完全搞明白状况，底不敢随便交。打这个电话主要也是以防万一。窦明翰想了想说：“不行我陪你去一趟。”上次在北京放了人家鸽子，害得窦明亮差点把命丢了，心里一直过意不去，这次得补偿一下。“别的不一定派上用场，喝酒的事，交给我。”

下午的高铁。在手机上订好票，截图给窦明翰发了过去。想了想，给陈东城也打一个电话。到了北京怎么也得有辆车。

电话刚响了一声就接了，居然也不在北京。在民政局门口呢，等范红月。县里的民政局。

窦明亮觉得有点意思了，今天这是怎么了？怎么都约好了似的一起跟他玩起了乾坤大挪移？好好的不在北京待着，都跑回来了。

“回来也不打个招呼。跑民政局干吗？”

陈东城解释说："跟范红月办手续。回来得急，下午就走。"

"办手续？什么手续？"

"离婚。"

"离婚？"

"嗯，离婚，"陈东城在电话里声音提上来一截，似乎抬起了头，"回头再说，人来了。"